KB163302

을유세계문학전집 · 96

# 현란한 세상

# 현란한 세상

**EL MUNDO ALUCINANTE**

레이날도 아레나스 지음 · 변선희 옮김

 을유문화사

**옮긴이 변선희**

한국외국어대학교 스페인어과와 같은 학교 통번역대학원을 졸업했으며, 스페인 마드리드 콤플루텐세 대학교에서 문학 박사 학위를 받았다. 고려대학교와 덕성여자대학교에서 강의를 하였고 현재는 한국외국어대학교 통번역대학원 스페인어과 강사로 재직하며 전문 번역가로도 활동하고 있다. 옮긴 책으로는 『돈키호테』, 『시간의 지도』, 『카스트로와 마르케스』, 『해가 지기 전에』, 『4월의 음모』, 『둥근 돌의 도시』, 『어린이를 위한 오페라 이야기』, 『사랑이었던 모든 것』, 『청춘의 지도를 그리다』 등이 있다.

**을유세계문학전집 96**

# 현란한 세상

발행일·2019년 3월 30일 초판 1쇄
지은이·레이날도 아레나스 | 옮긴이·변선희
펴낸이·정무영 | 펴낸곳·(주)을유문화사
창립일·1945년 12월 1일 | 주소·서울시 마포구 월드컵로16길 52-7
전화·02-733-8153 | FAX·02-732-9154 | 홈페이지·www.eulyoo.co.kr
ISBN 978-89-324-0478-3 04870  978-89-324-0330-4(세트)

- 값은 뒤표지에 표시되어 있습니다.
- 옮긴이와의 협의하에 인지를 붙이지 않습니다.

---

* 작가는 일부러 몇몇 장을 중복해서 쓰고 있다. 이에 대한 자세한 설명은 367쪽 후주 참조.

세르반도 수사의 마지막 소식 • 366

카밀라 엔리케스 우레냐에게,

비르힐리오 피녜라에게,

두 사람의 지적 정직함 때문에


나 또한 그 사막의 가시들에 의해 찢겨졌고,

매일 내 잔재의 일부를 남겨 놓았다.

— 『순례자들』, 책 X


너희들을 장식할 첫 번째 것은 독수리의 속성, 호랑이의 속성,

신성한 전쟁, 화살과 방패, 이것이 너희들이 먹을 것이다.

너희들이 필요로 할 것,

그래서 겁을 먹을 것, 너희들의 용기의 보상으로 승리하고

파괴할 것이다.

— 크리스토발 델 카스티요,

『멕시코인들의 역사에 대한 일반 작품』에서 발췌


이것은 세르반도 테레사 데 미에르 수사의 삶으로 정말 그러했듯이, 그럴 수도 있었듯이, 그랬더라면 좋았을 것이라고 생각하는 그의 삶이다. 역사 소설이나 자서전보다는 단순한 소설이고자 한다.

— R. A.

# 세르반도 수사,
## 지칠 줄 모르는 피해자

오래전부터 세르반도 수사는 스페인의 종교 재판을 피해 온 유럽을 돌아다니며 추방으로 인한 많은 수모와 우여곡절을 겪었다. 그러던 어느 날 오후 이탈리아의 한 식물원에서 자신의 절망적 상태를 보여 주는 대상을 만난다. 이름표가 달린 채 작은 방에 갇혀 있는 멕시코산 용설란.

오랫동안 신부는 총총걸음으로 뛰어다닌 끝에 결국 자신의 모습을 입증해 주고 반영하는 장소에 도착했다. 뿌리째 뽑혀져서 낯선 땅과 하늘에 심어진 아주 작은 식물. 모든 시대의 끊임없는 피해자, 불가능한 것의 중재자인 아메리카인의 신화와도 같은 삶이 영혼과 풍경, 고독과 상실된 이미지, 불안정과 부재의 비통한 감정과 우리의 옛 모습(우리가 그것을 소유했을 때)이 명예를 회복할 수 없는 공동의 장소일 뿐임을 감추고 도취시키고 이상화하면서 갑자기 밀려드는 감정 사이의 짧고 강렬한 만남으로 스쳐 지나간다.

비록 세르반도 테레사 데 미에르와 호세 마리아 에레디아가 직접 만나지는 못했지만(역사가 서로 만났다는 것을 '증명'하지 않는다), 그들이 장소는 달라도 유사한 시기에 똑같은 감정과 비통함을 경험했음에 틀림없다. 정통적 낭만주의자인 에레디아는 운명에 이끌려 나이아가라 폭포에 가게 되었는데, 그곳에서 그에게 전율을 느끼게 한 것은 장엄한 경관보다는 야자나무 숲이 없다는 기억이었다. 활동 범위가 넓고, 천진하고, 악인 같고, 모험심 많고 정열적인 세르반도 수사의 경우 불가능한 것(조국)으로부터의 격리된 감정을 유럽의 가장 번화한 도시 중 한 곳의 중심부에서 낯선 얼굴들의 소용돌이와 대개는 모순적인 수많은 생각들의 섬광 가운데 느끼게 된다. 귀향, 즉 야자나무 숲과 용설란의 회복은 두 사람 모두에게 어렵고 불확실한 것이지만, 결국에는(운명적으로) 가능하다.

오래전에 집필해서 거의 기억하지 못하는 소설의 서론인 이 글에, 세르반도 수사와 에레디아의 인생 역정을 기록하는 것은 아무 의미가 없고 그럴 이유도 없을 것이다. 그럼에도 대부분의 중요한 순간처럼 '공식' 역사라는 것이 기록하지 않는, 시인과 모험가가 유사한 불명예를 많이 겪고 앞으로도 그들을 기다리고 있는 광대한 파노라마를 앞두고 멕시코에서 만나는 그 순간을 생각한다. 두 사람 다 사랑하는 조국을 다시 보았다. 그리고 실제로 무엇을 보았나? 무슨 말을 할 수 있는가? 믿기 어려운 모험을 하며 걸어서 유럽 전역을 돌아다닌 사람, 온갖 핍박을 겪고 수차례에 걸쳐 화롯불에서 목숨을 잃을 뻔했던 지칠 줄 모르는 피해자, 아메리카와 유럽의 가장 혹독한 감옥을 상습적으로 드나들던 사람(산 후안 데 울루아, 라 카바냐, 로스 토리비오스 등), 애국자, 반항적 정치가이며 투쟁가인 그 사람은 지금은 정확히 말해 자신의 조국, 아니 자신의 고향이나 자기 역사의 리듬을 이끌어 갈 수가 없다. 에레디아의 경우, 타콘 장군이 발행해 준 통행 허가증을 가지고 쿠바에 갔다는 사실 하나만으로 동시대인들에 의해 '떨어진 천사'라고 불리는 까닭에 그 역시 명확히 말해 도덕적이고 정신적으로 안정적이고 만족할 만한 본보기라 할 수 없다. 두 사람이 동일한 장소(대통령 궁)에서 함께 살았다는 사실 때문에, 역사가 이들을 유사한 상황에 똑같은 장소로 집중시키는 동시에 이 사건을 기록하지 않는 것은 역사의 잘 알려지고 잔혹한 아이러니 중 하나라고 볼 수 있다. 그래서 우리가 역사가로서 엄격한 자료에 의존한다면, 우리 대륙의 매우 중요한 두 인물은 지금 당장 조용히 물러나야 하고, 어떤 대단한 절차도 없이 건물 양쪽 끝 또는 시간의 후미진 곳으로 사라져야 한다.

그런 이유로 나는 항상 '상세하고 정확한' 자료라는 '역사적인' 것을 불신했다. 역사란 결국 무엇인가? 대략 연대기적으로 나열된 문서철인가? 역사가 혹시라도 세르반도 수사가 멕시코산 용설란을 발견했을 때의 중요한 순간이나, 에레디아가 자기 영혼의 절망 앞에 사랑하는 야자나무 숲을 보지 못했을 때의 감정을 기록하는가? 충동, 동기, 인간에게 밀려드는 비밀스러운 생각들은 등장하지 않고 역사에 의해 수거되어 등장할 수도 없다. 이것은 외과의조차도 고통받는 환자의 아픈 감정을 절대 포착할 수 없는 것과 마찬가지다.

역사는 전쟁이 일어난 날짜나 전쟁을 빛낸 사망자, 즉 명확한 것만을 기록한다. 이처럼 무시무시한 방대한 책은 순간적인 것만을 요약한다(그리고 충분하다), 원인이 아닌 영향을. 그래서 나는 역사보다는 시간에서 찾는다, 그 영원하고 다양한 시간에서. 인간은 그 비유다. 왜냐하면 비록 외견상 역사를 수정하려 시도하고 어떤 이들에 의해 그렇게 한다고 할지라도, 인간은 결국 역사의 비유이기 때문이다. 일반적으로 역사가들은 시간을 영원에서의 일직선적인 것으로 본다. 그렇다는 것을 보여 주기 위해 어떤 증거를 사용하는가? 1500년은 1700년보다 앞서고, 트로이 전쟁이 마리 앙투아네트의 참수형보다 먼저 일어난 사건이라는 기본적 논리로? 마치 시간이 무언가를 위해서 그러한 표시에 관심이 있는 것처럼, 마치 시간이 연대기와 전개에 대해 알고 있는 듯이, 마치 시간이 전진이라도 할 수 있는 것처럼…… 시간을 순서대로 나열하려는 인간의 천진함, 점진적이고 '진보주의적'이기까지 한 의도로 배열하려고 하는 것조차 시간은 거부한다. 어떻게 영원한 것을 정렬할 수 있을까? 그러나 인간은 공포스러운 이 일을 단념하지 않는다. 그래서 계속 고사본, 날짜와 축일 같은 것에 많은 중점을 둔다. 우리가 어떤 시간에서건 진실되고 비통한 인간을 발견할 때 놀라운 것은 그들 모두가 시간을 초월한다는 사실이다. 즉 그들의 현재성, 즉 무한성이라는 것이다. 아킬레우스는 그가 존재했느냐 안 했느냐와 상관없이 분노와 사랑으로 인해 영원하며, 그리스도는 역사가 기록하든 안 하든 그의 실현하기 힘든 철학으로 영원하다. 그 비유, 그 이미지는 영원에 속한다.

영원한 것은 서열이 있거나 명백한 것이 아니라고 생각한다. 왜냐하면 배열된 것이나 사진으로 현실을 보는 것은 실제로 현실과 매우 격리된 것을 보는 것이기 때문이다. 그래서 사실주의라 불리는 것은 정확히 말해 현실의 반대라고 생각한다. 그 현실을 귀속시키거나 분류하거나, 하나의 관점('사실주의자')에서만 볼 경우 논리적으로 완전한 현실을 포착할 수 없기 때문이다.

그러나 최근에는 사실주의뿐만 아니라 사회주의적 사실주의까지 존재한다. 현실을 하나의 각도에서 보는 것이 아니라 정치적 각도에서 본다. 그런 상황과 각도에서 사실주의의 피해자들을 도외시해야 한다면 그것이 무슨 현실이겠는가? 진정한 사회주의적 사실주의 작품을 들자면 알렉산드르 솔제니친의 소설들을 꼽을 수 있다. 그 작품들은 적어도 사회주의 현실의 일부, 피상적이긴 하지만 가장 명백한 현실을 반영한다. 수용소.

나는 오전 6시의 나무가 정오의 나무 그리고 날이 저물 때 그 무리가 우리를 위로해 주는 나무와 같지 않음을 끊임없이 발견한다. 밤에 부는 바람이 아침에 부는 바람과 같을까? 해 질 녘의 수영객이 케이크를 자르듯 물살을 헤쳐 나가는 바다가 정오의 바다와 같을까? 시간이 나무나 경치에 영향을 많이 끼치는데, 가장 민감한 피조물인 우리가 그러한 표시에서 자유로울 수 있을까? 정반대라고 생각한다. 우리는 바다처럼 잔인하다가도 부드러워지고, 이기적이면서 관용적이고, 열정적이면서 또한 사색적이고, 말수가 적다가도 많아지고, 공포스럽기도 하다가 숭고해질 때도 있다. 그래서 나는 하나의 현실이 아닌 모든 현실 또는 적어도 몇 가지 현실을 반영하고자 했다.

　내 소설을 우연히 읽는 독자들은 하나의 모순이 아닌 여러 가지 모순을 발견하게 될 것이다. 하나의 색조가 아닌 다양한 색조, 하나의 선이 아닌 여러 원형들. 그래서 내 소설이 연계된 사건의 역사가 아니라, 퍼졌다가 돌아오고 확대되었다가, 참기 힘든 것이 때때로 자유로운 것이 되는 극한 상황에서, 쉼 없이 더 부드럽고 더 열정적으로 다시 돌아오는 파도와 같기를 바란다.

　그것이 인생이라고 생각한다. 하나의 교리, 하나의 규정이나 하나의 역사가 아니라 다양한 측면에서 다루어야 할 신비다. 파헤치려는 목적이 아니라(그것은 끔찍할 것이다) 우리가 패배자가 되지 않기 위해서다.

　그러한 맥락에서 볼 때, 우리의 사랑하는 세르반도 수사가 역사와 시간의 가엾고 지칠 줄 모르는 피해자라는 면에서, 그의 진정한 위치를 차지한다. 그는 형식이 잘 갖추어지지 않고 절망적인 시, 급류 같고 질주하며, 무례하고 그로테스크하고, 애처롭고 사랑스러운 이 거짓말, 이(뭐라고든 불러야 하기는 하다) 소설을 정당화하고 비호한다.

레이날도 아레나스
1980년 7월 13일, 카라카스

추신: 무지한(그리고 한심한) 보고서가 1965년에 쓰이고 1966년 UNEAC 콩쿠르에서 장려상을 받은 이 소설 『현란한 세상(*El mundo alucinante*)』에 그 이후 출간된 작품들, 『백 년간의 고독(*Cien años de soledad*)』(1967)과 『현금은 어디서 왔나(*De dónde son los contantes*)』(1967)의 영향이 있다고 나에게 보고한다. 유사한 영향은 또한 1964년에 쓰이고 1965년 UNEAC 장려상을 받은 『여명이 오기 전 셀레스티노(*Celestino antes del alba*)』에서도 지적되었다. 여기 반론할 수 없는 다른 증거가 있는데, 적어도 문학 평론가들에게는 시간이 존재하지 않는다는 것이다.

친애하는
세르반도

　멕시코 문학 역사의 최악의 장에서 '기상천외한 모험을 하며 걸어서 유럽 전역을 돌아다닌 수사'를 발견한 후, 사방으로 당신에 대한 자료를 찾기 시작했습니다. '수사'란 단어가 자료를 참조하는 이들의 혼란만 일으키는 지옥과도 같은 도서관에도 갔고, 역사책에서 습득한 지식으로 인해 당신을 멀리서 인간성이 배제된 측면으로만 알고 있는 사람들과도 연락을 취했습니다. 하지만 대사관, 문화원, 박물관 어디에도 당신에 대한 자료는 없었습니다. 그럼에도 당신의 생에 대한 자료를 충분히 확보할 수 있었습니다. 그러나 내가 당신을 알고 사랑하게 되는 데 더 유익한 것은, 항상 너무 정확한 위압적인 백과사전이나 언제나 너무 부정확한 끔찍한 에세이집도 아닙니다. 가장 유익한 것은 당신과 내가 동일하다는 점을 발견한 것입니다. 그래서 이러한 놀랍고 참기 어려운 발견에 도달하기 전까지의 모든 자료는 불필요해져서 거의 다 폐기했습니다. 단지 당신의 회고록만 참조했는데, 그것은 고독과 잔인한 쥐들의 추적을 받으면서, 영국 왕실 해군의 폭발음과 스페인의 늘 견디기 힘든 환경에서 노새의 방울 소리를 들으며 기록했고, 정당한 분노와 부당한 낙천주의, 반항과 회의주의, 추적과 도피, 추방과 화롯불을 겪으며 기록한 것입니다. 그러한 것만이 이 이상한 책의 인용문이 아닌 근간을 이루는 것으로 등장하고, 그것들이 당신의 것임을 강조할 필요는 없습니다. 왜냐하면 사실이 아니고, 왜냐하면 결국 시간의 모든 웅대하고 그로테스크한 것처럼 요즈음 당신을 2백 년을 살게 할 잔인하고 참을 수 없는 시간의 일이기 때문입니다.

내 책(그리고 당신의 책)에서는 당신이 복음주의 순수함의 전형적 특징을 지닌 흠 없는 사람으로 소개되지 않고, 또한 때때로 추호의 실수도 저지르지 않거나 자살하고 싶은 충동을 전혀 못 느끼는 완벽한 영웅으로도 소개되지 않습니다. 친애하는 세르반도, 그 모습 그대로 소개됩니다. 불행히도 거의 알려지지 않았지만, 당신은 아메리카 문학과 정치사의 중요한 인물 중 한 사람입니다. 가공할 만한 인물입니다. 그것만으로도 어떤 이들이 이 소설이 검열을 받아야 한다고 여기기에 충분합니다.

아바나, 1966년 6월

멕시코

# 제1장
## 몬테레이에서 내 유아기가 어떻게 지나갔는지
## 그리고 일어난 다른 사건들에 대하여

우리는 종려나무 숲에서 온다. 우리는 종려나무 숲에서 오지 않는다. 나와 두 명의 쌍둥이는 종려나무 숲에서 온다. 나 혼자 종려나무 숲에서 오는데 이미 날이 어두워지고 있다. 여기는 날이 밝기도 전에 밤이 된다. 몬테레이 전체가 그렇다. 누군가 잠자리에서 일어나 만나러 올 때 이미 어두워지고 있다. 그래서 아예 일어나지 않는 편이 더 낫다.

그러나 나는 지금 종려나무 숲에서 오는 길이며 이미 날이 환하다. 태양이 돌들을 부순다. 그리고 그때 잘게 부서진 돌을 집어 들어 내 쌍둥이 누이들의 머리에 던진다. 나의 누이들에게, 나의 누이들에게. 나의.

나는 거기 있었다. 커다란 가시 아래 쉬면서. 치차* 애주가를 피해 달음박질하여 숨어서 쉬고 있었다. 사악한 사람! 그렇게 할 필요가 없다고 했는데 내가 'o' 자 꼬리를 길게 그리며 쓴다는 이유 하나만으로 모과나무 회초리로 나를 때렸다. 그리고 내가 그를 기습적으로 붙잡았을 때, 자기가 나에게 하듯이 하지 않기를 바랐다. 나는 휴전이라고 말하면서, 전형적인 스페인 선생의 등을 회초리로 세게 후려쳤다. 그는 번갯불처럼 몸을 돌려 나를 덮쳤다. 나는 그를 피해 의자 위를 달리기 시작했고 그는 나를 잡아서 무릎을 꿇게 했다. 하지만 그것도 잠시, 내 어깨에서 손을 떼자마자, 그를 거꾸러뜨려 물속으로 집어넣는 물통처럼 위에서 그를 덮쳤다. 그때 모든 학생들이 나만 들리는 큰 소리로 웃기 시작했는데 나는 남들이 듣지 못하는 소리를 듣는다. 나는 들리지 않는 큰 웃음소리를 들었는데 만약 선생님이 그 소리를 들었다면 모든 학생을 나처럼 가두었을 것이다. 같은 변소에 말이다. 엄청난 악취를 풍기는!

거기에 갇혀서 구름에 거의 닿은 듯한 창문에 닿으려고 펄쩍 뛰었다. 그러나 허사였다. 다시 뛰었지만 마찬가지였다. 그래서 소리를 지르기 시작했다. 문이 열렸다. 악마의 얼굴을 하고 콘도르처럼 괴상한 털로 뒤덮인 선생이 노래를 부르며 다가왔다. 불타는 모과나무 회초리를 들고 조용히 하게 하려고 그것을 내 입속에 집어넣으려는 자세로……. 그래서 나는 몸을 웅크렸다가 있는 힘을 다해 펄쩍 뛰었다. 어찌나 높이 뛰었던지 내 머리가 천장을 부수고 내 몸이 지붕 위로 올라갔다가 다시 종려나무 숲 한 떨기나무에 떨어졌다. 거기에 마침 황조롱이 둥지가 있었고 암컷을 죽였는데 몸집이 더 큰 수놈이 내 눈을 쪼려 했기 때문이다. 황조롱이와 엉켜서 기적적으로 산산조각 나지 않고 땅에 떨어졌다.

새에 쪼이고 땅에 떨어져서 쉬고 있을 때, 나귀 같은 ── 악마 ──

선생이 내가 있는 곳으로 달려오는 것을 본다. 불타는 모과나무 회초리를 든 채 학생들을 대동하고 내 내장을 불태워 버리려는 자세로 난생처음 들어 보는 욕지거리를 하면서 다가오고 있었다.

나는 엄마를 부르며 종려나무 떨기들의 줄기 사이를 달렸다. 그러나 그때 엄마는 목화송이에서 목화를 꺼내고 있었다 ― 거기서-실을-뽑아서-천을-만들어-팔아서-꿀물을-채취-할-때가-되면-긴-호리병을-사고-용설란으로-빚은-술을-만들어-팔아서-네-개의-집기를-사서-신부님에게-선물하려고-가축들이-이미-많이-죽었기에-더-죽지-않도록-가축들에게-축복을-해-달라고-하려고. 게다가 그녀 또한 죽었다.

그래서 마치 카라반에 붙잡힌 것 같은 느낌이 들어 소리를 질러 댔다. 그러고는 폭언을 했다. 선생은 털이 더부룩한 손을 나를 향해 뻗었다. (나를 동정한) 종려나무 떨기 하나가 가시로 가득한 두꺼운 잎을 떨구어 늙은 마법사의 등에 떨어질 때쯤엔 이미 나를 움켜쥐려던 찰나였다. 그러나 가시가 등에 박힌 것을 느끼자 악마의 징계라 생각하고 거친 숨소리를 내면서, 손을 번쩍 쳐들고 소란스러운 학생들과 함께 학교로 향했다. 그사이 나는 손에 닿치는 대로 집어 들고 그들을 향해 던졌다.

그런데 말이죠, 나를 살려 준 대가로 종려나무 떨기에 고마움을 표하고자 한 손으로 줄기를 감싸려 했다. 하지만 고마워하는 은혜도 못 알아보고, 내 손을 움켜쥐고 사방으로 나온 가시로 내 손을 덮었다. 나는 정말 화가 많이 났다. 그러나 너무 아파서 노여운도 사라지고, 사람은 항상 무언가에 열중한다고 엄마가 말했듯이 나는 죽는 것에만 열중했다.

그때 내 두 누이가 와서 보더니 나를 가시로부터 떼어 놓으려고 자유로운 다른 손을 잡아당겼다. 나는 다시 소리를 질렀고 누이들이 계속해서 잡아당기자 종려나무 떨기가 나를 놓아주었고 나는 화가 치민 나머지 가장 가까이 있는 돌 하나를 주워 누이들 머리를 향해 던지고는 줄행랑을 쳤다. 저만치 가다가 돌아서서는 얼마 전에 굶어 죽은 소의 뼈를 던지며 포격하기 시작했다. 상대가 두 사람인지라 힘껏 달리는 수밖에 없었다.

곧이어 집에 거의 도착하자 엄마가 ── 촛불 하나를 머리 위에, 그리고 손가락마다 촛불 하나씩을 들고 ── 불 같은 입을 하고 문을 열어 주며 말한다.

"들어와, 이 악마야! 네 방으로 올라가. 선생님이 이미 불평을 늘어놓고 다녀갔다. 일주일 내내 여기서 못 나갈 줄 알아!"

바로 그때 뒤를 돌아보니 종려나무 떨기들끼리 마치 서로 뿌리째 뽑아 버리려는 듯 서로 꼬이고, 줄기들끼리 내 귀가 거의 믿지 못할 정도로 거북하고 이상한 소리를 지르면서, 포옹했다가 다시 풀어 주곤 했다. 그리고 잎이 떨어졌다. 마치 나를 질식시키려고 다가오는 것처럼 바람이 아닌 바람에 흔들리면서 격렬하게 비틀거렸는데 왜냐하면 그때 잎사귀 외에는 움직이는 것이 없었기 때문이다.

"들어와, 이 악마야!" 이 말을 한 엄마는 아무것도 보지 못한 듯했다.

"종려나무 숲에서 오는 길이에요." 그러자 그녀는 촛불을 들고 있는 손가락을 내 얼굴에 대고 흔들어 바로 내 눈앞에서 불이 꺼졌다.

나는 계단을 오르기 시작했고, 올라가서는 종려나무 숲에서 오는 길이라고 말했다. 이것이 다시 엄마를 화나게 해서 마치 물에 젖은 손을 세게 흔들듯이 손으로 나를 때렸고, 바로 내 머리 위에 촛불이 다 있어서, 내가 뛰지 않으면 나를 태워 버릴 듯했다.

지금 여기 위에서 저기 마당에서 플로이란이 껑충껑충 뛰고, 내 누이들이 머리에 흙을 던지는 소리를 듣는다. 그러나 오늘 밤 나에게는 어떤 놀이도 없다. 구슬치기도. 공놀이도. 아무것도. 만약……하지 않았더라면……. 그러나 아니다.

# 제1장
# 몬테레이에서 너의 유아기와 일어난
# 다른 사건들에 대하여

너는 이제 종려나무 숲에서 돌아온다. 너는 이 지역 유일한 떨기나무의 엉성한 잎새 밑에서 온종일을 보냈다. 생각에 잠겨.

햇빛에 타지 않으려고 해를 등진 채 나무줄기 뒤에 웅크리고 있었다.

이제 종려나무 숲에서 돌아온다. 모든 떨기나무들을 뿌리째 뽑고는 너의 모래버룩을 잡아 줄 때 네가 외치듯이 그것들이 소리 지르는 것을 들은 뒤에.

학교도 가지 않고, 정오에 점심 먹으러 집에도 오지 않았다.

네 두 누이가 모래사장에서 외치는 소리를 들었다. 손에 두 개의 회초리를 들고 너를 찾고 있다. 이곳에 나무가 남아 있지 않으면 대체 어디서 저 회초리들을 구하겠는가?

이제 너를 따라잡는다. 이제 너를 붙잡는다. 이제 방금 뽑힌 종려나무들이 소리 지르며 온다.

네 머리를 회초리로 흠씬 때릴 것이다. 머리가 깨져 집에 도착할 것이다.

엄마가 문에서 너를 기다릴 것이다. 너는 머리를 움켜쥐고.

엄마가 너를 떠민다. 그리고 몽둥이로 두 차례 때린다. 너는 강인하고 참을성이 많아서 입도 뻐끔하지 않는다.

"방으로 내려가." 너에게 말하고 네 목에 굵은 밧줄을 던진다.

이제 너는 지하실에 있다. 낮도 아니고 밤도 아니다……. 전갈들이 노래를 부르고 있고, 모든 것이 불그스레하다.

전갈들이 노래한다. "저기 아기 예수수가 온다. 저기 아기 예수수가 온다. 네가 물어라, 네가 물어라."

네 엄마가 와서 네 두 손을 자른다. 그리고 묻는다.

"누가 종려나무 떨기를 뽑았니?"

"재래요." 노래 부르지 않는 전갈들이 불그스레한 돌에서 나오면서 말한다.

그때 아버지가 불그레한 칼을 꺼내 울면서 너의 다른 손을 자른다. 세 번째 손이다. 그리고 불그레한 모래밭에 그걸 심는다. (어두워진다.) 모든 것이 불그레하다. 그러나 낮도 아니고 밤도 아니다. 창문으로 모래밭이 하늘과 만나려고 웅크리는 것이 보인다. 저기서 마침내 손으로 된 떨기나무 한 그루가 태어났다.

여기는 모든 것이 돌이고 모래다. 한때는 다 돌이었다. 몬테레이는 돌의 시대에 산다. 그러나 이미 모래의 시대로 넘어가고 있다. 나중에는 가루의 시대가 될 것이다.

모두 다 붉다. 모래가 돌 사이에서 반짝인다.

눈이 안 보일 정도로 눈에 모래를 던지며 노는 두 쌍둥이의 웃음소리가 들린다. 플로이란은 닿지도 않는 하늘을 향해 돌을 던진다. 만약 네가 거기 있었더라면 하늘에 닿았을 것이다. 그러나 오늘 밤 너는 아무런 놀이도 할 수 없고, 동생들에게 환영이 아니라는 것을 보여 주기 위해 널려 있는 시트가 찢어질 정도로 모래사장을 달릴 수도 없다.

그러나 날이 어두워지자, 모과나무 회초리 위에 올라타고 네 아버지가 다른 진실을 가지고 온다. 걸어오지만 너는 말소리를 듣는다.

너는 자물쇠를 통해 도망간다. 네 손을 잘라 땅에 심는다. 도망간다. 도망간다. 도망간다. 이 손으로는 다시 어떤 나무도 자르지 않을 것이다. 마을에 있던 유일한 나무. 그를 잡아라, 자갈밭에 들어간다! 그냥 놔둬라, 거기서 전갈들이 먹어 버릴 테니까! 검은 전갈들.

전갈들이 너에게 합창단을 이루었다. 전갈들이 노래를 부른다면 이 마을이 그토록 적막하진 않을 텐데! 그러나 '치스' 소리조차 내지 않는다. 다가온다. 울어도 침묵 속에 운다. 너는 이제 네 발가락을 기어 다니는 전갈들을 느낀다. 이제 잎이 가득한 다리로 올라간다. 네 엉덩이를 스친다. 너는 울면서 모래밭 한가운데 있다. 너는 달리기 시작하고, 전갈들은 날개를 치켜들고 네 줄기를 뽑는다. 네 봉우리를 꺾는다. 네 잎을 떼어 낸다. 이제 뿌리까지 내려간다.

다른 걸 생각하는 편이 더 낫겠다.

# 제1장
## 몬테레이에서 그의 유아기가 어떻게 지나갔는지 그리고 일어난 다른 사건들에 대하여

때때로 팔짝 뛰는 것을 그만두고, 돌을 던지며 아무것도 보지 않으려고 엎드려 있었다. 그렇게 시간이 흘러갔고, 시간은 존재하지도 않았고 우리의 잘못된 생각으로 죽음에 대해 두려움을 갖기 시작하고 또 한편으로는 죽음이 언제든 닥칠 수 있고 그것을 멈출 수 있다는 것을 발견할 때까지 시간이 흘렀다. 슬퍼할 이유가 없다고 스스로에게 말했다. 그리고 슬프지 않았다. 기뻐할 이유가 없다고 생각했다. 혼자서, 거대한 상상 속의 초목 한가운데서 (그에게 바다에 대해 얘기해 주었지만 상상할 수가 없었다) 태양 아래 쇠약해지는 느린 영상을 상상하고 있었다(부활한 아버지의 전진). 촛불은 돌들 밑에서 나오는 빛의 발산에 비하면 아무것도 아니었다. 자신을 초라고 상상했다. 너무 익은 돼지처럼 조각조각 흩뿌리면서, 종말이 전개된 가운데 양옆으로 흘러내리고 있었다. 거의 똑같은 그 집들에서 얼마나 평범한 유아기를 보냈던가. 털이 자라며 신비스러운 욕구에 대한 두려움 때문에 모든 유아기처럼 얼마나 끔찍한 유아기를 보냈던가. (욕망이란 모래사장의 붉은 부분 위에 튀어나온 불그레한 형상과 같다.) 이제 그에게는 상상만이 남아 있다.

학교에 가지 않았으므로 지붕 위를 가로질러 간 하나밖에 없는 해오라기의 뒤를 쫓지 않았다. 다른 한편으로는, 한 번도 존재하지 않았던 종려나무 떨기들을 뽑지 않았다. 아직 태어나지 않았으므로 그의 누이들을 보지 않았다. 잘린 손들의 어리석음도 보지 않았다. 상상. 상상……. 집은 왁자지껄했다. 모래사장은 더 푸르렀고 나무로 가득 찼다. 하늘에서는 괴이한 새들이 계속 날개를 펄럭였다. 그리고 모래사장에서 꼼짝하지 않고 7년을 더 잠자코 있었다. 손톱 즙으로 영양을 섭취하면서. 한 종에 의해 발견되어 종소리가 그를 소리 나는 곳으로 옮겨 줄 때까지……. 그리고 거기서 달아날 유일한 가능성을 보고 자기 방으로 들어가 엄마가 적절한 선택을 해 주기를 기다렸다.

엄마가 들어왔다. 창백한 얼굴로 머리에 돌을 얹은 채. 그는 엄숙하게 돌을 받아, 그날 밤 그 위에서 잠을 잤다. 다음 날 그들은 노새를 준비했다. 그리고 그는 영원히 떠났다.

# 제2장
# 몬테레이를 떠나는 이야기

말이 거의 없는 노새를 타고 몬테레이를 어느 날 아침 떠났다. 엄마는 문에 다가서서 팔로 커다란 십자가를 그렸다. 노새가 마치 웃는 것 같았는데 그의 주둥이를 보니 이빨이 다 보일 정도였으니까 말이다. 두 차례 채찍을 가하자 뒤돌아보지 않고 사라져 갈 때까지 모래사장을 쏜살같이 달렸다.

첫날 밤은 혼자서 갔다. 둘째 날은 마부 무리와 마주쳤는데 매우 야만적이어서 나를 보자마자 나에게 돌진하고 내 노새의 꼬리를 치켜올렸다. 전날 새벽, 가축을 모두 도둑맞았는데 자기들 것일 수도 있다고 했다.

"도둑들은 호시탐탐 기회를 노리지. 이 노새를 훔치지 않은 게 기적이구먼. 우리를 보시오. 걸어서 멕시코시티까지 가야 하니 말이오." 그들이 말했다.

사실 나는 노새를 채찍질해서 달려가고 싶었다. 그러나 그 가축은 아무도 믿지 않았고 나를 걱정스레 바라보았는데, 내가 유일하게 걸어가지 않는 사람인 까닭에 나를 덮쳐서 상황이 더 악화될까 봐 겁이 났다. 그래서 나는 이튿날 밤까지 기다렸다(마구 속에 보관해 둔 옥수수와 치즈로 만든 빵을 꺼낼 엄두도 못 낸 채). 모두 잠들었을 때 노새를 끌고 나왔다. 그러나 빌어먹을 짐승이 외쳤다. "나를 데려가요, 나를 데려가요." 마치 강간당하는 처녀처럼 말이다. 그러자 보병 대대가 잠에서 발딱 깨더니 나에게 다가와 말했다.

"아하, 네가 불쌍한 노새를 강제로 끌고 가려 하는군."

그러고는 노새를 빼앗았다. 그 바람에 나는 걸어서 간다. 사람들이 거의 다 와 간다고 하는데 자욱한 연기가 총독부를 가리키는 것이 틀림없기 때문이다. 무더운 지역과 얼어붙은 땅, 나그네가 항상 같은 지점에 있다고 느끼는 광활한 평원을 지나 걷고 또 걸었다. 저 아래로 구름이 마치 갓 태어난 콘도르 새끼 같아 보이는 벼랑을 한 발로 건넜고, 모든 마부들의 머리카락을 곤두서게 만든다는 인디언 무리도 지나갔다. 방석을 만들기 위해 머리카락까지 훔친다는 여관에서 잠을 잤다. 또 여관에서 파는 부싯돌 가루로 만든 옥수수 음료를 마시고는 배가 아프기도 하고 그렇게 내가 지나온 곳에 자취를 남기며, 이제 도착한 것 같다.

# 제2장
## 몬테레이를 떠나는 이야기

여정은 그리 힘들지 않았다. 지저귀는 노새가 끄는 마차를 타고 가는데, 돌과 발굽이 부딪치는 소리가 캐스터네츠 소리 같아서 밤에 잠을 잘 수가 없었다. 기나긴 여행의 모든 어려움이 그 모래와 태양의 감옥을 벗어났다는 낙관주의로 상쇄되었다. '앞으로 나아가기 위해' 도시로 갔다. 그가 태어난 마을은 불안감이 밀려오면 더 작아진다. 그리고 폭발한다. 그래서 여행 중에 묵은 한 여관에서 가장 편하게 잠을 자고, 인디언 우유와 부싯돌 가루를 섞어 만든 맛있는 옥수수 음료수를 마셨지만 돈이 한 푼도 없어서 값을 치를 수 없었다. 밤에 잠이 들었는데, 누군가 —— 음료수 값을 받으려고 —— 그의 옷을 홀딱 벗겼다. 여행자는 아무것도 모른 채 잠을 잤고 다음 날 일어나서 기지개를 켠 뒤 발가벗은 몸으로 걷기 시작했다. 아무도 그를 저지하지 않고 약 20레구아* 이상을 갔다. 어느 날 정신이 살짝 나간 노파 하나가 멀리서 그를 보고는 수도까지 달려가서 주교에게 그 '신'을 본 바로 그 자리에 성당을 하나 세워 달라고 요청했다. 그 '신'이 멀리서 기묘한, 그래서 신성해 보이는 한 손가락으로 그녀에게 축복을 빌어 주었기 때문이었다. 성당이 세워졌지만 노파는 그 외관이 마음에 들지 않는다며 이런저런 항의를 일삼다가 삼엄한 종교 재판의 꺼질 줄 모르는 화로에 불태워졌다. 젊은이는 태평하게 계속 길을 갔고, 도중에 성당을 세우러 가는 노예 집단과 마주쳤다. 그들이 허름한 망토 하나를 주어 그것으로 몸을 가리고 계속 길을 갔다.

# 제2장
# 몬테레이를 떠나는 이야기

출발이나 여정은 그리 힘들지 않았다. 가장 힘들 때는 해발 2천 야드에 위치한 도시로 올라가려고 할 때였다. 누가 이런 꼭대기에 마을을 세울 생각을 했을까? 구름이 도시 아래로 다니기 때문에, 좀처럼 비가 오지 않는 곳이다. 기어오르느라 손이 빨개진 채 거의 다 와 가는데, 네 머리 위로 병들이 빗물처럼 떨어진다. 병 사태가 끝이 없어 보여, 비어 있는 질그릇 술병과 작은 병을 뚫고 너는 출발 지점인 언덕으로 돌아간다.

"잘 봤지." 병 틈을 뚫고 나온 신부가 말했다. "저 사람들은 술 마실 생각밖엔 안 한다니까. 용설란으로 빚은 술과 스페인 알코올 술병으로 가득한 도시는 유리의 무게로 허물어져 내리기 시작하지. 아이 참, 기적적으로 위까지 올라갔는데, 이제 또 어찌 오른다지."

신부는 술병 하나를 집어 입에 갖다 댔다.

"가장 나쁜 건 한 방울도 남기지 않았다는 거지!" 화가 치밀어 말했다.

"이 병들을 가지고 계단을 만들 수 있다고 생각해요." 네가 말했다.

그 작업이 시작되었고 계단을 만드는 데 한 달이 걸렸다. 결국 길이가 2천 야드 되는 반짝거리고 유약을 바른 계단이 완성되었다. 마치 하늘에 닿을 듯했고, 한낮의 해가 반사되는 유리 광택에 따라 모든 빛의 섬광을 발하게 했다. 그리고 그들은 계단을 오르기 시작했다. 세르반도와 방랑 신부는 현기증이 나서 비틀거리며 수도에 도착했다. 계속 올라오는 동안 뭐든 좀 먹어야 했지만, 임시 계단의 병 바닥에 남아 있는 약간의 술 찌꺼기밖에 먹을 게 없었다. 돌부리에 차이고, 손에 병 두 개씩 든 채 세르반도와 신부는 도시에 입성했다. 마침내 '고도에 위치한' 도시로 올라갔다.

# 제3장
## 도시 전경에 대하여

벼랑 위에 세워진 도시는 야자나무 위에 놓인 거북이 같았다.

세르반도는 용설란 꿈을 꾸다가, 맨발의 거지 떼에게 얼굴을 짓눌리지는 않았지만, 발에 밟히는 바람에 잠에서 깨어났다. 호기심에 그 군중의 뒤를 쫓았는데, 그들은 목에 밧줄이 묶인 채 끌려가는 부인을 따라가고 있었다. 조심스러워서 묻진 않았지만 아주 협소한 골목 끝에서 거의 하늘까지 치솟아 오르는 연기를 보았을 때 '그 부인'이 그 불에 화형당할 것이란 생각이 들었다.

화롯불은 거리 모퉁이마다 밤낮없이 타오르고 있었고, 그로 인해 도시는 열기와 매연으로 가득해 여름에는 도저히 견딜 수 없을 지경에 이르렀다.

군중이 화염 주위에 운집했다. 그 부인은 줄을 서서 자기 차례를 기다려야 했다. 세르반도는 거지들이 부인을 열심히 따라온 사실에 감탄했다. 이미 화로에는 차례를 기다리는 희생자들의 긴 대열이 있었다. 소문으로 그 부인이 도시의 가장 부유한 사람들 중 하나라는 사실을 알 수 있었다. 그래서 사람들이 경의를 표하며 마지막 순간까지 쫓아갔다. 이런 위급한 순간에도, 부인이 관대함 때문이 아니라 권세 때문에 그들에게 뭔가 베풀어 줄 것을 기대하면서 말이다. 왜냐하면 잠시 후 불에 탈 여인은 매우 사치스러웠기 때문이다.

이 광경은 호기심 많은 사람들에게는 재미있을지 몰라도, 그 정화의 과정을 거쳐야 할 사람들에게는 그렇지 못했다. 그래서 희생자들의 줄에서는 항의의 큰 소동이 벌어졌다. 어떤 이들은 순서를 뺏긴 사람들의 빗발치는 항의를 들으며, 새치기를 해서라도 화롯불에 좀 더 가까운 자리를 차지하려 했다.

또한 화롯불을 유지하는 것도 큰 문제여서, 수천 명의 인디오들을 고용했다. 그들은 어디서건 땔감을 구해 와서, 밤낮으로 불을 지펴야 했다. 극한 상황에서는 그들 자신이 연료가 되기도 했다. 그러나 어떤 이들은 연료를 계속 찾으러 다니는 데 지쳐, 그런 결정을 내리기도 전에 구해 온 얼마 안 되는 땔감과 함께 불길 속으로 뛰어들었다. 이렇게 해서라도 잠깐이나마 꺼져 가는 불을 다시 지폈다. 그럴 때면 불꽃이 마치 폭죽처럼 노랗고 푸르스름한 빛을 띠었다. 지금은 불길이 조금 수그러졌다. 희생물이 워낙 뚱뚱한 사제라서 타다 남은 작대기들을 꺼 버렸기 때문이다. 백 명의 인디오가 등에 지고 있던 삼나무 덩이를 던지자, 장작 타는 소리를 내며 불길이 다시 치솟았다.

줄에서 기다리는 사람들의 항의는 갈수록 심해졌다. 어떤 이들은 타다 만 장작을 집어 자신의 몸에 불을 지피기 시작했다. 그러면서 거룩한 종교 재판의 명령을 어기고 마지막 고해 성사도 받지 않은 채 비기독교적인 방법으로 죽어 간다. 하지만 다른 사람들은 조용히 차례를 기다리고 또 많은 사람들이 금지된 책들을 들고 있는데, 대주교가 마지막 순간이라며 책을 보는 것을 허락했기 때문이다.

부인의 차례가 되었을 때, 묶여 있는 손 때문에 기품은 없지만 경쾌하게 걸어와 화염 속에서 세르반도가 알아듣지 못하는 연설을 했고, 왜 이 하나를 뽑는 데 동의하지 않았는지를 설명했다. 마지막으로 거지들을 향해 손짓하며 자기 몸에 있는 것은 불에 녹지 않으니 가져가라고 했다. 거지들은 너무 기뻐서 불타고 있는 부인 주변을 돌며 춤을 추었다. 삼지창과 쇠막대기 심지어는 나무 막대기까지 들고 금은 녹지 않는다는 것을 확신하면서 그녀가 재로 변하는 것을 조바심 나게 기다렸다. 그리고 부인은 자신의 모든 보석으로 잘 치장한 채 지옥에 들어갔다.

그러는 사이 기다리는 사람들의 불평이 갈수록 심해지고 천박해졌다. 밤이 되자 많은 구경꾼들이 집으로 돌아갔는데, 모두 백인이었다. 그럴 의무가 없는 인디오들은 가까이 가지 않았고, 불을 쬐려고 다가가려 하지도 않았다. 멀찌감치서 화염이 타오르는 것을 보고 무서워서 도망가는 이들도 있었다.

세르반도는 피곤한 데다 연기를 너무 많이 마셔서 감기에 걸릴까 봐 라 알라메다 거리로 갔다. 몸이 좋지 않았다. 열여섯 살이었지만, 잠시 벤치 위에서 기침하는 모습이 마치 노인 같았다. 정확히 조금 전 의식을 거행하는 수도원에 들어가려고 했다. 그러나 '유아기의 집'으로부터 떠나온 첫출발을 감행한 터라 아직 그 집으로 돌아갈 마음이 없었다. 거리의 가로등 심지가 다 타들어 가기 시작했다. 수레가 쓰레기를 거두어 가면서 줄줄 흘렸다. 분수에서 물줄기 하나가 솟구쳤다가 곧 멈췄다. 모든 성당들이 제각각 다른 시각을 따르기에, 기도 시간을 알리는 종소리가 가다가다 들렸다. 수많은 성당의 지붕 위에 하늘을 찌를 것 같은 탑이 보였다. 소년은 평소 습관처럼 성큼성큼 걸어서 수도원에 도착했다.

가끔 속이 빈 달걀을 숯불에 던졌을 때처럼 커다란 폭발음이 들렸다. 다름 아닌 화롯불의 열기에 터지는 사람들의 머리였다.

그는 문을 두드렸다.

나는 문을 두드리고 들어갔다. 흰옷을 입은 수련 수사들의 합창이 나를 기다리고 있었다. "이미 너를 기다리고 있었어"라고 말했다. 나는 세상에서 가장 끔찍한 곳 중 하나인 산토 도밍고회 수도원에 있었다. 거기서 투표는 불가능하다. 유혹은 많고 나쁜 예는 좋은 예를 밀어낸다. 거의 빠져나왔는데 어떻게 다시 빠졌는지 모르겠다. 수련 수사들의 합창이 곧 모임이 있을 옆방으로 나를 끌고 갔다. 잠시 후 나는 발가벗은 채 한 발을 디디면서 예배당의 뒤 계단으로 빠져나와 테렌시오 신부의 팔 뒤에 숨었다. 신부는 "진정해, 진정해"라고 말하고, 나는 내가 목격한 것과 지금 저 아래서 벌어지고 있는 일을 이야기하려 했다. 신부는 "진정해, 진정해"를 연발하며 나를 딱딱한 의자에 앉히고는, 팔로 내 머리를 쓰다듬고 내 눈물을 닦아 주고 내 무릎 위에 앉았다. 그걸 본 나는 다시 뛰었고 어찌할 바를 몰라 거리로 나왔다. 내가 거리로 다시 나왔을 때 처음 목격한 것은 비늘이 가득한 사람이었다. 그렇게 끔찍한 병을 앓고 있는 것을 생각하니 무서웠다. 하지만 계속 걸었고 비슷한 상황에 처한 다른 사람을 보았다. 그리고 다른 사람, 또 다른 사람……. 결국 한 노인에게 물었다. 그러자 "당신, 어디서 왔소?"라고 되물었다. 내가 어디서 왔는지 말하자 노인은 웃음을 터뜨리며 그곳이 세상의 반대편에 있느냐고 물었다. 결국 내가 본 것은 사실이며, 몇 년 전에 유명한 엔지니어가 수도에 와서 커다란 호수 중 하나를 간척하려 했다는 이야기를 들려주었다. 엔지니어가 호수 물을 빼기 위해 터널을 만들기 시작했고 그 과정에서 인공 배수구가 만들어질 때까지 자연 배수구를 다 막는 바람에 도시 전체에 물이 범람했다. 그러나 일이 다 끝난 뒤, 모든 것이 지하에 있어 물 흐르는 모습이 보이질 않자 부왕은 탐탁하게 여기질 않고 마법의 소행이라고 했다. 엔지니어는 항의하며 터널을 막아 버렸다. 도시가 다시 범람하자 부왕은 엔지니어의 실력을 인정해 주었고 도시는 배수가 잘되었다. 그러나 지불해야 할 비용에 대해 엔지니어와 합의에 이르지 못했다. 그래서 도시는 또다시 배수구가 막혀 버리고 엔지니어는 이단이라는 비난을 받았다. 그런 이유로 수문과 통로의 자물쇠를 다 부수고는 터널 내부에서 그가 사라졌다고 했다. 배수구를 닫았다 열었다 하는 바람에 도시는 1년에 두 번 홍수가 났고, 가물었다가 다시 홍수가 왔다. 사람들은 적응하는 것 말곤 다른 방법이 없었다. 그리고 많은 사람들이 물고기가 되었다. 변화하는 데 시간이 더 많이 걸린 사람들은 반만 변해서 반은 물고기이고 반은 인간으로 머물렀다. 좀 더 보수적인 사람들은 지붕 위로 올라가거나 뗏목과 납작한 광주리 안에 있으면서, 많은 사람들이 굶어 죽었지만 그 외형을 잃지 않았다. 마침내 호수가 다 말랐을 때 고기들은 진창에서 괴로워하고, 사람들은 자기 위치로 돌아가고 반물고기들은 결정을 내리지 못한 채 그대로 있었다. 아름다운 옥돔으로 변한 부왕은 대양까지 떠밀려 가서 해안으로 나오지 못하고 거기서 저주를 퍼붓고 있다고 한다. 노인이 나에게 이 이야기를 해 주었고 부왕의 관내에서 일이 어떻게 진행되는지 알려 주었다. 내친김에 전날 불에 태워진 여인에 대해 물어보았다. 자존심 때문에 화롯불에 가게 된 아주 존경받을 만한 부인이라고 했다. 부왕의 아내가 앞니 하나가 빠지자 다른 부인들이 왕후와 똑같이 되기 위해 모두 다 이를 뽑았는데, 그 부인만이 거부했다는 것이었다. 반항적인 여인에 대한 논쟁이 벌어졌는데 시간이 갈수록 더 격렬해졌다. 특히 그 부인이 웃을 때, 즉 그녀가 치아를 온전히 보존하려 한 것은 부왕을 모욕하는 것이며, 그것은 또한 스페인 왕에 대한 모욕이고, 더 나아가 교황과 신성한 가톨릭교회에 대한 멸시로 마녀와 다름없다는 결론이었다. 그리고 마녀인지라 불에 태워야 한다는 것이었다.

그러나 이제 세르반도는 놀라지 않았다. 멕시코시티 사회의 가장 고상한 것이 변변찮은 아첨꾼들의 집단일 뿐임을 아주 잘 알았기 때문이다. 그런 이유로 '사회의 가장 고상한 그룹'이 되었을 것이다. 하지만 하류 계층에서도 대략 비슷한 일이 일어나고 있었다. 그것은 내 옆에 있던 가장 비참하게 생긴 사람이 오만상을 찡그리고 쓰러지더니 한쪽 다리를 들어 올리며 곧바로 죽은 모습을 보고 알 수 있었다. 오! 주여, 도저히 믿을 수 없는 일이었다. 이빨 빠진 왕후 얘기를 해 준 노인에게 다시 물어보려고 했다. 그러나 질문하려는 순간에 그가 내 앞에서 펄쩍 뛰더니 혀를 쭉 내밀면서 뻣뻣하게 굳어 있는 것이 아닌가. 사방을 둘러봐도 펄쩍 뛰었다가 고통스럽게 쓰러지는 모습만 볼 수 있었다. 그래서 길 아래쪽으로 뛰어 내려갔고 그 끝에서 사람들을 재로 만들려고 기다리며 타고 있는 화롯불 앞에 멈춰 섰다. 한 수사가 마치 부지깽이 끄트머리처럼 화롯불 한쪽 끝에 매달려 있는 기다란 십자가를 휘저어 다시 불을 일으켰다. 바로 그의 앞에, 한 남자가 높이 뛰어 불을 거의 꺼뜨리면서 푹 쓰러졌다. 수사의 저주하는 소리가 들렸다.

"어디서 죽을지도 모르는 빌어먹을 인간 같으니. 썩은 생선 먹고 싶지 않으세요? 그렇다면 바로 여기 있습니다."

"썩은 생선이오?" 그에게 물었다.

"물론이지. 뛰어들기 전의 저 사람 몰골을 못 봤니? 입고 있던 옷 못 봤어? 싱싱한 생선이나 살 수 있을 거라고 생각하니?"

이래서 사순절 기간 동안 모든 사람이 꼭 생선만 먹으려고 하는 이유를 알게 되었다. 그러나 말라 버린 호수 때문에 생선이 워낙 부족해서 생선값이 천정부지로 올랐고 부자들만 생선을 살 수 있었다. 대부분의 생선이 진열대에서 썩어 갔고, 생선만 먹든지 아니면 굶어 죽겠다고 고집부리는 가난한 사람들은 썩은 생선을 아주 싼 값에 사 먹을 수 있었다. 썩은 생선을 살 돈조차 없는 사람들은 화롯불에 뛰어들거나 영양실조로 죽어 갔다. 그러나 이런 부패한 음식을 섭취해서 어떤 이들은 병에 걸리고 어떤 이들은 영양실조로 죽어 갔는데 썩은 생선조차도 살 돈이 없었기 때문이다. 그러나 이러한 죽음은 서서히 진행되고 죽을 장소도 적당히 선택을 했다. 이렇게 해서 비참함과 미신이 얼마나 횡행하는지를 알 수 있었다. 빈곤의 혹독함을 생각하며 흰옷을 입은 수련 수사들이 있는 수도원으로 돌아갔다.

그들의 합창이 나지막하게 들려오는 주 제단 앞에 다다랐을 때 그는 무릎을 꿇지도 않고 기도도 하지 않고 한동안 멍하니 서 있었다.


너는 이미 밤이 되어 도착했는데도 온 마을을 돌아다니며 비리를 찾아내는 데 지치지도 않는구나. 너무 젊고 참 반항적이구나! 젊고 항상 비판적이구나! 우리의 어린 천사들이 자그마하게 속삭이는 이곳을 비난하면서. 참 불평도 많구나! 고상한 영혼의 테렌시오 신부를 보고 뛰어가서는 불평하며 추한 문제들에 대해 추궁했지. 그러나 고상한 영혼의 테렌시오 신부는 네

말에 아랑곳하지 않고 너를 사랑의 왕국으로 끌어들이려 했지. 짐승의 조각인 너는 그를 거부했고, 따라서 주님을 거부한 것이지. 그를 네 발 사이에 웅크리지 못하게 했으니 말이야. 너는 네 평생 동안 그래야 하듯이 혼자서 물러났지. 항상 피할 무언가를 찾아서. 네가 거부한 것이 결국 네가 원하는 것이라는 것을 나는 잘 알고 있지. 모든 수련 수사들이 옷을 벗은 채 너에게 인사하려고 다가갔을 때 무언가 네 안에서 '패스(pass)'했고 수많은 빛으로 부서졌지. 너의 첫 번째 반응은 그들을 향해 달려가는 것이었고, 발가벗은 채 혼란스러웠지. 그러나 너는 너 자신에겐 완강하고 교활하지만 가장 강렬한 욕구에 있어서는 폭군이지. 그래서 뛰기 시작했지. 악행은 즐기기를 원하는 그 순간에 있는 것이 아니라 그 순간에 얽매이는 예속성과 영원한 의존성에 있다는 것을 너는 잘 알고 있기 때문이지. 끝없는 탐색과 발견한 것에 대한 계속되는 불만……. 도망친다기보다 바로 너 자신을 피해 달아났지. 그리고 너 자신에게 "살았다, 살았다"라고 말했지. 첫 번째 경우에 살아남았다는 것은 이제 네가 영원히 살아남을 수 있다는 의미이지.

그러고는 혼자 온 도시를 배회했지. 이제 마음을 굳게 먹고, 주검을 밟으며 수도원으로 돌아왔지. 너는 나무 뒤에 서서 해방감 뒤에 따르는 평온함으로 자신들의 술잔치로부터 정화된 하얀 환영들의 찬미를 들었지. 악마들의 한 젊은 방문객이 하얀 천 위로 너를 스치며, 너의 고환을 쓰다듬었지. 죄인들에게 사면하면서 시치미를 뚝 떼고 있는 테렌시오 신부였지. "우리를 시험에 빠지지 않게 하시고 다만 악에서 구하소서. 아멘. 아멘." 그러나 너는 완강했고 입술을 깨물었지. 신부는 아이러니한 이상한 제스처로 사면을 계속했지. 수년간의 성공적인 시도 뒤에 처음 겪는 실패였지.

# 제4장
# 대주교의 방문에 대하여

감방 안에서 꿈을 꾸고 있는 듯했다. 협소한 방에서 그냥 선 채로는 밖을 내다볼 수 없어 침대의 받침대 위로 올라가 천장에 닿는 창으로 다가갔다. 어둠 속에서 하늘로 올라가는 연기가 아니라면 도시는 숨조차도 쉬지 않는 듯했다. 연기는 검은 왕국을 부수는 듯한 탁탁 튀기는 조명등 같았고 대지를 부드럽게 전율시켰다. 처음에는 그 광경이 위엄스러웠지만 계속해서 반복되는 모습에 따분해졌다. 좀 더 선명하게 상상하기 위해 눈을 감자 그 불들이 차츰 사라지고 이제는 내부로부터 무언가 격노하여 저항하듯이, 매우 예민한 짐승의 피부 위에서 개미들이 미끄러지듯 위에서 미끄러지는 짐을 흔들어 털듯이, 세상의 심장부로부터 불빛이 나오고 있었다. 잠이 들었다. 입에 가위를 물고 걸어 다니는 꿈을 꾸었고, 꿈속에서 그 꿈에 대한 설명을 요구했다. 그러나 무슨 뜻인지 알 수 없었고, 잠을 깬 후에도 마찬가지였다. 책 뒤에 숨었고 양피지와 책갈피를 방패 삼아 책장을 뒤지면서 이미 쓰여 있을 수 있는 것을 다시 찾고, 언급될 수 있지만 언급되지 않은 것, 또는 언급되었으나 다시 반복해서 효과를 내기 위해 언급되지 않은 것처럼 등장하는 것을 상상했다. 먼지가 가득한 습한 곳에서 통로를 만들고 아직 어느 곳에도 쓰여 있지 않지만 번쩍이는 글씨로 눈에 잘 띄게 만들어져 있을 상상의 책을 찾기 위해 손으로 거미줄을 헤쳐 나가야만 했다. 다른 한편으로 감시가 아주 심했고 흥미를 끌 만한 책은 극소수였다. 『돈키호테』조차도 "매우 세속적이고 거짓된 삶에 대한 책"이라고 판단돼 세관이 하역을 할지 결정을 내리지 못해, 쌍돛대 범선에 억류되어 있었다. 거기서 그 두꺼운 책들이 나방과 달콤한 술에 찌들어 훼손되었는데, 결국 선원들이 그것을 밀수하기로 결심했다. 그렇게 해서 한 권이 그들의 손에 들어갔다. 세르반도는 단번에 읽어 버릴 어떤 책도 발견하지 못하자 어쨌든 잘 진행되지 않는 모든 것에 대항해야 한다고 혼잣말을 했다. 그리고 거리로 나가 철자법이 엉망인 많은 공고문을 읽고 온 사방에 그 내용을 읊조리며 수도원으로 돌아왔다. 미사 도중에 그가 중얼거리는 "멍석 대신 옥수수 토르티야"을 들은 이후로 테렌시오 신부는 그에게 놀라울 정도의 적대감을 보였다. 그렇다고 해서 금지된 독서를 그만둘 세르반도가 아니었다. 침대 밑에서, 주 제단 뒤에서, 정원의 나무 사이와 산책로의 판석을 부스러뜨릴 정도의 햇빛을 받으며 책을 탐구하고 큰 소리로 정의를 요약하곤 했다. 대예배당 앞에서, 그리고 기도소가 높은 곳에 있기에 머리를 부딪히지 않기 위해 웅크리고 라틴어로 연설하기 시작한다.

그의 반에서 제일 우수한 학생이라 그 장황한 동사 변화와 사례(대부분 이치에 맞지 않는) 앞에서도 황홀경에 빠질 수 있는 유일한 학생이었다. 그가 연설을 하고 있으면 수련 수사들이 훨훨 타오르는 초를 들고 과녁을 정확히 조준하여 그를 공격하곤 했다. 예배당에서 전투를 벌이고 있던 어느 날, 대주교가 친히 정문으로 들어왔다(옆으로 힘겹게). 짙은 자줏빛이 눈이 부셔서 해 질 무렵의 고래와 흡사했다. 대주교가 들어오는 것을 보고 선생이 학생들을 말리려 했으나 소용없었다. 세르반도는 미사일을 막아 내며 그의 장황한 연설을 계속하고 있었는데 미사일 하나가 대주교의 엄숙한 이마를 정조준했다. 대주교는 천장 꼭대기에 이어진 설교대를 바라보았다. 입을 쩍 벌리고 악의에 찬 말을 뱉어 냈다. 설교자의 계속된 연설에 두들겨 맞은 거대한 개구리처럼 뒤로 벌렁 나자빠졌다. 그러자 수련 수사들의 합창단이 쓰러진 대주교를 둘러싸고 아베 마리아와 성모 찬미의 합창을 낮은 소리로 읊조렸다. 그리고 힘겹게 그를 일으켜 세우고는 그의 앞에 무릎을 꿇었다. 선생은 성호를 긋고 발로 아직 패배하지 않은 듯 타고 있는 촛불 하나를 끄려고 했다. 때마침 테렌시오 신부가 여유를 부리며 예배당으로 들어오다가 그 광경을 보고 돌처럼 굳어 버렸다. 대주교 앞에 머리를 너무 많이 숙이는 바람에 바닥에 부딪혀 대주교를 다시 한번 놀라게 했고, 대주교는 그 모습을 조롱으로 여겼다. 세르반도는 단(壇)을 쓰러뜨리고 초를 떨어뜨리며 내려오다가 호들갑을 떨며 발판 위에 넘어졌으나 곧바로 침착함을 되찾고 손바닥을 치며 대주교에게 인사했다.

그리고 마르시알의 풍자시를 변조하기 시작했다 ─ 주기도문을 외운다고 생각했는지도 모르겠다, 그 당시 독서를 많이 한 터라 그의 머릿속에 들어 있는 것이 하도 많아서 말이다.

너는 문학의 독에 빠져 나방과 종이들을 휘저으며 찾았지만 아무것도 발견하지 못했지. 그리고 모든 것은 대답 없는 질문뿐이었고, 그래서 너의 만성이 된 궁금증을 더더욱 부채질했지. 그리고 알기를 원했지. 그리고 질문했지. 연구를 계속했으나 어느 누구도 너에게 대답해 줄 수 없었고, 그러한 독서는 불경스럽고 미친 짓이라면서 독서를 그만두라고 했지. 그래서 너를 비난하는 모든 것에 저항하기 시작했지. 그래서 너의 독방에서 그토록 안타까운 불균형의 원인들이 (어떤 신중한 손에 의한 것인지 모르지만) 사라지기 시작했어. 너는 문학이라는 탈출구 없는 우물에 빠져서 갈수록 외롭고 우울해졌지. 실존하지 않는 문을 통해 연설을 하고 대부분의 사람들이 존재조차 모르는 것에 대해 연구하기 시작했지. 그리고 명상 속에서 자정에 침대에서 뛰어 내려와 무언의 커다란 몸짓으로 높은 추녀건, 허공에 가장 가까운 지붕이건, 삐걱거리는 위험한 수로건 돌아다녔지. 그러던 어느 날, 너의 해박한 지식에 대해 이미 알고 있는 대주교가 전령을 보내 너를 명상에서 꺼내 데려오게 했지. 그는 너에게 에르난 코르테스의 유골을 대성당으로 옮길 때 연설을 하라고 했지. 너는 대주교가 친히 찾아와 '감사의 설교'를 하라고 했다며 외치기 시작했지. 네 지식을 잘 펼치는 순간에 무장을 잘하기 위해 3주

동안 꼼짝 않고 틀어박혀 자료와 날짜들을 찾았지. 그러나 정작 유골 앞에 섰을 때는 네가 말하려고 생각해 두었던 것을 모두 잊어버렸지. 거지들 무리 가운데 번들거리고 편안해하는 피둥피둥 살찐 시 의원을 보았지. 거지들은 기도보다는 빵을 기다리면서 입을 벌리고 있는 것 같았지. 너는 한참을, 교회의 모든 합창과 애도보다도 힘 있게 끌어당기는 단 한 마디의 강력한 기도의 웅얼거림만을 들었지. 그리고 너에게 미소 짓는 부왕을 보았고 자신들의 띄엄띄엄한 치열을 매우 유쾌하게 보여주는 귀부인들과 함께 있는 살찌고 신선해 보이는 궁궐의 모든 스페인 사람들을 보았지. 네가 경의를 표하자 부왕의 아내는 고개를 약간 숙여 답례했지. 단상에서는 가난이 더 뚜렷해 보였지. 이쪽은 토착민을 경멸하는 스페인 사람들, 저쪽은 스페인 사람들과 인디오들을 경멸하는 토착민들, 더 멀리는 모든 사람들을 경멸하며 냉소적으로 광경을 바라보는 거지와 인디오들. 그래서 연설은 많은 사람들이 이해하지 못하나 훌륭하다고 생각하는, 거의 신비에 가까운 양상을 띠어 갔지. 너는 발을 헛디디며 수많은 바늘에 찔린 사람처럼 단에서 내려왔지. 부왕과 대주교의 손에 입 맞추고 부채질하며 웅성대는 여인들의 소리를 들었지. 그 부인들은 너를 칭송하고, 너에게 입맞춤하는 시늉을 하고, 어떤 여인들은 너에게 성호를 긋기까지 했지. 그 연설은 너로 하여금 성공을 거두게 했지. 그러나 너는 단상에 있을 때 정작 네가 하려던 말을 하지 않았지. 그것을 말하지 않았지.

그 당시 나는 외로움에 시달렸고 문학을 나의 은신처로 삼았다. 음란한 혈거인들의 온상에서 항복하지 않기 위해 수많은 전투를 이겨 내야 했다. 그러나 가장 혹독하고 어려운 싸움은 나 자신과의 싸움이었다. 그래서 더 열심히 책을 읽으려 했고 독방에서 껑충껑충 뛰기도 했다. 사기를 치는 악마들이 방 구석구석에서 나타나 내 손 위를 뛰어다니며 나에게 외치고 춤을 추는 것을 보았다. "유혹에 빠져라, 빠져라, 빠져……." 이렇게 내가 극도로 혼란스러울 때 대주교가 친히 나를 찾아와 정복자의 유골을 옮기는 기념식에서 설교를 하라고 했다. 왜냐하면 그 당시 내가 훌륭한 설교자라는 명성을 얻고 있었기 때문이다. 그래서 바로 그날부터 준비하기 시작했는데, 설교는 급히 서둘렀는데도 만족스러웠다. 그래서 그런지 막상 유골과 부왕 관구의 가장 유명하고 동시에 가장 별 볼일 없는 사람들 앞에 섰을 때 내가 준비한 것을 다 잊어버리고 정복자의 유골과는 관계없는 온갖 이야기를 했다(속으로는 그들의 머리 위에 번개가 떨어져 가루로 만들기를 바랐는데 실제로는 한 번도 떨어지지 않았으니 말이다). 나는 무슨 말을 할지 준비하지도 않고 그저 생각나는 대로 말을 했기에 내 연설이 유창하고 진지하고 훌륭해 보이기까지 했다. 내가 무엇에 대해 이야기했는지 잘 생각나지 않지만, 아마도 황량한 라 알라메다 지역에 나무가 너무 없음을 비난하는 내용이 아니었나 싶다. 부왕이 나에게 인사를 했고 대주교도 감탄을 표하며 인사를 했지만 나에게는 경멸적인 미소를 지은 것 같았는데 그가 토착민이라는 사실 때문에 모든 토착민과 해박하고 유식한 사람들을 증오하는 것을 잘 알고 있기 때문이다. 그 자리에서 물러난 후, 왕실의 촌스럽고 무지한 여자들의 보석과 사치로 꾸민 옷 뒤의 비참함을 보았을 때 머릿속에 지니고 있던 말을 하지 않은 것을 부끄럽게 생각했다. 그러나 그 생각은 간직하고 있다. 지금 내 머릿속에서 춤을 추고 있다. 지혜를 짜내 일을 잘 처리하는 방법을 이미 알고 있고, 단지 이 땅에서 태어났다는 이유 하나만으로 우리를 열등하게 여기는 스페인 사람들의 명성을 제거하는 방법도 잘 알고 있다. 부랑자 같은 그들은 자신들의 주머니를 부풀리고 터무니없는 의상을 걸치기 위해 이 땅에서 모든 것을 가져갔다. 지금은 통로 전체에 수사들의 웃음소리와 헛소리들이 들린다. 그들을 무시하면서, 또한 그들과도 싸워야 한다.

# 제5장
## 보룬다의 지식에 대하여

맥시코에서 최고의 설교자가 바로 나였다. 그 때문에 대주교가 친히 무릎을 꿇고 12월 12일 과달루페 성모에 대한 설교를 해 달라고 간청했다. 나는 이미 설교단회에 속해 있었는데, 모든 사람이 첫마디만 듣고도 굴복해 버리는 그런 행사에선 설교하고 싶은 마음이 없었기 때문이다. 내가 준비한 종이 묶음에 생명력을 불어넣으려 했는데 아무런 아이디어도 떠오르지 않아서 흥미를 돋우고 내 말에 집중할 수 있도록 수도원 마당을 여러 차례 돌고 포도 넝쿨 잎사귀를 다 뜯었지만 신선한 생각이 떠오르지 않았다. 그러고 있을 때(이미 나무들의 잎이 엉성해졌는데) 산토 도밍고회의 마태오 신부가 두 개의 빗자루를 타고 와서는 호들갑스럽게 두 팔로 나를 움켜쥐고 날아서 도시 끝에 위치한 동굴로 데려갔다.

"여기에 너를 내려놓는다." 이렇게 말하며 나를 빗자루에서 어찌나 세게 떠밀었는지 그만 바닥에 부딪히고 말았다.

"들어와." 그때 동굴 안에서 음성이 들렸다.

나는 충격에 얼떨떨해하면서 수천 마리의 박쥐가 놀라서 나왔다가 서로 충돌하며 사라지는 동굴 속으로 들어갔다.

"나는 보룬다다." 박쥐들을 쫓으며 목소리가 말했다.

"보룬다, 보룬다, 보룬다." 박쥐들이 이렇게 말하고는 소리를 지르고 웃으면서 나갔다.

"이리 와." 보룬다의 목소리가 말했다.

그가 있는 곳으로 가자 박쥐의 지골(指骨)로 만든, 세상에서 제일 안락한 침대에 나를 앉혔다. 침대가 약간 삐걱거려 나는 흠칫 놀랐으나 아무 말도 하고 싶지 않았다. 박쥐 떼는 보룬다가 있는 곳까지 노래하며 걸어 들어왔고, 그의 손짓에 배꼽을 잡고 가 버렸다.

"나는 보룬다다." 보룬다가 말했다.

그러고는 펄쩍 뛰어 동굴 문에 멈춰 서더니 박쥐 날개로 만든 거대한 커튼을 젖혔다. 그는 움직이고 말하는, 그러나 더 뚱뚱한 거대한 파이프 담배 같았다. 눈 위로 살이 튀어나왔고, 엉덩이의 살이 하도 두둑해서 내가 들은 바로는 볼일을 제대로 못 본다고 했다. 이것이 또한 그를 더 뚱뚱하게 하는 원인이었다. 거친 숨소리를 내면서 말하기 시작했고, 점점 더 언성을 높이기 시작했다. 소리가 어찌나 크던지 수많은 박쥐들이 소리를 지르며 동굴 벽에 부딪혀 떨어져 죽을 정도였다. 그러나 수천 마리의 다른 박쥐들은 커튼을 지나 구름이 자욱한 밖으로 나갔다.

"나는 알고 있다." 보룬다가 두 번 펄쩍 뛰어 박쥐의 배설물들이 무릎까지 빠질 정도로 푹신푹신하게 쌓인 바닥에 벌렁 드러누웠다. "과달루페 성모에 대한 설교를 네가 할 차례라는 것을 알았지." 그러고는 내 배를 한 대 갈겼다.

이제 그의 목소리는 비밀스러운 속삭임 같았고, 거대한 두꺼비가 말을 하도록 서로 부딪치는 두 개의 살덩이에 둘러싸인 그 구멍에 귀를 바짝 대야만 했다.

"그래, 좋아." 그의 목소리가 너무 커서 나는 소리를 지르며 내 머리를 그에게 떨어뜨려 박쥐의 배설물로 만들어진 카펫에 처박아야 했다. "나는 이 관구에서 이제까지 했던 그 어떤 연설보다도 더 훌륭한 연설을 할 수 있는 열쇠를 쥐고 있다……."

목소리가 더 커졌다. 벽에서 돌 부스러기들이 계속 떨어졌다. 박쥐들이 그 거친 소리의 위력에 산산조각이 나서 떨어졌다.

"내가 열쇠를 쥐고 있지." 그러자 종유석이 마치 빗물처럼 쏟아져 내렸다.

그때 거대한 고래가 거친 숨소리를 내면서 일어나더니 고기 조각을 출렁이며 내 멱살을 잡아 자기 입에 대고 속삭였다.

"나는 과달루페 성모상이 인디오들이 케찰코아틀이라고 부르는 산토 토마스 시대에 속한다고 본다."

나는 그 말을 의심했고 그때 보룬다는 입을 더 크게 벌려 내 머리를 그 안에 집어넣었다. 그래서 입천장과 혀 사이를 날아다니는 박쥐가 둘러싸고 있는 목젖을 볼 수 있었다. 박쥐들은 부드러운 소리를 내면서 이빨 위에 앉았다가 다시 사라지고 목구멍의 가장 어두운 곳으로 멀어져 갔다. 그곳에서 목젖의 벽에 매달려 주인의 씩씩거리는 자장가 소리에 잠을 자고 있었다. 씩씩대는 소리가 어떨 때는 너무 커서 그들을 흔들어 깨워 콧구멍을 통해 밖으로 내보냈다. 설교도 못해 보고 여기서 죽는구나 싶어 겁이 났고 오디세우스와 외눈박이의 형벌을 생각했다. 그러나 보룬다가 격렬하게 나를 입에서 꺼내 푸석한 바닥에 앉혔다. 그리고 펄쩍펄쩍 뛰면서 미로 속으로 사라졌다.

"이걸 좀 봐, 이걸 좀 보라니까." 단 한 번에 뛰어 돌아와서는 끝없는 천을 펼치기 시작했다. 거기에는 여자 머리를 한 동물의 몸, 사자의 성기를 가진 여자, 어린아이의 얼굴을 한 짐승과 그 얼굴 표정대로 소리 지르는 태양들이 있었다. 그러고는 내 발 앞에 다양한 크기의 돌이 가득 담긴 자루를 풀어 놓았다.

"여기 결정적인 증거들이 있다." 성공을 예견하는 크고 신선한 목소리로 말했다. "여기 상형 문자에 명백히 나타나지." 이제 그의 목소리는 작은 도마뱀의 씩씩거림으로 바뀌어 있었다. "즉 과달루페 성모가 스페인 사람들이 도착하기 전에 더 좋은 세상에서 이미 통치하고 있었다는 사실 말이야 ─ 계속해서 속삭였다 ─ 그 사실은 매우 논리적이지. 왜냐하면 예수가 제자들에게 '온 세상에 복음을 전하라'고 했지. 그리고 아메리카는 분명이 세상의 가장 중요한 부분을 차지하고 있지. 그래서 과달루페는 인디오인 요한의 더러운 망토에 나타나지 않았다는 거야. 끼아! 그렇게 구역질 나는 면 모포가 아니라 케찰코아틀의 망토에 나타났지. 내가 케찰코아틀이라고 할 때는 다름 아닌 산토 토마스를 뜻하는 거지. 예수의 명령을 절대 거역할 수 없었지. 여기

쓰인 것처럼 명백한 내 논문이 있다. 여기 이 유카탄의 사본들 좀 봐라! 이 사포테코의 기록들 좀 봐! 톨테카의 후손 사카테카의 쇠갈고리도! 이제 치치메카족의 천 개의 돌 좀 봐라. 그러면 증거들이 사실이라는 걸 알 것이다…….”

학자가 입술을 움직일 때마다 두 마리의 박쥐가 소리를 지르며 그의 입에서 나왔다. 그중 한 마리는 그의 귓불에 앉아 노래를 부르기 시작했다. 그러자 보룬다가 박쥐를 너무 세게 쳐서 그의 귀에 내장이 터져 나와 그쪽 귀가 먹었는지 더 크게 소리 쳤다.

“여기 증거물이 있다.”

고깃덩이가 펄쩍 뛰어 사라지고 박쥐들이 그의 뒤를 따라갔다가 잠시 후 거대한 고본(古本)과 함께 다시 나타났다. 그것을 바닥에 놓고 한 장 한 장 넘기기 시작했다.

“여기 『아메리카 상형 문자 일반 법전』이 있다. 여기에 모든 증거가 있다. 여기 이 점들과 형상들을 봐라! 이보다 더 명백할 수가 없지! 그러나 아직도 내겐 자료가 더 있다. 기다리면 보게 될 거다.”

펄쩍 뛰어서 사라졌다가 즉시 돌아와 백여 권의 더 이상한 책들을 내 앞에 던졌다. 그에 의하면, 거기에 산토 토마스가 아주 오랫동안 아메리카 전역을 돌아다녔다고 유카테카어로 기록되어 있다는 것이다. 그리고 테페약 성당이 건립된 것을 보러 가지는 않았다고 했다. 나는 형상들이 배열된 것을 보았다. 뱀의 발을 가진 남자들, 북을 치듯 달을 두드리는 여자들, 하늘로 올라가고 있는 사슴들…….

"여기 네 설교를 위한 충분한 자료가 있다." 이 말을 하자 마침내 지하 동굴의 벽들이 더 이상 지탱하지 못하고 무너져 내렸다.

완전히 붕괴되었다. 돌들이 우리 위로 쏟아져 내렸고 우리가 빠져 버린 박쥐 배설물의 쿠션이 아니었다면 대책 없이 그 자리에서 죽었을 것이다. 박쥐들은 비명을 지르고 소란을 피우며 나갔다.

"가장 감동적인 연설을 할 만한 게 거기 있어." 보룬다는 돌 부스러기 사이에서 상처투성이가 되어 나오면서 내가 빠져나오는 것을 거들어 주었다. 그러고는 아주 침착하게 무너진 돌 더미 위에 앉아 아무 일도 없었다는 듯이 말을 이었다.

위대한 학자임에 틀림없어. 나는 그가 자신의 작품과 집을 잃고도 태연한 것을 보고 생각했다.

"나는 이 원고들을 세상에 알리려고 했지 ― 그때 내 생각을 읽기라도 하듯이 그가 말했다 ― 그러나 출판할 돈이 없었지. '라 가세타'에서는 늘 기다려야 한다고, 차례를 기다리는 작품들이 많다고 했지. 그래서 결국 나는 원고를 팔에 끼고 다녔지. 게다가 ― 이제 그의 목소리는 돌에 부딪힌 것처럼 울렸고 목구멍을 나오기 전에 산산조각이 나는 듯했다 ― 악덕이 무식한 사람들만큼이나 넘치지. 질투는 항상 가장 높은 곳에서 자신들이 할 수 없는 일을 정복한 모든 사람들을 파괴하지."

"낙담하실 필요가 없다고 생각해요 ― 돌이 부서질 정도로 가슴에 돌을 치는 모습을 보며 내가 말했다 ― 당신이 말씀하신 게 옳다고 생각해요. 그러나 또한 이성을 가진 다른 부류의 사람들이 보존해야 할 가치가 있는 것을 복원시키지요. 그렇지 않다면 어떻게 가치 있는 그 많은 책들이 보존될 수 있겠어요?"

"사라진 작품들에 대해서는 모르고 있니?" 돌 하나를 더 집어 가슴을 긁어 댔다.

"무언가 해 보겠어요." 그를 진정시키려고 말했는데 그가 다른 돌을 집어 들었기 때문이다. 하지만 그는 그것을 내 머리에 던졌다.

"네가 뭘 할 수 있다는 거지?"

"사실 설교 때까지는 시간이 별로 안 남았어요, 단 열흘이지요. 그래서 당신이 방금 언급하신 그렇게 거대한 주제를 다룰 수는 없다고 생각해요."

"그런 말은 하지 마라." 보룬다가 크게 도약해서 내 발을 잡아 나를 자기 손바닥에 얹었다. "열흘은 연설을 준비하기에 충분한 시간이야. 모든 증거들을 다 설명할 필요는 없어. 가장 중요하고 일반적인 증거를 제시하는 것으로 충분해. 그 나머지는 네 연설의 배경에 깔려 있으니 사람들이 다 이해할 거야. 이번이 네가 다른 것, 모두가 흥미를 느낄 만한 것을 이야기할 최상의 기회야. 열흘은 충분한 시간이니까 잘 활용해 봐. 이 세상도 6일 만에 창조되지 않았니? 비록 그 내용에 반론하는 상형 문자의 열쇠를 내가 쥐고 있지만 말이야⋯⋯. 지금 당장 일을 시작해야 해."

그리고 보룬다는 곧 거대한 두더지처럼 자갈밭 사이로 잠수했고 그 자리에서 땅이 크게 진동하는 것을 보았다. 그리고 15분쯤 뒤에 법전 하나를 팔에 끼고 나왔다.

"이 끝을 잡아라. 이 거대한 천을 펼치기 위해, 자 걸어가라. 거기서 네 설교를 위한 충분한 자료를 얻을 수 있을 것이다." 그가 말했다.

이 말을 하고는 내가 끝을 지탱하고 있는 동안 등을 지고 걸으며 다른 쪽을 펼쳐 나갔다. 이미 돌무더기를 내려가서 계곡을 지나 그 끝없는 천을 펼치고 있었다. 그가 언덕 위로 사라지는 것을 보았는데 뛰어가는 돌출한 하나의 점으로밖에 보이지 않았다. 그 지역 전체를 황폐하게 하는 거친 숨소리를 냈다. 나는 설교 때까지 남은 열흘이 다 지나갈까 봐 겁이 나서 보룬다가 그의 칙칙한 천을 다 펼치기도 전에 내 끝을 잡아 두 개의 돌에 고정시켜 놓았다. 그리고 가능한 한 빨리 그 깊은 골짜기를 빠져나왔다. 마지막으로 보룬다가 아직도 등지고 돌아서서 뛰다가 저 멀리 사라지는 것을 보았다. 어쨌든 더 이상 기다릴 필요가 없었다. 아이디어는 이미 내 머릿속에 들어 있었다.

# 제6장
## 설교에 대하여

성당 관리인들이 미사를 알리는 종을 쳤다. 도시는 계속되는 종소리뿐이다. 그리고 모든 마을에서 도착해 이미 지치고 허기진 채 테페약 성지로 올라가는 인디오들과 토착민들. 옥수수와 볶은 옥수숫가루로 만든 빵 장수들이 아침 일찍부터 도착해 가장 좋은 자리를 차지하고 있다. 좀 더 위험을 무릅쓴 상인들은 그 일요일의 중요한 의식에 걸맞은 가격으로 큰 상자 밑으로 치차 술을 팔고 있었다. 그러나 성당 관리인들은 더 이상 버틸 수가 없어 종을 치다 죽거나 지쳐 버렸다. 계속 종을 치다가 미쳐 버린 일부 성당 관리인들은 높은 탑에서 뛰어내렸는데 대도시 위에서 날개를 펼치고는 조각상들 위로 떨어졌다. 대주교는 축복을 하며, 또 한편으로는 토착민들이 그가 지나가도록 길을 많이 비켜 주지 않았다고 자기 가족들만 들을 수 있는 작은 소리로 저주하며 성지에 도착했다. 그 뒤로 부왕이 계속 미소 지으며 대주교의 기다란 법의를 밟지 않기 위해 일정한 간격을 둔 채 따

64

라오고 있었다. 왜냐하면 그런 일이 한 번 있어서 건장한 대주교가 땅에 고꾸라졌기 때문이다. 그 뒤로 시 의원 로드리게스가 앞니가 완전히 다 빠진(아부가 그 정도에 달했다) 그의 부인과 도착했고, 이 부인은 그녀를 쳐다보지 않고 옆에서 걷고 있는 부왕의 아내에게 존경을 표하며 인사했다. 그 뒤로 재판관과 성직자단체 회원들이 낮은 소리로 대화를 나누었고 마치 성스러운 성체나 되는 듯 부왕 아내의 작달막한 목을 존경스럽게 바라보았다. 마침내 왕실의 행렬이 거대한 제단 앞에 자리를 잡았다. 그리고 기다렸다. 하지만 세르반도는 나타나지 않았다. 태양이 나무 사이로 무겁게 내리쬐면서 값비싼 초들을 녹이기 시작했다. 잠시 후 소나기가 내려 대주교의 번쩍이는 자줏빛 옷이 색조를 잃었다. 소나기가 멈추자 세르반도 신부(이제 그를 이렇게 부를 때가 왔다)가 아주 침착하게 아무에게도 인사하지 않고 등장했다. 주교는 그가 화염에 싸인 빗자루를 타고 나타나는 것을 보고 소리를 지를 뻔했다. 그러나 즉시 그것이 빗자루에 대한 그의 약점을 드러내려는 마귀의 유혹이라고 생각했다. 세르반도는 차량(그가 그 용도로 사용했기 때문에)에서 내렸다. 그러자 대주교가 더 이상 참지 못하고 소리를 질렀다. 그제야 종소리가 멈췄다. 웅성거림이 토착민들이 차지한 자리에서부터 울리기 시작했다. 세르반도 수사가 존경심을 불러일으키기 위해 단상 뒤에서 발길질을 세게 하자 매우 위엄 있어 보였고, 많은 부인들이 그의 남자다운 모습을 보고 기절했다. "주여!" 세르반도 수사가 말했다. 무거운 침묵 속에 설교가 시작됐다. 그의 연설은 고

대 신들과 새로 등장한 전설 간의 기나긴 싸움이었다. 그는 다 읽지도 못한 모호하고 이해할 수 없는 법전들에 대해 이야기했다. 설교자가 스페인 사람들이 주장한 과달루페 성모의 출현을 의심하며 그녀가 훨씬 더 오래전에 나타났다고 말하자 대주교는 그만 반지를 삼켜 버렸다. 즉 메시아가 왔을 때라고 하면서, 스페인 사람들이 도착하기 전에 이미 기독교를 믿던 지역에 스페인 사람들이 존재했었다는 주장을 부인했다. 인디오들은 열심히 듣고 있었고 토착민들은 일어나서 계속 박수를 쳤다. 단지 스페인 사람들과 왕실의 모든 하인들만 침묵을 지키며 대주교를 신중히 관찰했는데, 그는 엉덩이 밑에서 무언가가 괴롭히는 것처럼 엉덩이를 들썩거렸다. 그리고 수사의 말은 가톨릭 의식에서 일반적으로 들을 수 없는 이상한 기원으로 가득했다. 신성한 뱀들의 하강이 있고 하늘은 산산조각이 나면서 회복된 새로운 형상으로 돌아왔다. 그리고 섬광이 멈췄다. 승리한 신들이 무익한 왕국에서 평상시의 제단에 그들의 신성한 자리를 차지할 때까지 날씨는 회복되어 갔다. 안개가 걷혔고 비에 젖어 축축하고 난처해하던 대주교는 마침내 편안하게 숨을 쉴 수 있었다. 세르반도 수사는 천천히 하강했다. 연설이 끝날 무렵, 그의 목소리는 현실로 돌아오면서 다시 시작할 때의 인간다운 가벼운 어조를 띠었다. 그러고는 땅에 대지 않고 무릎을 구부리며 "아멘"이라고 했다. 그러자 모두들 "아멘" 했다. 그러고는 향유처럼, 인디오들 목소리의 다양한 신비로운 여운들과 혼합된 찬미가가 들렸다. 인디오들의 바리톤, 귀족들의 고함 소리와 토착민들의 나귀 울음소리가 섞인 합창의 멜로디를 분별하기가 어려웠다. 대주교는 엄마들이 바닥에 내려놓은 어린 인디오들을 짓밟으면서 성큼성큼 걸어 나갔다. 부왕이 세르반도 수사에게 다가가 악수를 했다. 그리고 모든 부인들이 그들 중 어느 누구도 이해하지 못한 훌륭한 연설을 축하하기 위해 수사의 주변으로 모여들었다. 매우 흐뭇하게 단에서 내려온 수사는 군중의 환대를 받았다.

# 제7장
## 설교의 결과에 대하여


종들이 요란스럽게 울린다. 성당 관리인들은 지쳐서 죽는다. 골목마다 수사가 교황의 교서를 뿌린다. 세르반도라고 ─ 불리는-모략하는-수사가 ─ 과달루페-성모에게-자행한-엄청난-신성 모독에 대한 내용이다. 일요일이고 유월절이다. 인디오들과 토착민들 그리고 기생해서 살아가는 귀족들이 세르반도 수사의 경이로운 설교를 듣기 위해 성당에 간다. 아침 일찍부터 구타당하고 상처 입은 자들이 거리를 떠돈다. 모두들 제일 좋은 자리를 차지하려고 한다. 그러나 오늘은 '은의 목소리'를 가진 수사의 설교를 듣지 못한다. 그 대신 각 단상에서 그를 모욕하는 설교가 울려 퍼진다. 신부들은 그를 이단이라고 부른다. 하느님의 말씀과 전통을 모욕했다고 비난한다. 유일하고도 진실한 과달루페 성모의 출현에 대해 세르반도가 의심했다고 말한다. 그러고 나선 '신성한 화롯불'에 태워야 한다고 주장한다. 모독적인 말을 지껄이게 하는 끔찍한 악마들이 그의 몸에

서 빠져나가 그의 '죄 많은 영혼'이 깨끗해지는지를 보기 위해
서 말이다. ……말한다.

# 제7장
## 설교의 결과에 대하여

"권력을 가진 자와 죄인은 성서의 언어로 볼 때 동의어다. 왜냐하면 권력은 그들을 거만함과 시기로 가득 채우고 억압하는 방법을 용이하게 해 주고 형벌을 받지 않는다는 확신을 갖게 한다. 멕시코의 대주교 알론소 누녜스 데 아로는, 내가 설교단회의 사제로 있을 당시인 1794년 12월 12일 테페약 성지에서 했던 과달루페 성모에 대한 설교로 인해 내가 받은 박해에서 자신은 면책을 받았다."* 아로 이 페랄타 대주교는 과달루페 성모의 전통에 대해 별로 관심이 없고 심지어 의심까지 한다는 것을 나는 잘 알고 있다. 그러나 그는 이득을 취하기 위해 주민들을 속이는 편이 더 나을 것이라는 사실을 잘 알고 있었다. 자신을 정당화하고 주민들을 통치하기 위해서. 인디오들과 토착민들을 노예로 삼기 위해서. 그래서 즉시 나를 비난하는 설교를 하라고 명했고, 내가 마치 죄인이나 도둑인 것처럼 나를 방에 감금하라고 명령했다. 내가 힘겹게 써서 보낸 여덟 편의 교서는 거들떠보지도 않고, 밤낮으로 나를 감시하면서 내가 어떠한 이의도 제기하지 못하게 했다. 나에 대한 비방 선전이 너무 심해 멕시코 국민 전체를 격노하게 했는데 그들은 원래 온화하지만 논리가 부족해서 남의 말에 쉽게 넘어가고, 그래서 내가 지금 수모를 당하며 감금되어 있는 수도원에 은둔하지 않은 것에 대해 나를 난도질한다. 모욕을 당할 이유가 있다면 그렇게 된다 해도 별로 개의치 않았을 것이다. 비록 대주교의 명령으로 감금은 됐지만 다행스러운 일인데 무죄라는 것을 의미하기 때문이다……. 가장 끔찍한 일은 관구장이 내게 책 한 권 남겨 두지 않았다는 것이다. 책 한 권도 없이 내가 감금된 상태에서 무엇을 하겠는가? 심지어 들춰 보면서 시간을 보낼 기도서조차도 없었는데. 나는 본래 잠이 별로 없는 사람이다. 방 한쪽 끝에서 반대쪽 끝으로 왔다 갔다 하며 수많은 생각을 떠올렸지만 그것들을 종이에 옮길 수 없기에 흩어져 버린다. 왜냐하면 나에게 글을 쓰는 것도 금했기 때문이다. 그러나 내가 가장 두려워했던 것은 주 관구장이 두 명의 수련 수사와 선생에게 했듯이 나를 독살할지도 모른다는 것이다. 왜 그랬는지 모른다. 여기서는 무법과 경멸이 횡행한다. 억압 중에서도 가장 가슴 아픈 억압인데, 나를 억압하는 사람들은 억압당할 가치조차 없는 사람들이기 때문이다……. 매번 그 정신 나간 보룬다의 얘기를 듣는데, 그는 계속해서 나에게 지시하고 충고하며 내 연설의 진실을 증명함으로써 자유를 얻도록 수많은 논증(그에 의하면 절대 오류가 없는)들을 제공해 준다. 그러나 그의 복잡한 증거물 어느 것도 내게는 도움이 되지 못한다고 생각한다. 게다가 나는 방어할 필요가 없는데, 왜냐하면 나를 방어할 만한 아무런 잘못도 저지르지 않았기 때문이다.

# 제7장
## 설교의 결과에 대하여

네가 감방에 있은 지 두 달째다. 수감된 채. 네 상관들의 분노를 유발시켰으니 그럴 만도 하다. 아! 세르반도, 그의 발에 정작 입맞춤해야 할 대주교를 공격하는 것이 얼마나 기발한 생각인지! 그러나 앞으로 닥칠 일과 비교하면 너에게 일어난 일은 아무것도 아니지. 왜냐하면 네가 올린 두 차례의 탄원도 그를 기쁘게 하지 못했으니까. 그러나 너의 대주교는 자비로 ─ 아, 그 흠 없는 사람 ─ 너를 관대하게 대한 것 같아. 화형에 처해야 할 너를 손도 묶지 않고 옷도 그냥 입게 한 것은 그가 커다란 호의를 베풀었다는 뜻이지. 그러니 두려워 말고 갇혀 있는 것을 감사해. 이해해 주기를 바랐던 인디오들의 외침을 못 들었니? 그걸 들어봐. 화가 나서 너를 죽이라고 요구한다. 토르티야 장수조차도 그들의 물건을 잊어버린 채 수도원 앞에 서서 네 머리를 자르라고 요구한다. 아베 마리아여! 대주교의 호의가 아니었다면 너는 아마 갈기갈기 찢겨졌을 것이다. 너와 우정을 나누었던 모든 사람들이 네가 곤궁에 처하자 너를 버린 것을 잘 보았지. 너는 외톨이이고 주교단의 자비 외에는 다른 도움이 없다는 걸 잘 보았지. 주 관구장은 너의 탄원에 대해 아무 관심도 없고 오히려 너를 감시하기 위해 더 많은 보초를 세우라고 명령했지. 네가 도주하려 한다면서. 그것을 끊을 자가 없는 용설란으로 만든 밧줄로 네 입을 꿰매어 자기에게 반항하지 못하도록 하겠지. 아주 사소한 일이라도 네 목을 베어 삼베 자루로 옮기라고 명령할 것이다. 그리고 말로 너를 모욕할 것이다. 그리고 네가 나간 후 그 방을 자물쇠로 채워 버릴 것이다. 저주받은 곳이라고 여기기에……. 그러나 운명이 너의 편으로 바뀔 것이다. 축하한다, 수사! 너에게 형량을 감해 준다. 이제 관구장이 너에게 아량 넓은 대주교가 너를 화형에 처하는 대신 산탄데르의 라스 칼다스 수도원에서 종신형에 처하게 한다는 것을 알려 줄 것이다. 성직자단에 대해 반항할 경우 형량은 다시 원래대로 돌아가 화형에 처해질 것이다. 어쨌거나 너는 위험에 처해 있다. 이제 알겠지. 비록 형량이 감해진다 해도 스페인에 평생 동안 감금될 것인데, 스페인이 거대한 감옥이기 때문이다. 군사들은 무기로 너를 밀칠 것이고, 너는 걸어서 베라크루스까지 가서 쌍돛대 범선 라누에바엠프레사를 타고 스페인을 향해 항해할 것이다. 어둠 속에서 마지막으로 수도원과 도시를 보기 원하나 구름이 자욱해서 아무것도 볼 수 없을 것이다.

# 제8장
# 산 후안 데 울루아성(城)의 네 감옥에 대하여

너는 비 내리는 새벽에 베라크루스에 도착했다. 너를 감금한 성(城)에 도착할 때까지 수십 킬로를 걸었음에도 너는 바다를 볼 수 없었지. 거기서 밤낮을 구별할 수 없는 음침한 독방으로 너를 데려갔지. 철창이 잠기기 전에 웅덩이 위에서 첨벙대는 소리를 들었지. 흑암 속에서 더듬거리다 물에 흠뻑 젖은 벽에 부딪혔지. 처음에는 말을 했고 쓸데없는 에너지만 낭비하며 항거하면서 소리 질렀지. 오가는 데 두 발자국이면 충분한 감방을 이쪽저쪽 걷기 시작했지. 그리고 나중에는 셋, 넷, 여섯 발자국, 심지어는 보폭을 매우 짧게 떼어서 멈출 때까지 걸었지. 아무것도 보지 못한 채. "샘물로 가득 찬 것처럼 천장에서 흠씬 떨어지는 물만을 느낀다. 마치 독방 전체가 땅 표면의 연못인 것처럼……" 그래서 침대까지 간 다음 그 위에서 독방을 항해하기 시작했지. 벽에 손을 대고 물을 만져 보았지. 그러나 바닷물이라 마실 수 없었지.

"물!" 말했지. 그 쓸모없는 호수 안에서 목구멍이 말라비틀어졌기에. "물!" 소리쳤지. 그리고 바닥의 물 위에 멈춰 선 뒤 물이 흥건한 벽을 기어올랐지. "물!" 소리치고는 철창을 두들기면서 갈증을 견딜 수 없어 글을 쓰려고 종이 한 조각과 펜을 달라고 애원했지. 수중 지옥에서 글을 쓰는 것. 글을 쓰는 것. 머리에서 모든 생각들이 솟구치도록 한다. 감옥의 어둠 속에서 아이디어가 떠올랐다 사라졌다 희미해지는 지금처럼 생각들을 경멸하지 않는 것. 얼마나 많은 생각들인지……! 그럼에도 물과 불을 달라고 외치면서, 마치 최근의 새로운 신화인 양, 가장 좋은 생각들은 결코 종이에 옮길 수 없다고 생각했는데, 그렇게 하면 상상의 마력이 사라지고 생각이 머무는 곳은 파헤쳐지기를 원치 않고, 그곳에서 생각들을 꺼내면 변질되고 형태가 흐트러지기 때문이다. 이것이 그를 조금 진정시켰다. 새벽 내내 둥둥 떠다니며 잠을 자기도 했다. 새벽녘쯤인가 간수가 국그릇을 가지고 들어왔는데, 음식이 너무 적어서 자신을 굶겨 죽이려나 보다 하고 생각했다. 그러나 차츰 익숙해져 갔다. 파도에 거의 잠겨 버린 성 안에서 수사는 습기 찬 한 모퉁이와 바닷물이 가득한 다른 쪽 모퉁이를 왔다 갔다 했다.

베라크루스에 밤에 도착해 내가 유일하게 본 것은 '산 디에고의 성스러운 화로'였는데, 그 주변에서 백여 명의 인디오들이 거의 몸이 그슬릴 정도로 불을 쬐고 있었고 한 무리의 스페인 사람들이 그 불빛에 손을 쬐고 있었다. 그것만 보았고 더 이상 보고 싶지 않았다. 주교, 대주교와 부왕이 집권하고 있는 이 지역의 풍경은 마치 사탄이 권력을 쥐고 있듯이 언제나 황량하다. 내가 도착하던 날, 천둥이 치며 숨 막히는 더위 때문이었는지 소나기가 퍼붓다가 물거품을 일으키면서 이내 사라졌다. 우리는 성을 향해 계속 전진했다. 군인들이 쏟아지는 폭우에도 불구하고 자신들의 몸이 완전히 말라 있는 것을 보더니 이 신비스러운 일의 원인 제공자가 나라고 하면서 내가 악마와 조약을 맺고 있다고 했다. 견디기 힘든 그 감옥이 위치한 바다 가장 깊숙한 곳의 제일 어둡고 흉측한 감방에 나를 가두었다. 얼마 전에 한 여인을 창자가 튀어나올 정도로 고문했다는 감방으로 나를 데려갔고, 빗장 거는 소리를 듣자마자 내 발 사이에서 즉시 물이 끓는 것을 느꼈다. 그래서 판자 쪼가리 위에 천막 천을 씌운 침대로 달려가 드러누웠다. 그리고 설교를 한 바로 그 순간부터 나에게 닥친 재난의 여정을 곰곰이 되짚어 보기 시작했다. 그러나 너무 추워서 생각의 맥이 자꾸 끊겼고, 몸을 덮을 게 하나도 없어서 물 사이를 걸어 다녔는데, 내 몸에서 많은 열기가 나와서 물이 즉시 부글부글 끓어 나 자신의 열기로 내 몸을 데울 수 있었다. 그리고 그것에 대해 생각하기 시작했다. 어느 날(밤일 수 있다) 잠을 자고 있는데 무엇인가가 내 얼굴에 부딪히는 것을 느꼈다. 너무 어두워서 손으로 집어 들고 볼 때까지 무엇인지 도무지 알 수가 없었다. 그때 내 손가락을 갈가리 찢듯이 깨무는 것을 느꼈는데, 다름 아닌 커다란 게였다. 소리 지르며 판자때기에서 내려와 내 손을 꽉 문 채 놓지 않는 게를 쥐고 독방 안을 뛰어다녔다. 소동 때문에 간수까지 나타났다. 얼마나 잔인한지. 나를 구해 주기는커녕 소란을 피웠다고 몽둥이로 때리기 시작했다. 무지한 사람한테 맞고 동물한테 물려 거의 다 죽어 가면서 부글거리는 물 위에 누워 있었다. 그리고 다음 날(내가 깨어났을 때 한 1세기는 지난 것 같았다) 동물이 가 버렸다는 것을 알았다. 정말이지 나는 서글펐다. 하지만 이내 희망을 갖고 동물이 들어왔다가 나간 틈새를 찾기 위해 바닥과 벽을 훑기 시작했다. 왜냐하면 내가 몹시 야위어서 게가 미끄러져 나간 것보다 큰 어려움 없이 그 구멍으로 도망갈 수 있을 거라 믿었기 때문이다. 그러나 아무것도 발견할 수 없었다. 그런데 그다음 날 잠에서 깼을 때(꿈속에서 단 1초가 흘렀을지도 모른다) 그 게가 내 침대 위에 올라와 있었다. 이번에는 내 손가락을 깨무는 대신 온기를 느끼려는 듯 내 목 밑에서 웅크리고 있었다. 나는 기뻤다. 게가 어디로 도망가는지 보려고 거기 있는 내내 감시했다. 바다 밑으로 나간 뒤 둥둥 떠서 바다 표면에 다다르는 나 자신을 상상해 본다. 그러면 궁지에서 벗어날 수 있을 것이다. 문제는 그 습한 지옥을 빠져나가는 것이었다. 그러나 간수 한 명이 쥐꼬리만 한 음식 그릇을 가지고 들어왔을 때, 내가 가여운 벌레를 쓰다듬고 있는 것을 보았다. 그 모습을 보고 내가 마술사와 모든 악령 그리고 혐오스러운 것들과 조약을 맺은 악마 같은 짐승이라고 비난하며 어찌나 소란을 피우던지 나도 깜짝 놀랄 정도였다. 그러고는 동물을 집어서 발로 산산조각을 냈다. 나는 울고 싶었지만 그에게 기쁨을 주는 것이 싫어 꾹 참고 심지어 웃기까지 했다. 나에게 음식 그

룻을 주지 않으려 했고 나도 별로 배가 고프지 않아서 개의치 않았다. 그러나 시간이 좀 지나 출구를 찾느라 물 밑을 한참 더듬는데, 창자들이 꼬이면서 밥을 달라고 소리 지르기 시작했다. 그래서 나는 일어섰다. 조각난 게의 찌꺼기가 있는 곳까지 가서 그것을 먹어 버렸다. 그리고 자리에 누웠다. 물이 많이 올라와 거의 지붕까지 도달했다. 둥둥 떠다니는 짚방석 위에서 감옥의 벽을 계속 두드리는 바다를 느낄 수 있었다. 위험 속에 처해 있으며, 그 속에 살면서도 아직 잘 모르기에, 바다는 어떨까 하고 생각해 보았다. 어느 날 낮(아니면 밤) 바다의 부딪힘 속에 누군가 내 이름을 부르는 소리를 들었다. 내 적들이 누구인지는 잊지 않아도 내가 누구인지 거의 잊어버렸기에 내 이름을 듣고 무척 기뻤다. "내일 당장 스페인의 라스 칼다스로 떠날 것이다." 어두운 그림자가 나에게 말했다. 초를 들고 왔기에 나중에는 형상이 명확해졌다. 판자때기 위에 초를 놓고는 말없이 가 버렸다. 전에는 나를 화롯불로 보낸다고 협박했는데, 이제는 나를 추방하고 내 종교적 직함과 지위를 모두 박탈한다는 소식을 전했다. 하지만 나를 가장 슬프게 한 것은 이러한 명령이 아니라 노여움도 없이 무뚝뚝하고 경멸에 찬 목소리로 내뱉은 "라스 칼다스로 떠날 것이다"라는 말이었다, 마치 내가 아무 곳에나 던질 수 있는 장기의 패나 말 아니면 천 조각인 것처럼……. 초가 여전히 탁탁 튀고 있었다. 그러나 아주 조금……. 나는 젊었고 세상이나 타인들 그리고 나 자신을 보는 방법에서 모호한 생각을 가지고 있었다. 나는 젊었다. 그러나 세상은 항상 나이를 많이 먹은 사람들 손아귀에 있었고 그들의 생각은 달랐다. 그래서 거기 머무는 몇 달 동안 그들을 이해하기 위해 나이를 먹어 보려고 노력했다. 그러나 소용이 없었다……. 나를 데리러 오는 순간까지 독방 전체를 걸어 다녔다. 그리고 달리기 시작했고 내가 지은 괜찮아 보이는 시 두세 구절을 암송했다. 통로의 물웅덩이 위를 걸어오는 발소리를 들을 때까지. 이미 초는 침대 위에서 다 녹았다. 내 형상의 어둠이 다른 어둠 사이로 흩어졌다.

# 제9장
## 수사의 여행에 대하여

날이 저물자 그를 라누에바엠프레사호(號)로 데려갔다. 계단 형태도 없는 계단으로 내려가게 했고 배의 맨 밑바닥에 있는, 산 후안 데 울루아보다 더 흉악한 지하 독방에 그를 던져 버렸다. 거기는 지옥을 방불케 하는 온갖 냄새들이 섞여서 지독한 악취를 내뿜고 있었다. 수사는 코를 막고 가능한 한 오랫동안 숨을 참았다. 그러나 거의 질식할 뻔해서 고약한 냄새가 완전히 그에게 침투해 무감각해질 때까지 방치하기로 했다.

이제 배는 흑암 가운데, 그것을 옥죄려 하는 바닷말의 거대한 벤치들 위를 미끄러져 갔다. 그러다가 나지막한 모래밭 사이로 침잠할 것이며 결국에는 해적선 두 척을 만나 어려움을 겪게 될 것이다. 이 배들은 보석과 보물들을 싣고 가는 줄 알고 큰 기대를 걸었다가, 아무도 본 적이 없는 성모의 출현을 부정했다는 황당한 이유로 용골 바닥에 갇혀 있는 보잘것없는 수사(출발하는 순간, 바다에 던져 버릴 수도 있는)를 신고 가는 것을 알고는 화를 낼 것이다. 해적선 선원들이 수사의 '죄'에 대해 알게 되면 폭소를 터뜨릴 것이고, 모든 선원들이 항시 해가 내리쬐고 땀이 줄줄 흐르는 그런 곳에서 성모가 나타났다는 것은 있을 수 없는 일이라는 데 동감할 것이다. 기상을 관측한다는 열정으로 작은 배를 타고 바다로 내려가서, 그의 기구들과 종이와 함께 사라져 버릴 라누에바엠프레사 선장의 죽음만 아니었다면, 배는 큰 어려움 없이 항해를 계속해 유럽 해안에 도착했을 것이다.

끔찍한 선박 라누에바엠프레사로 나를 끌고 갔고 그 배가 너무 낡아서 네 쪽의 선측을 통해 물이 흘러내렸다. 바다조차 볼 수 없는 밤이 되자 나를 그 배로 데려갔는데, 바다에서 한동안 살았지만 바다를 보지 못했고 거기서 내 최후를 맞지 않는다면 언제까지 살게 될지 모를 일이었다. 그리고 거의 최후를 맞을 뻔했다. 출발하자마자 고난이 시작되었는데 나는 배 맨 밑바닥에서도 그것을 감지했다. 산더미 같은 바닷말이 우리에게 덤벼들었고 모든 선원들이(내가 그 소리를 들었다) 이 새롭고 무례한 밧줄을 끊기 위해 도끼와 칼을 들고 바다로 뛰어들었다. 배는 부서졌지만 바닷말이 해로운 것만은 아니었는데, 왜냐하면 우리의 양식으로 쓰였기 때문이다. 이 뜻밖의 재난이 아니었다면 우리는 바다 한가운데서 굶어 죽었을 것이다.

밤에는 배의 벽을 때리는 격렬한 물살을 느끼고, 선원들이 날씨에 대해 위협적인 말을 지껄이며 외치는 소리를 듣는다. 나는 배 밑바닥을 빠져나가, 손으로 만질 수 있는 위험에 항상 노출되어 있지만 그렇기에 대처하기가 더 쉬운 저 위의 생활을 경험하고 싶었다. 하지만 나는 바닥에 쇠사슬로 단단히 묶여 있었다. 그래서 아우성 소리를 들으며 기회가 오기만을 기다릴 수밖에 없었다. 유럽에 도착하기 전에 우리에게 무슨 일인가 일어나야만 했고 거의 도착하고 있었다. 그리고 정말 그랬다. '더러운' 유럽 해안에 거의 도착할 무렵, 역풍이 돛의 진로를 바꾸어 채 한 달도 못 되어 배가 멕시코 항구로 다시 돌아왔다. 모두들 화가 나서 내리려고 했다. 그러나 우리에게 내리지 말라는 명령이 떨어졌고, 내가 스페인으로 가야 하기 때문에 나를 거기에 내려놓아야 한다는 것이었다. 여기에 대주교의 입김이 작용한 게 분명했고, 그가 원하는 것은 내가 대양 가운데 떠다니다 온갖 종류의 어류들에게 산산조각 나는 것이리라. 그래서 배는 다시 스페인 땅으로 향했고 이번에는 빈약한 바닷말조차도 걸리지 않았다. 배가 너무 고파서 나는 뼈만 앙상하게 남았고, 어느 시점이 되자 도저히 견딜 수가 없어서, 허기진 배를 무엇으로든 채우려고 쇠사슬을 먹기 시작했다. 나는 그것을 먹었다. 이렇게 하면서 진정이 되었다. 배 속을 철로 가득 채운 뒤 숨을 죽이고 뱃전까지 미끄러져 갔다. 거기서는 선원들이 이상한 파티를 벌이고 있었는데 처음엔 잘 이해할 수가 없었다. 제비뽑기를 해서 이긴 사람이 다른 사람들에게 잡아먹히는 것이었다. 그들이 너무 몰두해 있어서 내가 녹슨 손잡이를 잡고 걸어가는 것을 눈치채지 못해 뱃머리까지 갔다. 거기서 흑암을 보았고 비록 보이지는 않지만 바로 가까이 바다가 있을 거라 생각했다. 그때 암흑을 쪼개는 듯한 거대한 섬광 같은 것을 보았다. 곧이어 탄환들이 내 머리 위를 날아갔고, 그 전투에서 내 머리카락을 거의 다 잃었다. 우리 배를 식민지의 금을 가득 싣고 가는 배로 착각한 해적선이었다. 선원들은 제비뽑기를 멈추고 갑판 위의 얼마 안 되는 수로들을 준비하기 시작했다. 전쟁은 이미 선포되었다. 나는 배의 반대편을 향해 뛰었고, 선장은 탄환이 그를 사라지게 할 때까지 아무도 듣지 않는 소리를 질러 댔다. 바다는 탄환들의 조명으로 번쩍거렸고, 나는 너무 좋아서 어쩔 줄 몰라 하며 뱃전에 다가가 마침내 바다를 볼 수 있었다. 산산조각이 되어 바다에 던져진 사람들의 피로 붉게 물든 바다. 그러고는 해적선에서 세게 튕겨 나온 대포가 라누에바엠프레사를 둘로 쪼개자 커다란 절규와 천둥소리가 들리고 순식간에 모든 것이 가라앉았다. 나는 판자를 잡으려 했지만 배 속이 무쇠로 가득 차서 대책 없이 바다 밑에 가라앉았다. 거기서 나는 이제 끝장이구나 생각하고 계속 물을 들이마시며 죽기만을 기다렸다. 그러나 내 몸이 공처럼 부풀어 있어서 붕 뜨게 되었다. 쇠사슬을 다 토해 냈다. 이후에 무슨 일이 일어났는지 전혀 몰랐고 상황을 파악하기 시작했을 때는 내가 커다란 배의 갑판 위에서 발가벗은 수천 명의 검둥이들 틈에 끼여 있었다. 무슨 일이 일어났는지 추측한 끝에 라누에바엠프레사를 공격한 해적선이 다시 검둥이들이 탄 배의 공격을 받았다는 결론에 도달했다. 그래서 나는 노예들의 함대에 또 한 사람의 노예가 되어 있었다. 정오쯤 되자 태양은 바다를 거의 말려 버릴 듯이 작열했고 10여 명의 남자들이 커다란 호스를 가져와서 나와 검둥이들에게 물을 뿌리기 시작했다. 목욕 시간이었다. 그 거무스름한 사람들은 자신들에게 물을 뿌릴 때 어찌나 크게 소리를 지르던지 마치 그들을 화롯불에 던지는 것 같아 보였다. 물과 햇빛이 나에게 어느 정도 사기를 북돋아 줘서 나는 즐겁기까지 했다. 나는 내 감시병들로부터 이미 자유로워졌다 생각하고, 모든 방법을 동원해서 검둥이들 사이에 섞이려고 노력했다. 옷을 벗고 그들 사이에 끼여 피부가 많이 검어지도록 햇볕을 최대한 많이 쬐려고 노력했다. 정말이지 배 위에서의 그들의 삶은 비참했다. 따닥따닥 붙은 채 포박되어 움직일 수도 없고, 서서 잠을 자야 했고, 배를 너무 곯아 매 순간 검둥이 한 명이 죽어 나자빠져 바다에 버려졌다. 다른 사람들은 그가 잠시 물 위에 떠 있는 것을 보고 이상한 소리를 지르고는 바닥에 앉지도 못한 채 조용해진다. 나는 우리가 다시 아메리카에 도착할 것이고 거기서 다시 체포되지 않는 방법을 찾을 거라고 생각했다. 그러던 어느 날 오후, 미래의 노예인 흑인들을 향한 신호 같은 큰 외침이 바다 한가운데서 들렸다. 검둥이들은 소리를 지르기 시작했고, 외침 소리가 들린 곳으로 가기 위해 바다로 뛰어들어 수영하기 시작했다. 감시원들이 그들을 인정사정없이 죽였으나 그들은 아랑곳하지 않았고, 어떤 이들은 살아남을 수 있었지만 대부분의 흑인들은 수영을 할 줄 몰라 바다 한가운데서 익사했다. 포탄에 맞아 죽은 몇 명의 검둥이를 제외하고 배는 삽시간에 텅 비었다. 선원들은 뱃전에서 죽어 있는 사람들을 바다에 던지기 시작했다.

정적이 감돈다. 밤이 되고 소동을 일으킨 외침 소리가 멈췄다. 내 주변을 둘러보고, 발가벗은 내 몸을 보았는데, 햇볕에 어찌나 그을렸는지 승무원들조차도 내가 자기들 중 하나라고 생각지 못했다. 나는 그 부류들의 비참함과 약점을 잘 알기에 헌신하는 척했다. 겸손하게 그들 앞에 머리를 조아렸고, 영원히 충성하고 복종할 것을 약속했다. 나의 것이기도 한 그들의 관습을 잘 알고 있었기에 그들의 하인이 되겠다고 했고 그들은 나에게 어느 정도 배려를 해 주었다. 그러나 항상 나를 경멸스럽게 대했고, 식사 시중을 들거나 물을 가져다주지 않는 등의 하찮은 일에도 나를 구타하며 이렇게 말하곤 했다. "야, 이 야만적인 검둥이야, 너도 이제 인간답게 사는 법을 배워야 해." 나에게 스페인어를 가르치려고까지 했는데 내 모국어이기에 당연히 큰 어려움 없이 배워 가고 있었다. 처음에는 선원들이 무식하기는 해도 스페인 사람들이기에, 그들에게 마치 아프리카 방언인 것처럼 라틴어로 말하곤 했다. 그리고 야만적인 작자들은 정말 그렇게 믿었다. 오후에는 비르힐리오의 시를 읊으며 위안을 삼았는데, 그 짐승 같은 것들이 엉터리 스페인어로 나에게 쏘아붙였다.

"미개한 검둥이야! 너 또 그 야만적인 아프리카 방언을 지껄이고 있지."

그러고는 나를 때리며 '거룩'하지 않은 언어를 구사하려고 입을 벌리면 죽여 버리겠다고 위협했다. 그리고 나를 비웃기 시작했다. 그때 나는 순전히 라틴어로 그들에게 욕을 하고 모욕적인 말을 한껏 퍼부었다. 하지만 그들이 나에게 짐승 같은 짓을 저지를까 봐 두려운 나머지 침묵하기로 했다. 나는 고개를 숙이고 용서를 빌곤 했다.

우리가 어디쯤 있고 어디로 향하는지도 모른 채 계속 항해하고 있을 때 흑인 여자들이 가득 탄 배가 우리 앞에 나타났다. 선원들은 그녀들을 보자마자 기뻐 날뛰고 소리를 지르며 가죽만 남을 때까지 옷을 벗었다. 어떤 이들은 물속으로 뛰어들었고, 어떤 이들은 갑판 위에서 거만스럽게 그녀들을 기다리고 있었다. 그 배가 우리 배 가까이 와서 짝을 이루더니 두 배를 굵은 밧줄로 연결했다. 선원들은 마치 원숭이처럼 줄을 타기 시작했고, 내가 탄 배는 텅 비어 버렸다. 그때 다시, 오래전에 들었던, 그리고 모든 검둥이들을 흥분의 도가니로 몰아넣었던 비명 소리를 들었다. 그래서 무슨 일인지 쉽게 이해할 수 있었다. 아주 음탕한 선원들이 흑인 여자들을 겁탈하려고 했다. 그러나 강간할 수가 없었는데 왜냐하면 첫 번째 외치는 소리가 들린 이후 강간당했기 때문이다. 그때 선원들이 내가 타고 있던 배로 여자들을 데려오기 시작했다. 처음에는 반항하던 여자들이 수락을 하더니 심지어는 웃으며 즐거운 비명을 지르기까지 했다. 발가벗은 몸뚱이들이 갑판 위나 벽 그리고 계단과 통로에서 나뒹굴었다. 여자들이 부족하지 않았지만 많은 남자들이 거의 어린아이 또래인 한 여자에게만 덤벼들었고, 자기 차례가 될 때까지 기다리면서 그녀를 계속 반복해서 범했다. 나에게 두 척의 배는 끝이 없어 보이는 그러한 전투를 위해 적절하게 미지근한 바닷물과 작열하는 태양 아래 떠 있는 음탕한 두 개의 표적이었다. 마침내 음란의 파티는 끝이 나고 나는 궁지에 몰렸다. 선원들이 나에게 그들과 흑인 여자들 사이의 통역이 되어 달라는 것이었다. 내 눈에는 검은 여자들이 더 새까매 보였는데, 그녀들이 하는 은어를 한마디도 알아듣지 못해 스페인 사람들에게 무엇을 통역해 주어야 할지 난감했다. 하지만 나는 그들이 듣고 싶어 하는 내용만을 그들에게 전달하는 것으로 위기를 모면하려 했다. 그러나 내 표정이 흑인 여자들의 것과 다르고 내 통역이 그녀들에게 거절당하거나 확인이 잘 안 되자, 선원들이 나를 유심히 살피더니 급기야 나에게 의심을 품고 해가 전혀 보이지 않는 배 밑바닥의 감방에 가두었다. 그래서 나는 점점 더 하얘졌고, 그들은 속았다는 생각에 놀라고 화가 나서 내가 바로 악마라고 했다. 심지어 나를 불에 태우려고까지 했는데 그럴 경우 배에 불이 붙을까 봐 화롯불은 피우지 않았다. 그러자 가장 권위 있는 사람 중 하나가 나를 바다로 던져 버리기로 결정했다. 겁에 질린 나는 평소보다 더 하얘져서 스페인어로 유창하게 해명했고, 이것이 그들의 화를 더 돋우었다. 나는 아무 대책 없이 바다에 던져졌다. 나는 물속으로 가라앉기 전에 잔잔한 물살 위로 사라지는 배의 뒷모습과 폭소를 터뜨리며 손을 흔들어 작별 인사를 하는 선원들을 보았다. 잠시 후 배가 갑자기 휘청거리다가 지평선에서 대책 없이 가라앉는 것을 보았다. 처음에는 그 일이 기적 같은 일이라고 생각했으나(이 생각이 나를 무안하게 했는데 바로 내가 처한 상태가 기적이었기 때문이다) 물 위에서 커다란 굉음이 들리고 거대한 짐승이 나타났다가 허공에 수증기를 내뿜으며 파도 속으로 다시 잠기는 것이었다. 아마도 타들어 가는 듯한 더위에 화난 고래가 배와 부딪혀서 배를 가라앉혔나 보다. 일을 쉽게 해치우고는 잠시 휴식을 취하듯이 물 위에 드러누워 있었다. 매우 하얬고 나는 가까이 가서 나지막한 소리로 저주스러운 말을 내뱉으며 그 등에 올라탔는데 알아채지 못했다. 내가 누워서 곯아떨어질 때까지도 고래는 눈치채지 못했다. 파도에 밀려 카디스 항구의 커다란 바위 위에 내던져진 뒤에야 잠에서 깨어났다. 수심이 낮은 곳에서 이미 죽어 가는 동물을 보았다. 웅장한 고래가 기우는 해로 인해 은빛을 띠고 있었다. 길을 잘못 들어 아프리카의 더운 바닷물이 고래를 거의 질식시킨 것이다. 그래서 습관대로 해안으로 죽으러 온 것이다. 어쩌면 내가 그 위에 올라탔을 때 이미 죽어 있었는지도 모를 일이었다.

라누에바엠프레사호를 타고 베라크루스 항을 출발했지.
추방당해서……
배는 대규모 폭풍우의 공격을 많이 받았지.
너는 파도가 일렁이고 돛이 짓눌리는 것을 보았지. 모두에게 흔해서, 너에게는 낯선 그런 위험 앞에 침착했지.
바닷물은 내부를 다 들어 올리듯이 바다 한가운데서 출렁거리고, 배는 때때로 엄청난 파도 때문에 치솟아서 구름에 닿을 듯했지.

너는 용골에서 한 손으로 돛을 단단히 잡고 있었지.

너는 밧줄이 쾅쾅대는 소리를 들었지.

너는 자연의 위력 앞에 인간의 무능함을 보았지.

위아래의 소나기 사이에서 지쳤지만 거의 행복해하면서.

그러나 날이 저물었을 때는 평온한 상태가 회복되었지. '소강 상태.' 바다는 해류에 의해 펼쳐진 초원이었지.

바닷속 동물들은 —— 표면의 마술에 감동받아 —— 네 앞에서 축제를 벌이려고 올라오기 시작했지.

밤이었고 바람은 다시 일고 싶어 하지 않았지.

배는 잔잔한 물살 위에 커다란 줄을 남기며 나아가는 깜빡거리는 점이었지.

흑도미 한 무리가 나타나서는 네 머리 위를 지나 빠른 속도로 정지된 연못 사이로 사라졌지.

밤은 깊어 가고 공기조차도 눈에 띄지 않고 계속해서 새로워졌지.

도롱뇽들이 나타나 네 앞에서 사랑을 나누었지.

알락돌고래들이 수면으로 올라와 배 주변에서 노래를 부르기 시작했지. 그러나 너는 귀를 막지 않았지. 이제 바다 전체가 배 앞에서 장난치듯이 계속해서 나타나는 조명등의 지속적인 깜빡거림이지.

너는 그 광경을 보고 황홀해했어.

축제는 계속 새로워지고, 바닷속 신기한 동물들은 나타났다가 다시 사라지고, 갑자기 모든 것이 물 위에서 빛나는 깜빡거림이지. 너는 그들의 파티에 참여하고 싶었지.

뱃전에서 뛰어내렸고 도미들의 합창단이 노래를 부르며 너를 에워쌌고, 공미리들과 이상한 얼굴을 한 물고기들이 다가왔지.

돌고래 떼가 네 냄새를 맡고 너를 바다 밑으로 데려가려 했지. 그때 너는 한 마리의 물고기일 뿐이었고, 더 이상 그 놀이의 구경꾼일 수는 없었지. 그래서 무거운 물 위로 강하게 날갯짓을 하며 배로 돌아왔지. 그리고 거기서 다시 너에게는 신비로운 피조물들의 빛의 놀이를 구경했지. 머리 한가운데 외눈을 가진 물고기, 거대한 거미처럼 물 위를 걷는 수천 개의 다리를 가진 피조물, 엎드려서 춤을 추고 송곳니를 허공에 대고 자기 앞에 나타나는 모든 것을 휩쓸어 버릴 태세를 하는 사나운 피조물, 거품 앞에 사그라지는 외침과 가쁜 숨결 가운데 결합을 마무리하기 위해 바닷속으로 내려가며 관능적으로 달려가는 발정기의 피조물.

삶의 통속적인 전투였지. 빛들은 가라앉았어. 지금은 회색빛 비늘로 덮인 물고기들이 소란을 떨며 수영을 하고 있지. 배에 부딪혀 피 흘리는 물고기를 찾아 배 주위를 배회하는 기이한 뱀들. 나이 지긋한 인어들은 노래를 부르는 대신 지치고 음탕한 고양이 울음소리를 냈지. 주체할 수 없는 허기를 드러내며 질주하는 상어들. 새벽이 되자 꼬리에 눈이 달리고 습기가 촉촉한 혀를 가진 거대한 뱀이 모든 종들을 먹어 치우고, 웅장하게 배 주위를 돌며 물 위에서 차츰 밀어내면서 바다 밑바닥에 가라앉게 했지.

헤엄쳐서 하얀 카디스 항에 도착했어. 야위고 허기진 채 모래사장에 쓰러져 잠이 들었지. 파도가 발치까지 밀려 왔지. 네 발을 적셨지. 그리고 또 적셨지.

스페인

# 제10장
## 라스 칼다스의 칼데아인들과 함께한 카디스의 네 감옥에 대하여

— 오, 위대한 수사여, 너는 어둠 속에서 눈을 반짝이며 굶주려 있는 이 쥐들과 라스 칼다스에 4년 동안 갇혀 있어야 할 것이다. 네가 이제껏 해 본 적도 없고 무엇을 할지 상상도 못해 보았기에 너 자신을 위해 무엇을 할 수 있겠나! 너는 이미 감방에 있다. 그러나 여기서는 아무것도 들리지 않는다. 들판도 보이지 않고 바다는 더 그렇다. 슬픔을 위해 만들어진 이곳에선 사람조차 찍소리도 못하고 죽어 간다. 무엇을 할지 무엇을 생각할지 또 어떻게 빠져나갈지 모르는 이곳에 너를 홀로 놔두어야 한다. 그러나 너는 수많은 해결책을 연구하고 있다. 별로 크지 않은 한 발짝으로 온 감방을 돌고 다시 돌 수 있다. 네 가르마에 손을 대 본다. 네가 외침과 공포의 파열음으로 분해되어 버릴까 봐 나는 때로 겁이 난다. 그러나 그렇지 않다. 너는 이미 네 계획을 세워 놓았고 그것만을 생각한다. 어느 곳에도 이르지 못할 수백 통의 편지를 쓴다. 그러나 새의 깃털과 굶어 죽지 않으려고 발악하는 쥐

들을 쫓기 위해 몽둥이를 옆에 둔 채 글을 쓰고 있다. 스페인 왕
궁에 보내려는 편지가 가장 많았다. 다른 편지들은 대주교에게
보내는 편지들이었지. 네 복사뼈를 물어뜯고 있는 쥐들을 세게
한 번 후려쳤지. 지금 세 통의 편지를 쓰면서 쥐들을 두들겨 패
고 있지. 쓰고, 쓰고, 또 쓰고……. 나는 이제 더 이상 너를 따라
갈 수 없어. 아마 그래서 너를 내버려 두고 싶지 않을 거야. 밤이
되었으나 촛불이 하나도 없지. 쥐들의 눈빛으로 글을 쓰는 수밖
에 무슨 방법이 있겠어. 그 빛으로 쓰고 있지.

"결국 네가 왔구나!" 쥐들이 말했다.

소리는 그 자체가 감옥인 수도원 전체로 퍼져 나갔다. 결국 네
가 왔구나. 소리들이 말했다. 그리고 곧이어 그를 포옹하기도 하
고 손을 잡기도 하는 쥐들의 질주만 남아 있었다.

"여기가 네 독방이다." 쥐들이 말했다.

여기가 네 독방이다. 이번에는 소리가 멀리서 들렸다. 모든 것
이 꿈만 같았다. 소리들은 고막을 터뜨리며 나시 울려 피졌고 벽
에 균열이 생겼으나 수사가 도망갈 시간도 주지 않고 곧바로 틈
새가 막혀 버렸다.

"결국 도착했구나! 결국 도착했구나!" 소리가 들렸다.

결국 도착했구나. 그때 배를 곯은 짐승들이 난리를 피우는 가
운데 프란치스코 안토니오 데 레온이 이빨 사이에 비수를 물고
박수를 치면서 나왔다.

"넌 이제 내 손아귀에 있다." 무서운 관리가 말했다.

"넌 이제 내 손아귀에 있다." 크게 울부짖으며 무시무시한 레

온이 말했다. 꼬리를 흔들며 수사에게 다가가 그것으로 얼굴을 세게 후려쳤다.

수사는 자비를 구하기 위해서가 아니라 쥐들의 악취를 피하고, 자기를 때릴 때 얼굴에 붙은 꼬리털을 떼기 위해서 두 팔을 들었다. 레온이 수사를 끌고 가자 쥐들이 뒤따랐다. 끝이 없어 보이는 계단을 올라갔다. 결국 쥐들이 말한 것보다도 더 형편없는 수도원 맨 꼭대기의 좁은 독방에 그를 집어넣었다. 독방이 어찌나 높은지 수사가 거의 지붕에 닿는 철책을 둘러친 창문으로 밖을 내다보자 아득한 심연만 보였다. 쥐들에 둘러싸인 레온이 무릎을 꿇고 말했다. "아로 이 페랄타 대주교님의 크신 자비로 이곳에서 단지 10년만 지내게 될 것이다." 수사는 자신의 상황을 알아채고 항의하며 정의를 요구했다. 그때 쥐들이 전염성 강한 폭소를 터뜨리는 바람에 수사도 웃기 시작했다. 웃음을 참으며 오가는 데 한 발짝이면 충분한 독방을 왔다 갔다 하기 시작했다.

"여기에 너를 가둔다." 레온이 이 말을 하자, 수사는 그 짐승들과 함께 남아 있을 것이라는 생각에 겁이 덜컥 났다. "네 형량이 끝난 뒤에 이의를 제기할 수 있다."

천천히 나가더니 밖에서 문을 잠가 버렸다. 수사는 손만 뻗으면 닿을 수 있는 천장을 바라보았다. 두세 마리의 정신 나간 거미들이 그곳을 지나가고 있었다.

"너희들이 여기 남아 있다가는……." 수사가 말했다.

그때 쥐들이 독방 모퉁이에 질서 있게 정렬을 했다. 큰 것부터 작은 것까지 일렬로 줄을 섰고, 배들이 너무 고파서 거의 모두가 자신들의 꼬리를 먹어 치운 상태였다. 찍찍대는 소리에 놀란 거미들이 도망갔다.

"나 역시 여기서 도망쳐야 한다." 수사가 말했다.

칼데아에서 일어난 일을 거의 지속적으로 기억하는 고문을 겪는다.

대주교의 손아귀에 걸린 이래로 숱한 고난을 겪었지만 거기서 보고 겪은 것은 이전의 고생과는 비교조차 할 수가 없다. 매트 위에 모자를 놓자마자 쥐들이 삽시간에 그것을 걸신들린 듯먹어 치웠다. 조금이라도 방심하면 나를 통째로 삼켜 버릴 태세를 하고 불꽃 같은 눈으로 바라보는 짐승들과 맞선 채 벌벌 떨고 있었다. 배가 어찌나 고픈지 밤에 들리는 유일한 소리라곤 어둠속에서 쥐들이 이빨을 가는 소리였다. 나는 수많은 편지를 쓰고, 나에게 자행되는 범죄를 고발해야 했다. 그러나 당장은 짐승들의 이빨로부터 나를 보호해야 했다. 천장에서 뜯어낸 막대기를 들고 독방의 유일한 가구인 의자에 앉아 쉬지 않고 쥐들을 쫓아냈다. 그러면서 다른 손으로는 쉬지 않고 편지를 썼다. 내 상황을 상세히 적었고 자비를 구하지는 않았다. 내가 원하는 것은 동정이 아닌 정의라서 자비를 구할 필요가 없기 때문이다. 그러나 정의는 권력자들이 정부를 장악한 곳에선 존재하지 않는다. 내 편지는 읽히지조차 않았다. 선의의 방법으로는 아무것도 얻어 내지 못한다는 것을 깨닫고 다른 방법을 모색했다. 내 고통의 호소를 직접 들으면 더 잘 이해할 거라는 생각이 떠올랐다. 라스 칼다스에서의 삶을 더 이상 영위할 수 없어서 어떻게 하면 목숨을 부지할까만 생각했다. 복음서조차도 더 이상 대안이 없을 때 도주를 정당화한다. 어느 날 밤, 쥐들이 평상시보다 더 사나워져서 그들과 적정한 거리를 유지하지 못해 거의 미칠 지경이 되었다. 그 짐승들과 벌인 싸움과 소란이 한 수사의 동정심을 일으켜 수많은 장벽을 뚫고 그가 내 독방까지 올 수 있었다. 나이가 지긋하고 말라서 가죽만 있고 거친 과모*처럼 말을 했다. 그는 팔짝 뛰어 감방 중앙에 섰다. 수사가 내 방에 와서 맨 처음 한 일은 가장 잔악한 쥐 한 마리를 발로 짓이기는 것이었다. 그리고 그것을 삼켜 버렸다.

"아악!" 그 불행한 사람이 홀쭉하지만 아직도 목숨이 반쯤 남아 있는 쥐를 눈 깜짝할 사이에 먹어 치우는 것을 보고 내가 외쳤다.

"내가 너무 배고파서 이런다고 생각하지 마시오." 짐승을 삼켜 버리고 나서 그가 말했다. "이 짐승들에게 누가 누굴 먹는지를 보여 주기 위해 그랬소. 당신도 똑같이 해 보면 더 이상 괴롭히지 않을 겁니다. 그러면 당신은 피해자의 신분에서 가해자로 바뀌지요."

이 말을 하고는 가장 큰 쥐 한 마리를 집어 목에 손도 안 댄 채 삼켜 버리자 그 쥐가 내 방문객의 목구멍을 지나면서 꽥꽥 소리를 냈다. 저녁 식사를 마친 그는 빈대가 그득한 내 간이침대 위에 벌렁 누워서 반 시간가량 휴식을 취했다. 나는 그에게 무슨 말을 해야 할지 몰랐다. 사실 나는 모든 쥐들이 구석에 몰려 있고 어떤 녀석은 공포에 떨며 나를 바라보는 것을 보고 감탄했다. 덕분에 용기가 생긴 나는 그 수사에게 부끄럽지 않기 위해 떨면서 쥐들이 모여 있는 곳으로 가서 제일 작은 놈의 꼬리를 잡았다. 아이, 내가 왜 그런 경솔한 행동을 했는지. 쥐는 자기가 잡혔다는 것을 느끼자마자 큰 소리를 질러 댔다. 내가 꼬리만 잡고 있었기 때문에 쥐는 이빨로 방어를 하면서 내 손을 물어뜯기 시작했다. 너무 놀란 나머지 그놈을 놓아줄 엄두도 못 내고 꼬리를 쥔 채 온 방을 뛰어다녔고, 쥐는 얼마 남지 않은 내 살점을 뜯어먹고 있었다. 이 사건이 다른 쥐들을 흥분시켜서 순식간에 나를 공격했다. 고마운 수사가 아니었다면 나는 이미 이 세상 사람이 아닐 것이다. 그는 닥치는 대로 짓밟기 시작했고 내 정강이뼈까지 밟아 나는 비명 소리를 냈다. 그렇게 모든 쥐를 쫓아냈다. 그러자 다시 평화로워졌다.

"당신은 여기서 나가야만 합니다." 수사가 말했다.

"다른 건 생각지도 않습니다." 그리고 그에게 내가 겪은 온갖 고난과 지금 겪고 있는 일들을 이야기했다.

"지금까지 겪은 일들은 앞으로 닥칠 일과 비교하면 아무것도 아닙니다."

'저런 예측을 하다니! 그런 예측은 결코 틀리는 법이 없는데.'

"기독교인이 되려면 약간은 교활한 면이 있어야 하오."

"나도 그렇게 되려고 노력했지요." 그에게 대답하는 사이에 짚방석 밑에 나타난 쥐 두 마리를 보았다. "그러나 내 '정직함이 모든 속임수를 몰아내지요'."*

"속임수를 쓰지 않는 수사란 있을 수 없는 일이지요."

그러고는 수사가 폭소를 터뜨리는데 소리가 어찌나 컸던지 쥐 두 마리가 그 자리에서 바로 죽었다.

"그건 어리석은 짓이오 ── 말을 이었다 ── 순수한 면도 많이 갖고 있어야 하오, 항상 필요하니까. 그러나 너무 순수해서 전에는 필요하지도 않고 해롭기까지 했던 속임수를 쓰지 못할 정도까지 되면 안 되지요."

"잘 이해가 안 됩니다." 내가 말했다.

"이제 알게 될 거요." 수사가 말했다.

"당신은 과달루페 성모의 출현에 대한 전설을 알고 계십니까?"

"오, 난 아무것도 모르오. 알고 싶지도 않소. 뭔가가 나타났다고 하는 일은 어차피 증명할 수 없는 일이니까 그렇다고 하는 말이 확실할 수도 있지요."

"제가 그걸 증명할 수 있어요." 이제 쥐들이 어둠 속에서 반짝이며 나타나 두 수사 앞에 일렬횡대로 늘어서 있다.

"그것을 증명한다 해도 사실이라는 것을 보여 주진 못할 거요. 게다가 뭔가 나타났다는 것이 누군가 부인했다고 해서 효력을 상실하는 것은 아니니까. 그 가여운 사람들한테는 자신들과 견디기 힘든 비참함을 초월한 무엇인가를 믿을 수 있다는 것이 중요하니까요. 정치가들에게 중요한 것은 그런 믿음을 이용해 그들을 지배하는 것이오. 그 덕분에 모든 것이 순조롭게 진행되는 것 아니겠소!"

"내 생각은 다릅니다. 당신은 내가 목격한 걸 못 봐서 그렇게 말씀하시는 겁니다."

쥐들이 신음 소리를 내기 시작했다. 우두머리로 보이는 쥐가 방문 수사에게 다가가 발 하나를 뜯어 먹으려 했다. 그는 침착하게 그것을 납작하게 밟은 뒤에 다른 쥐들이 모여 있는 곳으로 던져 버렸다.

"나도 다 봤소." 그가 말했다.

"나는 거의 아무것도 보지 못했어요. 그러나 내가 아는 지식만으로도 모든 것이 엉터리라는 걸 잘 알고 있죠." 갇혀 있는 수사가 대답했다.

"난 다 봤소." 방문 수사가 이 말을 되뇌면서 문으로 향했다. "그래서 난 아무것도 바꾸려고 하지 않소. 왜냐하면 그런 수정의 결과도 이미 알고 있기 때문이오. 나는 가장 폭력적이고 과격한 변화가 일어났던 곳 출신이오. 도망쳐 왔지요. 그런 변화를 일으키려고 직접 투쟁을 한 내가 말이오."

"그건 이해가 안 가네요." 수사가 방문 수사에게 말했다.

이제 쥐들은 세 마리씩 모여 춤을 추기 시작했다. 짝을 구하지 못한 한 마리가 혼자서 추고 있었지만 그다지 나쁘지 않았다.

"항상 염원하던 것을 쟁취한 뒤에는 ── 방문 수사가 말을 이었다 ── 죽는 것밖에는 다른 대안이 없소. 오, 당신은 프랑스의 대학살에 대해 환멸을 느끼지만, 그보다 더한 일들도 일어날 수 있었지."

"잘 모르겠어요, 가장 안 좋은 것은 결코 아무것도 알 수 없다는 거죠. 그리고 만약 아무 일도 일어나지 않았다면……."

"그건 절대 아니오! 일어나야지! 항상 무언가 일어나야지! 그게 중요한 거요!"

"그건 아직 당신을 교란시켜 믿음을 잃게 할 만큼 중대한 일을 겪지 않아서 하는 소리지요."

"내 믿음은 항상 내 결과를 초월해서 존재하오."

"뭘 믿으시나요?"

"나 자신, 그것은 거의 다른 모든 것을 믿는다는 말이지. 그래서 결코 배신당하지 않을 거요."

방문 수사가 문으로 다가가 문을 열어 쥐들이 우르르 통로로 나가도록 했다. 물웅덩이에서 첨벙거리는 소리가 났다. 문을 닫고 방 안을 걷기 시작했다. 갇혀 있는 신부가 그를 보았고 그가 이미 변했다는 것을 알았다.

"당신은 여기서 나가야 해요." 변화된 수사가 말했다.

그리고 손으로 벽을 더듬으면서 성큼성큼 걸었다. 그런 다음 간이침대를 옮기게 하고는 바닥을 살피기 시작했다. 의자에 올라가 거의 천장에 닿아 있는 쇠창살을 살펴보았다.

"당신은 여기서 나가야 하오." 쇠창살을 잡고 매달려 말했다. 그 순간 어디서 들어왔는지 한 무리의 쥐가 들어와서는 의자 주변을 빙빙 돌았다.

방문 수사가 무릎을 다칠 정도로 바닥에 낙하했다. 그리고 펄쩍 뛰어 철창을 다시 잡고 그것이 돌에서 뽑힐 정도로 힘껏 잡아당겼다.

"여기로 뛰어내려야 하오." 방문 수사가 말했다.

그리고 방문 수사는 바닥에 착륙했을 때 아래서 그를 기다리고 있을 전망을 보러 다가갔다.

"내가 이 위에서 떨어지면 산산조각이 날 텐데요." 갇혀 있는 수사가 말했다.

"이것이 탈출할 수 있는 유일한 방법이오." 방문 수사가 그에게 대답했다.

두 수사는 감방을 돌다가 서로 부딪쳤다. 방문 수사가 소리를 지르자 갇혀 있는 수사가 그의 팔을 잡으며 물었다. "왜 그래요? 왜 그래요?" 그리고 곧바로 그의 손바닥 위에 죽어 있는 쥐 한 마리를 발견했다. 그러나 수사는 그에게 별로 중요하지 않은 이런 일에 신경 쓸 여유가 없었다. 게다가 수사에게는 무슨 일이든 일어날 수 있다고 생각했다. 이렇게 생각하니 좀 진정이 됐다. 죽은 쥐를 구석에 던져 버렸다. 그때 방문 수사가 일어나면서 온 감방이 떠나갈 정도로 소리를 지르며 구석에서 나타났다. 수사가 방문 수사를 쫓아갔으나 그 순간 한 무리의 쥐가 그들 사이에 끼어들어 그를 쓰러뜨리려 했다. 바로 그때 밖에서 레온의 으르렁대는 소리가 들렸다.

"그 악당을 잡으러 왔다 ― 레온이 말했다 ― 나를 죽이려 했던 그놈을 잡으러 왔다!"

수사는 자신이 레온을 죽이려 했다는 것이 사실인지 잠시 생각해 보았다. 하지만 그럴 수 없다는 결론에 도달했다. 언젠가 개미들을 죽이지 않으려고 개미집의 공격을 받은 일을 기억해 냈다.

"그 짐승 어디 있어?" 짐승이 말했다.

수사는 더 이상 버틸 수가 없었다. 철창이 뜯긴 창문에 의자를 갖다 대고 머리를 들판으로 내밀었다. 연민조차 느껴지지 않는 곳이었고, 뒤도 돌아보지 않고 뛰어 달아나고 싶은 곳이었다. 모진 바람이 얼마 남지 않은 흙을 휩쓸어 갔고, 지금은 잡초도 자라지 않는 곳에 잿빛 돌멩이들이 삐져나와 있었다. 수사는 그것을 바라보았고 세상이 황갈색 색조를 띠고 있다고 생각했다. 감옥의 뜰을 바라보며 우스워 죽겠다는 듯이 자신을 기다리고 있는 커다란 돌들을 보았다. 그러나 이미 레온이 다가왔다. 쥐들을 밟아 내장이 튀어나오고, 입에서 내뿜는 공기로 하루살이들을 순식간에 죽여 버렸다. 그것들의 시체를 밟고 종교 재판관이 걸어오고 있었다. 그때 수사는 무시무시한 기계를 보고 더 이상 생각할 겨를도 없이 창문으로 뛰어내렸다. 대책 없이 떨어져 내리다가 한 창문의 철책에 옷이 휘감겼다. 그러나 온통 상처 입고 부서지고 머리가 탈구된 채였다. 두 명의 수녀(거기서 무엇을 하고 있었는지 아직도 모른다)가 거꾸로 박힌 머리를 보고 두려움의 탄성을 지르며 복도로 나가 자갈밭으로 사라졌다.

"저기 간다! ── 레온이 말했다 ── 저기 여자 옷을 입고 다른 공범과 도망간다!"

모든 수사들이 그를 뒤쫓고 더 이상 도망갈 수 없는 수녀들 바로 뒤에서 명령을 철회했다.

"주여! 주여!" 수녀들이 말했다.

레온은 그녀들을 가두라고 명령했다. 철책에서 빠져나온 수사는 갈가리 찢긴 채 다시 자신의 독방에 갇혔다. 두 개의 창문을 기어올라 창살이 빠진 구멍으로 들어갔다. 안으로 들어가서 되도록 창살을 잘 끼워 놓은 뒤 잠을 잤다. 잠시 동안은 감방에 쥐 새끼 한 마리도 안 보였다. 그러나 잠시 후 지그재그형 짧은 빛들이 이미 쥐들이 그 방에 있다는 것을 알려 주었다. 어찌 되었든 잠이 들었다. 이제 수사는 악어처럼 비상구를 찾으며 천장을 기어 다니고 있다. 약간 미끄러졌고 손으로 갑자기 높아진 벽을 움켜쥐고 다시 기어오르려고 애썼다. 천장 꼭대기에서 바닥에 떨어져 온몸이 산산조각 났다. 쥐들은 승자처럼 기어 나와 그의 떨어진 살점들을 취하기 시작했다. 수사의 살 조각들은 제각각 소리를 내고 있었다. 그래서 몇 분 동안 감방 전체에 외침의 하모니가 울려 퍼졌다. 목쉰 소리, 날카로운 소리, 음정이 맞지 않는 소리, 현란한 소리. 그러나 굶주린 동물들은 아우성치는 살점들을 통째로 삼켜 버렸고 그들의 배 속은 울림으로 가득했다. 이제 쥐들이 (속에서 외치며) 놀라서 급하게 들판으로 나갔다. 날이 밝아 오자 수사는 잠에서 깼다.

"비상구가 없어 ── 수사가 말했다 ── 출구가 없다니까."

문에 뚫려 있는 작은 구멍이 잽싸게 열리더니 국그릇 하나가 들이밀어져 수사의 다리에 떨어졌다. 구멍은 또 빨리 닫히고 국그릇을 들이민 손조차 보이지 않았다. 두 수사는 국그릇에 있는 얼마 되지 않는 음식을 먹기 시작했다. 어떤 음식인지 분간이 안 될 정도로 희귀했고, 매번 다른 냄새를 풍겨서 하루 온종일 쥐들을 쫓아내야 할 정도였다.

지금 수사는 다른 수사 곁에 있다. 한 사람으로 섞여 버릴 지경에 이르렀다. 어두웠다. 조금 전에 촛농이 다 녹아 증발해 버렸기 때문이다. 더위가 극심했다. 수사가 다른 수사에게 좀 더 다가가자 두 사람은 그들을 거의 관통하는 화염을 느꼈다. 수사가 한 손을 제쳤다. 그러자 다른 수사도 손을 제쳤다. 두 손이 서로 닿았다. "혹독한 더위로군." 두 목소리가 동시에 말했다. 그러나 이미 하나가 되었다.

수사는 이제 혼자서 감방을 왔다 갔다 한다. 의자에 올라가 들판을 바라보았다. 햇빛을 받아 반짝이고 있었고 태양은 그 이름을 부르면 허황하고 괴기한 자태를 띠면서 매 순간 변하는 색을 지닌 많은 물체들을 태우고 있었다. 수사는 의자에서 내려와 짚 방석 위에 벌렁 누웠다. 그리고 탈출을 생각하며 잠시 그대로 있었다. 불가능할지도 모를 많은 비상구를 상상하면서. 다시 석회 바닥에 발을 딛고 철창이 있는 창문으로 다가갔다. 그러나 아무것도 보이지 않았다. 갑자기 어두워지고 있었다. 수사는 손을 벌려 얼굴까지 치켜올린 채 한참을 그러고 있었다. 손은 희고 길었다. 창틈으로 들어오는 희미한 빛이 벽 위에 그것들을 더 길게 영사하고 있었다. 그러나 검은색으로……

"수사님, 뭘 원하세요?" 눈을 반짝이며 나타난 쥐들이 한 발로 걸으면서 물었다.

"나가는 거." 수사가 말했다. 그리고 손을 바라보았는데 쥐들의 눈빛이 반사된 탓인지 불꽃을 튀기고 있었다.

"수사님, 뭘 원하세요?" 쥐들이 말했다.

수사는 방을 가득 채울 정도로 길게 늘어나는 손을 계속 바라보았고, 손가락들은 천장의 희미한 빛을 약탈하곤 했다.

"죽는 거. 죽는 거." 수사가 말했다.

쥐들은 계속해서 한 발로 걸으며 노래를 부르고 있었다. 입을 다문 채 노래하고 있었다. 아무것도 노래 부를 것이 없는데 엄마들이 아이들을 재우려고 할 때 흥얼거리듯이. 쥐들은 수사를 에워싼 채 공포나 동정 아니면 유감스럽다는 듯이 눈을 내리깔았다.

수사는 머리 위까지 양손을 치켜올렸다. 손가락은 이제 천장을 부수고 점점 더 커졌다.

"잘 모르겠어 — 이윽고 말했다 — 잘 모르겠어."

쥐들은 자신들의 원래 위치로 돌아갔다. 일반 동물들처럼 다른 세 발을 늘어뜨리고는 구석으로 갔고, 눈들의 섬광은 계속 반사되었다.

"마침내 우리에게 대답을 하시는군." 그리고 다시 자신들의 찍찍거리는 소리와 외침과 허기진 신음 소리를 냈다. 수사가 방심한 사이 한 무리가 달려들었다.


나는 탈출 외에 다른 대안을 찾지 못했다. 정의를 베풀어 달라고 탄원하는 편지들은 목적지에 도착하지 않았다. 그 사악한 레온이 나에게 충고한 대로, 내 소송을 재검토하기 위해 형량을 다 마칠 때까지 기다린다는 것은 수치스러운 일이었다.

어느 날 태양이 빛을 내뿜으며 나를 깨웠을 때 감방 주변에서 요란한 소리를 들었다. 레온의 불충한 목소리가 들렸는데 협박하고 욕을 퍼부으며 일개 대대의 병사들을 이끌고 오고 있었다. 내 생애에서 그때만큼 겁난 적이 없었다. 그 순간 탈출할 수많은 방법이 떠올랐지만 그 어느 것 하나 신중해 보이지 않았다. 이제 감시원들이 문에 거의 다다랐다……. 바로 그 순간 하도 납작하게 엎드려 있어 판자처럼 보이는 쥐 한 마리가 들어왔다. 그러고는 내 앞에서 나를 두고 간 그 수사로 변해 버리는 것이 아닌가.

"빨리 가! 레온이 너를 화롯불로 보내려 한다는 애기를 들었다." 수사로 변한 쥐가 나에게 반말로 말했다.

"하지만 어떻게!" 내가 말했다.

"이제 창문으로 뛰어내릴 순간이 왔다."

그래서 뛰어내리려 할 때 갑자기 높이가 생각났다.

"난 산산조각이 날 거야."

우리는 다른 방법을 찾아보기 시작했다.

"일단 그들이 도착할 때까지 기다렸다가 문을 열자마자 너를 체포하기 전에 도망쳐."

그러나 이 방법도 가능해 보이지 않았는데, 발소리로 보건대 그들은 수백 명이고 나는 혼자였기 때문이다.

"분명한 것은 내가 복도로 나가기도 전에 잡아서 칼과 몽둥이로 나를 토막 낼 거라는 것이지."

"잠깐만 기다려." 수사-쥐가 말했다.

번개같이 나갔다가 다시 들어왔다. 그러나 그의 모습을 보고 얼마나 놀랐는지 모른다. 아랫도리가 어찌나 불룩한지 마치 세 번째 다리가 있는 것 같았다.

"주여!" 이 악당이 나를 강간하려나 보다고 상상하면서 말했다. 왜냐하면 스페인 수사한테서는 항상 최악의 상황을 기대할 수 있으니까. 그러나 내가 도망갈 수 있게 그곳에 우산을 넣어 왔다고 말하면서 그것을 꺼냈을 때는 안심이 되었다.

"창문으로 뛰어내려라. 이거면 문제없을 거야." 우산을 펼쳐 내 손에 놓으면서 말했다. 나는 사실 그런 비행을 별로 믿지 않았다. 그러나 이미 감시원들이 감방 문을 두드리고 있었다. 우산을 움켜쥐고 창문으로 기어올랐다. 그 순간 문을 부수고 레온이 진두지휘하는 부대가 들어오고 있었다. 감방이 비어 있는 것을 본 레온은 이성을 잃은 듯했다. 침대를 뒤집으며 샅샅이 뒤졌다. 감시원들이 외치는 소리로 보아 그가 발견한 유일한 것은 불행한 쥐 한 마리로, 포악한 레온이 무거운 장화 발로 짓이겼을 것이다. 나는 허공을 날고 있었고, 땅에서는 돌들이 서로 문질러 날을 세우고 내가 떨어지면 조각을 내려는 듯 기다리고 있었다. 바로 그 순간 우산이 나를 거꾸러뜨려 예상했던 것보다 더 빨리 떨어졌다. 기류가 내 기구를 다시 들어 올려 나는 구름 위에 뜨게 되었고, 어느 순간에라도 우산이 갈가리 찢어져서 내가 떨어져 산산조각이 날까 봐 우산을 꼭 붙들었다. 그러나 문제는 내가 세게 잡아당기자 내 몸이 계속 올라갔고 이제 수도원도 버려진 성들도 더 이상 보이지 않았다. 내가 그 사실을 알았을 때는 이미 바다로 진입하고 있었다. 생각할 것 없이 우산을 힘껏 당겨 육지 쪽으로 쏜살같이 튕겨 나가 버드나무 꼭대기에 떨어졌다.

가지들이 부러지고 잎들이 쏟아져 내리면서 나는 해안가 집의 지붕까지 굴러갔다. 그 집 여자들이 내가 버드나무 위에 떨어져 집을 엉망으로 만들면서 자신들 위에 떨어진 광경을 보고 무릎을 꿇었다. 다 찢어진 우산과 머리 위에 버드나무 잎을 잔뜩 매단 채 나타난 나를 보고 '신의 섭리' 아니면 어떤 성인쯤으로 알았을 것이다(이런 것을 위해서는 항상 상상력이 풍부하다). 그 혼잡을 틈타 우산을 들고 산으로 향했고 유칼립투스 뒤에 숨었다. 황량한 그 땅에 씩씩하게 자라는 유일한 나무였다.

# 제11장
## 수사의 낙하와 도주

수사가 요란스럽게
수도원 뜰에 떨어졌네.
여기저기 부딪히고 타박상을 입으며,
그를 보면 동정이 이네.
문짝에 난 작은 틈을 통해 빠져나와서
옷이 다 찢어진 채 밖으로 뛰어나갔지.
왕과 귀족들의 기사 분단장들의 병원에
상처투성이가 되어 도착했지.
거기서 너의 유일한 의복인 겉옷을 걸어 놓고,
샛문을 통해 벌거벗은 채 나왔는데,
자그마한 소리에도 너는 움츠러들었고
귀를 바짝 기울였고,
거의 실신한 상태였지.
너에게 낡은 수렵 옷과

멜빵 모양의

자루를 만들어 주었는데 거기 2두로를 갖고 있다.

불안한 발걸음으로 비틀거리면서

공포에 떨며 나가지.

양 치는 목자에게 2두로를 주면서

안전한 곳에 데려가 달라고 했지.

하지만 그 악당은 2두로를 받고

즉시 수사를 밀고하러 나가지.

그 사실을 알자마자 두 개의 카스티야* 지역 쪽으로

돌팔매질을 해서 그 악당의 머리에 상처를 입히지.

나의 수사 세르반도,

오, 슬픔에 잠겨 출발했지.

성큼성큼 걸으며

눈도 안 붙이고 낮에 잠을 자면서

계속 걸었지.

그리고 풀숲에서 잠깐씩 쉬었지,

두려움에 떨면서.

반달 모양의 주둥이를 가진 개가

여기저기서 그에게 덤볐지,

그의 간식을 빼앗으면서,

수사를 물어뜯으면서.

태양은 너를 태우고 대지는 끽끽거리지.

다리가 휘청거리지.

수사의 보폭이 좁아지고 있지.

매 순간 거지들이 그를 약탈하려고 하지,

아무것도 없다는 걸 알고 그를 발가벗기고 강간하려 하지.

저기 배수구에서 자고 있다

동냥하면서,

야자나무를 기어오르면서,

화분을 망가뜨리고

나가! 라고 외치면서.

이성을 잃은 세르반도 수사가 저기 간다.

아무 동굴이나 거처로 삼으면서.

이제 더 이상은 못 참는다,

굶주렸고, 도벽이 있는 찰플란딘도 마찬가지다.

이제 그를 길들일 사람이 없다.

슬픔에 잠겨 두 개의 카스티야 지역으로 왔고

이제 마드리드로 가서

그 도시를 파괴하려고 한다.

도둑들 사이를 걷고 또 걷는다.

태산 같은 함정과 악덕이 가득한 곳을.

수사는 서글프다

다리는 퉁퉁 붓고.

매 순간 놀라운 일이 생긴다.

도둑들은 그의 모든 것을 약탈했다.

수사는 사취를 당했다고 느낀다.

사기가 떨어지고

맨발로

계속 걸으며

포도주는 구경도 못하고.

맨땅에 눕는다.

이제 거의 밤이다.

차량이 지나가는 것과 전쟁의 외침 소리를 듣는다.

어찌할 바를 모른다.

어디로 갈지,

목은 마르고.

걸을 수조차 없다.

나무가 있는 곳까지 다리를 질질 끈다.

몹시 낙망해 울기 시작한다.

반 시간쯤 지나 당나귀를 타고 가는

늙은 마부가 그 소리를 듣는다.

그를 나귀에 타게 하고,

올라타도록 도와준다.

그에게 말한다.

"울음을 안 그치면 때려 준다!"

4레구아쯤 가자 토르케마다에 도착한다

그 이름이 태양이 얼마나 강렬한 곳인지 말해 준다.

그곳에 수사는 나귀를 타고 도착한다.

그리고 마부는 걸어서.

이 선량한 사람이 그를 자기 집으로 데려간다.

냄비를 올려놓으며 마당에 있는 자기 부인을 부른다.

그녀에게 말한다.

마누라, 내가 누굴 데려왔는지 좀 보구려,

다 죽어 가는 것을 발견했지.

거칠고 성미 고약한 부인이 대답한다.

누에콩조차도 없는데

당신은 위장에 구멍이 뚫려 있을

거지를 데리고 나타나다니.

"철없는 여자 같으니라고." 마부가 대답한다.

"거지가 아니라 혈통 있는 가문의 기사야."

"가서 젖이나 먹을 것이지."

맹수 같은 여자가 대답한다.

"아니면 죽어 버리든지!"

쉬지 않고 말한다.

"조용히 좀 해! 이 야만인아······."

"이 빌어먹을 놈!"

그렇게 부부 싸움은 계속되었다.

우리 수사가 잠에서 깨려 한다.

다 죽어 가는 가여운 수사가 잠에서 깼다.

"세상이 참 서글프구나!" 그들을 보면서 말한다.

그들은 서로의 목을 조르고 있었다.

오, 배가 너무 고프다. 이제 더는 못 견디겠다!

"기다리시오, 손님." 고상한 마부가 말했다.

"우리 중에 네가 제일 첫 번째다!"

격분한 마부의 부인이 마당으로 뛰어가면서 말했다.

판석 하나를 가져와 고상한 마부의 갈비뼈에 박아 넣는다. 마부는 사나워져서 그녀의 갈비뼈를 하나 꺼내 그것으로 토르티야을 만든다. 갈비뼈로 국을 준비해서 이제 그 갈비뼈는 먹지 못할 것이다. 다른 갈비뼈들은 판석이 구멍을 만든 곳에 끼워 넣는다. 거의 죽을 지경이 된 부인은 휴식을 취한다. 잠에서 깨어난 놀란 수사가 다시 잠이 든다. 그리고 다시 고상한 마부가 자신을 구하러 오는 꿈을 꾼다. 일어나시오! 진짜 마부가 하인처럼 그의 모자에 손수 만든 멀건 국을 가져와 그를 깨운다. 그것을 먹은 수사는 기운을 차린다. 떠나야지! 땀까지 흘리며 외친다.

"떠난다고, 이제 막 도착했는데 어디로 간단 말이오?"

"수천 명의 집행관들이 나를 찾고 있으니 떠나야죠."

"총을 갖고 오지 않으니 고집 피우지 마시오."

"아직 도착도 안 했는데 어찌 아시오?"

"집행관들의 총을 다 저당 잡혔기 때문이오."

밤이 되었다. 죽어 있는 부인을 문 뒤로 옮겨 놓고 마부는 그가 겪은 모험을 이야기한다. 수사는 그의 큰 고난을 패러디한다.

"오, 인생은 힘들구나."

"딱딱한 말안장보다 더하지."

"말굽보다도."

이제 태양은 짙게 검은 선을 그린다.

"바야돌리드는 여기서 먼가요?"

"그렇소."

"걸어서라도 가겠소."

"당신 산 페르난도의 말을 잘 탈 줄 아시지."

"나는 이제 그런 여행에 익숙해 있소. 노새도 타고, 걷기도 하면서 말이오."

"어쨌든 당신을 도울 수 있을 거요."

"오, 지금 당신이 해야 할 일은 당신의 부인을 묻어 주는 것이오."

"그건 다음 날로 미룹시다…… 기사들을 좀 알고 있소."

"비열한 사람들!"

"당신을 도울 수 있을 거라 믿소."

"도주를 말이오?"

"그렇소."

"다행이군요."

수사는 바야돌리드를 향해 떠난다. 마부가 안내자로 소개해 준 넝마주이 소년의 안내를 받는다. 야생마를 타고 간다. 두 사람이 길을 가고 있다. 먹을 것을 구하기 위해 땅을 파 보고 눈에 띄는 풀들을 뜯는다. 포장도로와 자갈밭을 지나서. 개울을 건너고 매 순간 진흙에 빠지면서. 하카라의 춤과 노래를 가르쳐 주는 매우 세련된 찰플란딘의 사람들과 함께 항상 동행하며 바야돌리드에 도착했지.

"저기가 바야돌리드입니다." 소년이 말한다.

"혼자 들어가는 게 낫겠다."

"그러나 선생님⋯⋯."

"나한테서 멀찌감치 떨어져라."

"주인님⋯⋯."

"그만 떠나래도."

"20두로를 주셔야죠."

"정말이니?"

"튼튼한 이 칼끝에 대고 맹세해요."

"이봐 소년, 난 1센트도 없어. 그러니 오른쪽으로 돌아서 산을 넘어가라. 말썽 피우지 말고 네 고향으로 돌아가거라. 이런 상황에서 난 아무것도 두렵지 않아!"

"저, 선생님⋯⋯."

"빨리 떠나는 게 네가 원하는 것인 줄 잘 안다. 네가 그것을 원했어."

이 말을 하고 너는 재빨리 몸을 돌려 여행자를 날치기하려는 가여운 소년의 머리를 낚아챘지. "얼마나 뻔뻔스러운 일인가! 신뢰가 부족한 세상이니 나 자신조차 못 믿는다."

벼랑과 평지를 지나 나귀를 타고 바야돌리드까지 간다. 그러나 최종 목적지는 마드리드라고 생각하면서. 그러나 가는 도중에

날치기꾼,

말 도둑,

소매치기,

구걸하는 사람들,

망토 도둑,

뚜쟁이

그리고 도둑들과 마주친다. 이들은 이러한 장소에 빠지지 않고 스페인에 많은 슬픔을 야기한다.

# 제12장
## 바야돌리드의 도착과 출발에 대하여

　나는 바야돌리드의 한 귀퉁이로 들어가 협소하고 바닥에 구멍이 많은 거리들을 거닐었다. 내 옷에 뚫린 구멍이 거리에 난 구멍보다 커서 몸이 훤히 들여다보였다는 것을 깨달을 때까지 걸었다. 오후였고, 해가 기울고 있었다. 갑자기 무엇을 할지 막막해졌다. 처지가 너무 서글퍼서, 마을을 훤히 비추는 많은 성당들의 종소리를 듣고 한 성당에 들어가서 진실로 수용하는 자세로 기도했다. 그렇게 잠시 있었는데, 멍하니 슬픔에 잠겨 처음에는 거기서 일어나는 일을 이해하지 못했다. 내가 기도를 마칠 무렵 성당 안에는 나 혼자만 남아 있었고, 그럼에도 백여 명의 여자들이 들어와서 마술처럼 단상 뒤로 사라졌다. 그러나 무슨 일인지 알려고 하지 않았다. 이방인은 신중에 신중을 기해야 하기 때문이다. 그래서 그 광경을 바라보기만 했는데, 매우 심각한 표정을 한 여자들이 검정 옷으로 몸을 가리고 머리에 쓰는 검은색 비단을 길게 늘어뜨린 채 줄을 지어 내 앞을 지나서 이내 사라져 버렸다. 잠시 후 몹시 비탄에 잠긴 신부가 나오는 것을 보았다. 촛불을 끄며 교회 문을 닫으려고 했다. 나는 내 존재를 알리기 위해 일어섰고, 성호를 그으며 기도를 하고 있지 않으면서도 입을 오물거렸다. 그때 신부가 빗장을 내려놓았다가 그것을 다시 집어 들고 황급히 나에게 다가오는 바람에 내 머리를 치려나 보다 하고 겁이 더럭 났다.

"무슨 일이지?" 예의 바르게 말하는 것이 아니라 어찌나 날카롭게 쏘아붙이던지 놀라움을 금치 못했다. 왜냐하면 찰플란딘의 도둑들도 그런 말투나 태도를 보이진 않았기 때문이다.

"아무 일도 아닌데요!" 나는 매우 심각하게 대답했다. 그때 신부는 마치 과일 가게나 되는 듯 방금 성당 문을 닫으려 했다고 소리쳤다.

나는 할 수 있는 한 변명을 하고 더 소란을 피우지 않기 위해 (이미 많이 겪었다) 인사를 한 뒤 그 괴팍한 사람이 나를 칠까 봐 겁이 나서 밖으로 나가려 했다. 그리고 막 거리로 나서는데 신부가 나를 소리쳐 불렀다. "이리 좀 오시오!" 나는 뛰어서 달아나고 싶었다. 그것도 야만인들 틈에 끼어 있는 것을 알았기에 주목을 끌지 않기 위해 노력하면서 말이다. 하지만 나는 다시 돌아가 신부 앞에 섰는데 그가 마치 거인 같았다.

"어디 출신이오?" 내가 망아지 제물인 양 물었다.

그 질문이 갑자기 나를 붙잡았다. 그때 얼굴을 들어 처음으로 야만인의 얼굴을 보았는데, 불그레하고 토실토실한 게 신부라기보다는 푸줏간 주인 같았다.

밖에서는 종들을 부숴 버릴 듯이 종지기가 격렬하게 종을 치는 소리가 들려왔다. 이제 밤이 되었다. 나도 모르게 단상까지 천천히 걸어가서 몸을 웅크리고 우는 시늉을 하며 손으로 얼굴을 가렸다. 어느새 종 치는 소리가 멈췄다. 아니면 적어도 그렇게 격렬하게 치지는 않았다. 그래서 사납게 생긴 신부에게 나의 인생 역정을 다 고백했다. 어디로 갈지도 모르고, 성당을 나가면 갈 곳도 없고, 도시에 대해 잘 모르고 나를 안내해 줄 사람도 없다고 했다. 그의 커다란 손이 내 어깨를 잡았다.

"나도 아메리카 사람이지, 북쪽 말이야." 그가 말했다. 추측하건대 양키였다.

단번에 내 어깨를 움켜쥐고 나를 일으켜 세웠다. 그러고는 일장 연설을 늘어놓으며, 스페인이 식민지에서 자행한 잔인함과 끔찍한 게으름뱅이들한테서 벗어날 수 있는 유일한 방법에 대해 이야기했다. 그의 열정은 차츰 스페인 사람 모두를 죽이는 방향으로 쏠렸고, 나중에는 교황에게로 화살이 옮겨 갔다. "교황을! 교황을!" 그 아메리카 사람이 성당 한가운데 서서 크게 소리쳤고 너무 격앙해 있어서 누구라도 그가 바로 바티칸 점령을 진두지휘하고 있다고 생각할 정도였다. 나는 겁이 났고, 스페인에서 성직을 맡고 있는 많은 미친 사람들 중 하나의 손아귀에 잡혀 있다는 생각이 들었다. 그때 종들이 다시 고막을 터뜨리기 시작했으나, 양키가 계속 "교황을! 교황을!" 하고 외쳐서, 종소리가 들리지 않을 정도였다.

"걱정하지 마라 —— 이제 목소리를 낮추며 땀방울을 닦고 있었다 —— 여기서는 위험하지 않을 거다. 잠깐 기다려라, 지금은 고해 성사 시간이니까."

신부는 내 혼을 빼놓고 단상 뒤로 번갯불처럼 사라졌다. 거기서 두 시간 넘게 그를 기다렸는데, 몇 번을 문까지 가서 뛰쳐나가고 싶었으나 어디로 갈지 난감했다. 거리를 엿보고 있을 때 단상 뒤에서 웅성거림이 들려왔다. 고개를 돌리자 검은 옷으로 몸을 가린 부인들의 행렬이 지나가고 있었다. 마치 무덤에서 나온 것처럼 몹시 창백했고, 그들의 행동이 어찌나 신비스럽고 순결해 보이던지 나는 안정을 되찾을 수 있었다. 그래서 저 많은 여자들을 저렇게 변화시킨 주임 신부를 기다리기로 결심했다. 마침내 모두 내 앞을 지나갔고 줄지어 가는 동안 내가 모두에게 인사를 했음에도 쳐다보지도 않았다. 그렇게 해서 내가 그 이상한 성당에 머무르게 되었고, 특별히 갈 곳도 없었으므로 길어야 2~3주가량 머물려고 했다. 그 정도면 내가 방어할 것을 정비하고, 레온 관리가 인정사정없이 나에게서 빼앗은 서류들을 회수하는 데 충분한 시간이었다. 그동안 아메리카 신부의 강연을 잘 참아 주고 가능한 한 그를 잘 견뎌야 할 텐데, 어찌 되었건 그의 하숙인이고, 그래야만 먹고 자는 데 문제가 없을 터이기 때문이다.

"이보시오. 여기서 우리가 할 일은 큰 모임을 갖는 거요." 여자들의 무리가 행렬을 끝마친 후에 그가 나에게 말했다. 그러고는 한 손의 손가락들을 잡더니 그것들을 뽑아 버리려나 보다 하는 생각이 들 정도로 세게 잡아당겼다. "그 악골들에 대항하는 모임이지. 그들을 죽이러 거리마다 뛰쳐나가는 거지⋯⋯."

"그래요." 여기저기서 스페인 사람들을 제거하는 칼을 떠올리면서 내가 말했다.

"젖먹이조차도 남기면 안 돼!" 아메리카 사람이 격분해서 말했다.

나는 소름이 끼쳤다. 이것이 그가 모든 여자들의 고해 성사를 마친 후 우리가 매일 밤 나눈 대화 내용이었다. 가끔 나는 내가 원하는 것은 모든 문제가 평화스럽게 해결되는 것임을 이해시키기 위해서 내가 겪는 불행에 대해 재차 이야기하려고 노력했다. 항상 정의와 자유권을 최우선에 두면서. 그 당시만 해도 나는 모든 것이 조약을 통해서 해결될 것이라 믿었다. 적어도 나 자신에게만큼은 그렇게 믿게 하고 싶었다. 그러나 그는 내 말을 듣지 않았다. 지금까지 남의 말은 들어 본 사람 같지 않았다.

"젖먹이도 안 돼! 젖먹이도 안 돼!" 하며 외쳐 댔고 나는 그를 진정시킬 노력조차 하지 않았다. 어찌 됐든 그가 옳았기 때문이다.

내가 항상 의심을 품어 왔고 그 일로 인해 도망칠 생각을 한 그 문제만 아니었다면 우리는 의견의 일치까지도 볼 수 있었을 것이다. 어느 날 오후, 변호사를 찾아 바야돌리드의 그 지옥과도 같은 거리를 헤맨 후에(도둑도 사기꾼도 아닌 사람이 내 문제를 잘 처리해 주어 내가 마드리드로 가서 나의 억울함을 왕과 왕정에 호소할 수 있도록), 그런 사람을 찾지도 못하고 뜨거운 자갈밭을 너무 걸은 탓에 발이 피곤해서 돌아왔다. 바로 그때 여인들의 무리가 조직적으로 커다란 단상 뒤로 들어가서는 사라졌다. 나는 기운이 없었지만 호기심이 발동해 나에게 항상 수수께끼였던 궁금증을 명백히 밝히고 싶었다. 검은 옷을 입은 마지막 여자가 사라질 때, 매우 조심스럽게 단상 뒤로 사라지는 그녀의 뒤를 밟아 나도 단상 뒤로 사라졌다. 여자들은 좁은 복도를 지나 나선형을 그리며 네 번이나 회전해야 하는 계단을 올라갔다. 마침내 계단이 끝나고, 거기서 다시 시작되는 긴 복도를 매우 신속하게 지나 반쯤 열린 문으로 미끄러지듯 들어갔다. 참회실과 고해 신부가 있을 것으로 짐작되는 방이었다. 마지막 여자가 들어가자 문이 닫혔다. 나는 방향을 돌려 내 방으로 돌아오고 싶었다. 하지만 그러지 않았다. 그 복잡한 계단을 다 올라가서 조심스럽게 통로를 지난 뒤 문에 숨어서 귀를 바짝 갖다 댔다. 처음에는 마음이 놓였고, 심지어 저 거룩한 신부를 의심한 것에 대해 후회도 했다. 그 신부는 라틴어로 일장 연설을 하고 있었다. 신부가 자기 마음대로 강약을 집어넣고 동사 변화가 엉망인 연설을 듣기 지겨워져서 독서 삼매경에나 빠지자 하고 돌아가려 했다. 바로 그때 그 회합에 참석한 정숙한 여인 중 하나의 한숨 소리 같은 것이 들렸다. 한숨 소리는 계속되었고 점점 더 깊어졌다. 나는 더 웅크리고 조심해서 문의 돌쩌귀에 있는 작은 틈에 눈을 바짝 갖다 댔다. 그렇게 해서 겨우 방의 내부를 들여다볼 수 있었다. 신부가 보였는데, 완전히 옷을 벗은 채 땀을 흘리고 있었고 그의 음경은 돌멩이보다 더 빳빳해져서 작대기처럼 서 있었다. 라틴어로 설교를 계속하며 빙 둘러서 무릎을 꿇고 있는 여인들 사이를 거닐고 있었다. 이런 상태로 신부는 둥근 원 사이를 걸어 다녔다. 여자들은 황홀한 눈빛으로 그를 바라보았고 그들의 안색은 조바심과 신부에게서 전염된 음탕함을 드러내고 있었다. 신부는 리듬에 맞춰 걷고 있었고 그사이 그의 음경은 믿을 수 없을 정도로 커져서 문을 뚫고 내가 있는 곳까지 도달할까 봐 겁이 날 지경이었다. 그래서 모든 것이 그 장소에서 벌어질 일을 위한 준비 단계였다는 것을 알았다. 의식이 진전되도록 말이다. 절박한 여인들은 두 손을 꼭 움켜쥐고 무릎을 꿇은 채 신부 주위에 둘러섰다. 신부는 왕산만 해진 부분을 두 손으로 쥐고 여인들의 입에 힘겹게 집어넣기 시작했다(성체의 빵처럼). 여자들이 숭배와 존경스러운 모습으로 기뻐하며 그 커다란 물체를 통째로 삼키면서 입을 맞추자 신부는 다른 신청자를 만족시키기 위해 즉시 빼냈다. 부인들은 자기 차례가 오기를 고대하고 있었다. 신부는 둥근 원을 돌면서 기념비적인 기구를 모든 여자에게 제공하고 있었다. 여성들은 갈수록 더 간절해졌다. 그리고 그는 더 빨리 돌았다⋯⋯. 나는 더 이상 보고 싶지 않았다. 이제까지 본 것만으로도 그 고해식의 의미를 이해할 수 있었다. 목격한 장면 때문에 멍해지고, 귓전에 신부의 채찍질 소리가 계속 울려 서둘러 그 복잡한 계단을 내려가다 세 번이나 머리를 부딪혔다. 내 방으로 돌아와서 얼마 되지 않는 물건을 챙겨 떠날 준비를 했다. 신부의 행동엔 놀라지 않았는데(매우 인상적이었지만) 가톨릭 단체에 들어갔던 첫날부터 유사한 일을 보는 데 익숙해졌기 때문이다. 그것에 전염될까 겁나서가 아니라(이런 시험에 나는 면역이 되어 통과했기에), 그런 행위에 뒤얽힐까 봐 그곳을 떠났다. 왜냐하면 이후에 나에게 악용될 수 있기 때문이다(야비한 레온 관리가 나에게 하려고 했듯이……). 그날 밤 바야돌리드를 떠나 마드리드로 향했고, 불편한 카탈란의 짐수레에 매달려가면서 매 순간 의식을 잃었다.

# 제13장
## 마드리드에 대하여

마드리드에 도착하자마자 돈 후안 코르니데와 필로메노(라 아바나의 현 시장)를 찾아갔다. 그들은 멕시코에서도 만난 적이 있고, 우리가 얀센파라고 비난받는 원칙을 공유하는 친한 친구들이었다. 내가 도착하자마자 코르니데가 라스 칼다스 수도원 전체가 나의 도주로 인해 수감되었다고 전해 주었다. 그러니 빠져나오다가 내 손의 살점이 벽에 남아 있었기에 아무도 나의 탈출을 도와주지 않았다는 것이 증명되었다. 단지 열일곱 명의 수사만 화형에 처해졌는데 그들은 내 도피와 연루된 사람들이 아니라 반대로 내 목숨을 요구했던 사람들이다. 당분간 코르니데와 필로메노의 집에 묵었다. 나로서는 부끄러운 일이고 우리 세 사람으로 볼 때는 비참했다. 왜냐하면 그들은 여기저기 다니며 정부의 고위직을 맡으면서 어떻게든 그들을 파멸시키려 하는 수많은 적들과 대항하고 있었고, 나야 더 말할 나위가 없었다. 내 수중에 있던 8두로 중에 3페세타만 남았는데, 도착하던 날 밤 친구들과 퀴퀴한 냄새가 나는 주막에서 별로 좋지도 않은 포도주 세 잔을 마시는 데 써 버렸다. 코르니데와 필로메노는 짐승처럼 일하며 시간을 보내는데, 날마다 늘어나는 수많은 문제를 해결하기 위해 이리저리 뛰어다녔다. 그리고 나는 내 소송을 왕정에 제출하기 위해 백방으로 노력했다. 레온이 남겨 놓은 얼마 안 되는 서류를 들고 돈을 구하는 대로 뿌려 가면서 여러 곳을 찾아다녔지만, 나에게 내려진 부당한 선고와 나를 이토록 곤궁에 처하게 만든 나의 좋은 설교에 대해서조차 아무런 해결책을 찾지 못했다. 적어도 읽을 줄 안다는 이유로 유식하다고 간주되는 비위나 맞추려는 노인들의 위원회가 모여서 심의를 하고 재심의하기 위해 다시 모이곤 했으나, 돈을 주지 않아서인지 아무런 결론에 도달하지 못했다. 나는 기다리는 데지쳐서 목적지도 없이 거리를 배회했다. 그래서 내가 가 보지 않은 곳이 없을 정도였지만, 그렇다고 그것이 나에게 유익하다는 생각이 들진 않았다. 왜냐하면 그런 것을 잘 몰라도 살아가는 데 손해 볼 게 없기 때문이다. "마드리드에 대해 이야기하자면, 길들이 무질서하고, 협소하고, 얽혀 있고 구불구불하다. 안차 데 카디스 거리를 제외하고는 스페인 어디를 가든 인도가 없다." 나무가 어찌나 없던지 손가락으로 세면 손가락이 남을 정도였다. 길은 너무 좁아서 사람들이 그 길을 지나갈 때는 옆으로 걷고 절대 하늘을 쳐다보지 말아야 한다. 누군가가 한쪽으로 지나가면, 반대편에서 오는 사람은 웅크리고 창문에 올라가거나 바닥에 납작하게 누워서 그 위로 사람들이 다 지나갈 때까지 기다려야 한다. 어떤 때는 누가 엎드려야 하고 누가 그 위를 지나가야 하는지를 놓고 서로 다투다가 죽이기까지 한다. 집들은 집 안만큼이나 어두운 계단을 갖고 있고 겹겹이 포개져 있었다. 서로 얽혀 있어서 햇빛이 전혀 들어오지 않는다. 한 층 계마다 한 사람이 온 가족과 함께 사는데, 사람들이 위로 올라 가면서 짓누른다. 옥상에도 사람들이 사는데, 우산 조각이나 낡 은 깡통으로 다락방을 만들어 살고, 바람이 불면 사람들과 함 께 모든 것을 아래로 날려 보낸다. 일반적으로 마드리드를 걸 어 다니려면 우산이나 철모를 써야 하는데 발코니와 창문에서 무언가를 계속 내던지는 것으로부터 자신들을 보호하기 위한 것이다. 보호 장치를 하지 않으면 생명을 잃을 위험 때문이다. 사람들은 말한다. "자, 물이다." 그러나 정작 떨어지는 것은 물 이 아니라(제발 물이었으면 싶지만, 그럴 수 없는 것이 물이 없 기 때문이다), 오만 가지 배설물과 부패물이어서, 공기를 오염 시키고 혼탁하게 해서 어쩌다 그곳을 날아가는 새는 즉사하고 만다. 카를로스 3세가 그 문제를 해결하고 마드리드 사람들의 천박함을 고쳐 보려 했다. 집 안에 Y라고 부르는 배수통 같은 변소를 놓게 했다. 그러나 아무도 그것을 본래의 용도대로 쓰 지 않고, 잡담할 때 앉아 있거나 음식물 쓰레기를 버리는 데 사 용했다. 위생상의 명령을 어기는 사람들이 하도 많아서 그들을 감옥에 집어넣어야 했다. 그래서 카를로스 3세는 마드리드 사 람들이 마치 세수시킬 때 우는 아이들 같다고 했다. 그건 사실 이었다. 이러한 생활 방식 때문에 전염병이 극성을 부려 사람들은 볼품이 없고 키가 자라지 않았다. 한번은 어느 여자아이와 놀게 되었는데 키가 2피트밖에 안 돼 보여서 몇 살이냐고 물었더니 이렇게 대답했다.

"저, 선생님, 제가 서른 살인데요."

일반적으로 마드리드의 아이들은 머리가 크고, 키는 작고, 말이 빠르고, 엉덩이가 작고, 악명 높고 교양이 없다. 이 역시 사실인데, 지구상에 이들보다 더 부패하고 더러운 주민들은 없다. 부패했다고 하는 네로의 로마는 스페인의 궁정과 비교해 볼 때 신의 집이나 성인들이라 불릴 정도였다. 스페인에서는 갓 태어난 아이들조차도 부패해 있다. 갓난아기들도 '엄마'라고 부르는 대신 다시는 되풀이하지도 못할 기가 막힌 야만적인 말을 한다. 그러나 악은 위로부터 내려온다. 왕후가 고도이와의 광적인 사랑에 엄청난 재물을 낭비하자, 카를로스 4세도 이에 뒤질세라 귀족들만을 위해 술잔치를 베풀어 거기에 들어가는 입장료가 5천두로가 넘는다. 남을 험담하기 즐기는 사람들은 그 돈조차도 고도이의 수중에 들어갈 것이라고 한다. 그런 반면 국민들은 가장 애처로운 빈곤에 허덕이며, 썩고 피가 줄줄 흐르는 내장인 '도살장의 순대'로만 배를 채운다. 이 가난은 모든 추행의 원인 제공자가 되고, 비천함은 배를 채우기 위한 온갖 종류의 속임수를 가르쳐 준다. 그래서 스페인에는 다양한 종류의 도둑이 있어 그들을 분류하는 데만 사전 한 권이 별도로 필요한데, 각 분야별로 훔치는 물건에 따라 이름이 다르기 때문이다. 망토범들은 망토를 훔치는 사람들이고, 들치기범은 길거리에서 사람들의 옷을 벗겨 가는 사람들이다. 이들이 마드리드에서 가장 흔한 도둑들 중 하나이고, 거리마다 알몸으로 뛰어다니는 사람들이 어찌나 많은지, 내가 외출한 첫날 밤에는 그것이 파리에서 새로 들어온 유행인 줄 알았다(왜냐하면 마드리드는 어떠한 혁신도 일으킬 능력이 없기 때문이다). 온갖 종류의 부패와 마찬가지로 악과 도덕적 타락은 끝이 없다. 매춘이 심해서 발을 내디딜 때마다 한 무리의 여인들이 계속해서 달라붙는 바람에 괴롭힘을 당한다. 이 문제에 대한 최근의 자료에 의하면, 마드리드 궁정의 창녀 수만 4만 명이 넘었는데, 이것은 궁녀나 귀족 부인 그리고 왕후를 제외한 수치다. 이 여자들이 안심하고 일할 수 있는 곳이 성당이다. 침착하게 설교를 하거나 미사를 집례하는 신부들 앞에서 말이다. 항의하는 신부는 바로 강단 앞에서 돌에 맞아 죽을 각오를 해야 한다. 나에게도 그런 일이 한 번 일어날 뻔했는데, 매주 6레알에 미사를 집례하는 일자리를 구했는데, 미사가 한창 진행될 때 여성들이 불경한 짓을 저지르는 것을 저지하려 했다. 그러고 나서 참사 회원에게 이 일을 통보하자 즉시 나를 해고했다. 그 일과 다른 사건들로 참사 회원들 대부분이 매우 어두운 거래를 하며 사회의 가장 최악의 병폐와 협약을 맺고 있다는 것을 짐작할 수 있었다. 그렇지 않다면, 그들이 모은 그 엄청난 재산이 다 어디서 나왔다는 말인가. 그래서 스페인에 있는 성당들은 아메리카에서 매음굴이라 부르는 것과 같았고, 그보다 더 형편없는 곳이라고 할 수 있는데, 거기보다 더 안전한 곳이 없기에 쫓기는 모든 도둑들이 다 거기로 피신하기 때문이다. 마드리드를 강타하는 또 다른 병폐 중 하나는 남색이다. 밤이 되면 지나다닐 수 없는 거리들이 있는데, 멋모르고 지나갔다가는 놀라운 일을 겪을 수 있기 때문이다. 경찰들이 매일 밤 백여 명의 불행한 인간들을 체포하는데, 그중에는 백작이나 중요한 인사들이 꼭 끼여 있게 마련이다. 이러한 죄는 화형에 처해지는데, 가난한 사람들이나 보호해 줄 사람들이 없는 경우에만 해당된다. 모든 사람들이 그들의 생활 방식을 알고 있음에도, 궁정의 귀족들은 화형에 처해지는 법이 없다. 화롯불이 불꽃을 튀기며 활활 타고 있을 때쯤이면, 귀족들은 '도와줄 사람'을 찾으러 자기 하인들을 보낸다. 또한 왕도 '정화'라는 그 불에 한 번도 통과해 본 적이 없다. 그러나 마드리드를 방문한 사람들의 기억에 가장 선명한 것은 거지 무리들인데, 자동차가 도착하면 문을 열어 주려고 몰려든다. 덤벼드는 사람이 워낙 많아서 차가 뒤집어지고 차 안에 있던 사람은 소리 지르며 경찰을 부르며 지붕으로 빠져나온다. 그런 소동을 피해 목숨을 부지한 뒤에도, 거지들의 행렬이 거리를 가득 메우며 그의 집까지 따라간다. 그들에게 동전 몇 닢 던져 주지 않으면 목숨을 잃을지도 모른다. 이런 일이 나에게도 한번 일어났는데, 빵 좀 달라고 외치며 따라오는 도둑 무리를 보았을 때 아무것도 줄 것이 없어 무서웠고, 가난이 악을 잉태한다는 사실을 알기에 더 겁이 났다. 그래서 언젠가 약간의 돈을 간직한 적이 있던 주머니를 슬며시 꺼내 돌로 채운 다음에 허공에다 던져 버렸다. 거지 떼들이 그것을 잡으러 달려가는 동안 나는 도망을 쳤다. 이것이 마치 그렇지 않은 듯해 보이는 마드리드의 가장 슬픈 전경 중 하나이다. 왜냐하면 거기서는 슬픔이 계속해서 사람들을 강타하기 때문이다. 마드리드에는 세상의 다른 지역에 비해 수도 없이 많은 '몽상가'들이 있다. 이들은 망상가인 시골 사람들로서, 일확천금을 노리고 궁정에 와서 '층계 아래 공간'에 머무르며, 누구 말마따나 하늘에서 만나가 떨어지기를 기다린다. 그러나 아무것도 떨어지지 않고 온 지역에 만연한 빈곤만 겪게 된다. 이 불행한 사람들은 결국 악당이나 걸인이 되든지 아니면 감옥에 가게 되고 거기서 경쟁자를 원치 않는 고도이의 명령으로 칼에 베어 죽임을 당한다. 마드리드에서는 시골처럼 살아가는 지역들이 많다. 옷 벗은 남자들이 한길 가에서 면도를 하거나 여자들은 바느질을 하거나 상스러운 말을 하는데 싸움이 그치지 않고 밤낮으로 노름판이 벌어지기 때문이다. 솔 광장에서는 매일 칼이나 몽둥이에 맞아 죽는 사람들이 수두룩하다. 그 광장에서는 무자비하게 서로를 처리하고, 그곳을 지나갈 때는 작은 주머니에 물을 가득 넣어서 배에 묶고 가는데, 다른 사람들을 속이며 계속 길을 가기 위해서다. 산 히네스 골목길은 이 궁정에서는 모든 것이 그렇듯 금지된 지역 중 하나이다. 거기서는 성매매가 너무 심해서 관리들이 마을의 주인이나 마찬가지다. 모두 다 자신들이 관리라고 하는 바람에 아무도 그들에게 관심을 두지 않을 정도다. 이 거리에서 들리는 유일한 소리는 하카라의 춤과 노래로, 도둑들의 총격 소리와 죽어 가는 사람들의 신음 소리와 섞여 있다. 인구가 가장 많고 오만한 지역은 아바피에스다.* 서민들이 판당고를 추면 아바피에스 지역이 지휘 역할을 한다. 이러한 특권은 나귀를 타고 벌이는 돌 던지기 대회를 통해 획득했고, 소문에 의하면 이 전투에서 카를로스 4세도 돌에 맞았다고 한다. 그래서 왕족들이 그곳을 지나가기를 꺼리는데, 어느 날 왕후가 그 근처를 지나게 되었다. 차를 타고 여자들과 서민층이 빨래를 하는 만사나레스강 근처를 지나가자, 그 당시 빵값이 많이 올라서 그녀에게 창녀라고 외쳐 댔다. 혼잡한 그곳을 차가 뚫고 가지 못하자 여왕은 뛰어서 도망가기 시작했다. 나중에 약 30명이 체포되었다가 그 소문이 확 퍼지는 바람에 풀려났다. 마놀로는 무엇인가? 안달루시아에서 쿠로와 마찬가지다. 마놀로는 마누엘리토고 쿠로는 프란시스코다. 이것이 그들의 본래 모습이다. 무식하고, 거만하고, 장난기가 많으며, 자연 그대로의 스페인 사람들이고, 파렴치한 사람들을 보면 주머니칼이나 돌로 죽인다. 남자들은 멋 부리고 허세 부리고 머리에서 발끝까지 치장을 한다. 여자들도 남자들과 마찬가지로 염치가 없는데, 그중에는 과일 장수나 소매상이 모두 포함된다. "거기는 싸우다 서로 죽이는 경우가 허다하고 그런 것이 사회 모든 계층에 확산되고, 귀족이나 하인이나 성직자할 것 없이 다 마찬가지다. 사법부 관리들도 예외는 아니다."* 여기 스페인 전체에 가장 잘 알려진 4행 민요가 하나 있다. 이 민요는 어딜 가나 들을 수 있고, 내가 들은 바로는 우쭐대는 주교에게 바치는 노래다.

 닥치는 대로 죽인다,

밤낮으로 죽인다,

아베 마리아를 죽인다,

천주를 죽일 것이다.'

# 제14장
## 수사가 왕의 정원을 방문한 것에 대하여

내가 그 이야기를 하지 않았더라면 더 좋았을 것이다. 그러나 이제 와서 어쩌겠는가. 가장 좋은 일은 내가 태어나지 않았더라면 하는 것이다. 그 말을 했다.

저기 멕시코시티에서 수사가 되는 것이 나을 뻔했다. 아마도 멕시코시티가 아닌 나의 고향에서 말이다. 바로 몬테레이에서. 아마 그랬더라면 더 좋을 뻔했다. 그 말을 했다.

그러나 가장 좋은 것이 이것이라는 걸 누가 알겠나. 여기 있는 것, 기다리고 있는 것, 미래가 어떨지 생각하는 것, 매 순간 나를 파괴하고 있는 것. 새로운 계략을 배울 때마다 죽음을 두려워한다. 그 말을 했다.

그러나 가장 좋은 것이 최상이 아님을 확신한다. 가장 좋은 것은 나 자신이 아니었더라면 하는 것이다. 아무것도 아닌 것 말이다. 사람에게 관통해 길 한가운데서 죽어 나자빠지게 하는 이 마드리드의 무더위 속에만 있지 않다면. 아니면 갈비뼈에 바람만

스쳐도 평생을 떨게 하는 이 추위만 아니라면. 계속해서 도주하고, 추적당한다는 사실을 잊을 만하면 다시 붙들리는 일만 없다면. 그래, 가장 좋은 것은 이런 일이 일어나지 않았다면 하는 것이다. 하지만 그것이 최상이라는 것을 어떻게 장담할 수 있겠는가? 그것을 어떻게 알겠는가? 그 말을 했다.

사실은 해결책이 없다. 매 순간 도주하는 것이 무익하다는 것을 깨닫는다. 그럼에도 나 자신에게 말한다. 최선을 다해라, 최선을 다해. 그리고 최선을 다한다. 그러나 무서운 것은 언제 이러한 가능성이 다 고갈되느냐는 것이다. 모든 것이 가능하다는 것은 불가능하다는 말과 같다. 왜냐하면 할 수 있다 해도 결과가 없기 때문이다. 틀에 박힌 일만 남게 되고 이것이 증폭되다가 지치고 만다. 그러나 나는 습관적인 것에 적응할 수 없다. 그래서 매 순간 나 자신을 질식시키는 느낌이 든다. 나를 완전히 질식시키지도 못하면서 말이다.

그런 말도 했다.

그러나 코르니데와 필로메노는 내 말에 대답하지 않았다. 우리 세 사람은 앉아서 문틈으로 도둑맞을까 봐 주머니에 손을 집어넣고 서둘러 지나가는 사람들을 바라보았다. 때때로 잔인하게 칼에 찔린 사람들의 외마디 비명이 들린다. 이제 거의 밤이다. 나는 계속 말했다. 아무도 내 말을 듣지 않았다. 나는⋯⋯.

"내 생각에는 ── 필로메노가 말을 하려다가 우리의 눈앞에서 발가벗은 남자가 휘두른 주머니칼에 목이 잘린 여인의 비명 소리가 끝날 때까지 잠시 멈췄다 ── 내 생각에는 ── 피를 낭자

하게 흘린 여인의 울음소리가 잠잠해지자 말을 이었다 ── 네가 마녀에게 찾아가는 게 좋을 것 같아. 너에게 해결책을 찾아 줄지도 모르잖아." 경찰들이 우스워 죽겠다는 살인자를 끌고 간다. 한 경찰이 겉옷을 벗어 살인자의 몸에 묶으며 허리부터 무릎까지 가려 준다.

"마녀라고! 우리를 본 사람들로 충분하지 않단 말이야, 무엇 때문에 그녀를 찾아간단 말인가? 게다가 그것으로 무엇을 해결하겠는가?"

"네가 생각하는 것 이상으로." 코르니데가 귀를 막으며 말했다. 왜냐하면 거리의 비명 소리가 차마 못 들어 줄 정도였고 그렇게 하지 않으면 고막이 터져 버릴 것이기 때문이다.

"나도 그가 옳다고 믿네 ── 비명 소리가 멈추자 필로메노가 말했다 ── 그러나 내가 마녀라고 말할 때는 진짜 마녀를 뜻하는 것이고, 결코 화형을 당하지는 않을 마녀들인데 바로 그녀들이 화롯불을 지피기 때문이지. 스페인 전역에서 가장 영리한 사람들이야. 또 궁정에 막강한 영향력을 끼치는 사람들이지. 결론적으로 해결사들이란 말일세."

"하지만 내가 존재조차 믿지 않는 마녀가 어떻게 내 문제를 해결할 수 있겠나? 그리고 설령 존재한다 해도 더 이상 그녀들에 대해서는 얘기하고 싶지 않네."

끌려가는 살인자 옆을 지나던 날치기 일당이 손찌검을 하면서 그의 알몸을 덮고 있던 겉옷을 낚아채 달아났다. 도둑 무리는 비웃으면서 계속 뛰었다. 경찰이 모두 소리를 지르며 그들을 쫓았다. "도둑이오! 도둑!" 발가벗은 살인자는 모퉁이를 돌아 유유히 걸어서 집으로 갔다. 다시 조용해졌다. 이제 완연한 밤이다. 거리에서는 거지들 한 패가 자신들을 도와줄 사람들에게 낭송하기 위해 새로 지은 감사문을 연습하고 있었다. 저 멀리서는 집으로 돌아가는 학생들이 학과목을 복습하고 있는 듯했다. 두 명의 성직자가 팔을 높이 들고 이야기하면서 지나갔다. 마침내 일곱 명의 창녀(옷을 입거나 벗은 모습 아니면 멀리서 걷는 모습만 봐도 알 수 있다)가 성직자들을 금방 쫓아가서 그들과 동행했다. 그 뒤로 창녀들이 버린 꽁초를 줍고 있는 한 노파가 지나간다. 이제는 폭염(너무 끔찍한)의 열기가 수그러들었고, 사람들(공기에 손을 대기만 해도 죽어 버린다)의 수도 줄어들었다. 음악 소리가 들린다. 아마도 프라도 박물관에서 들려오나 보다. 눈을 감으면 멕시코시티에 있는 듯하다. 우리는 불을 켜지 않았다. 그러기를 내가 바랐다. 거리로 통하는 유일한 문 옆에 앉아 있는 우리는 그림자 속에서 형태가 일그러지고 잘린 모습이다. 나는 계속 말했다.

"내 판결이 실현 가능해지고, 그래서 마침내 항상 감옥에 갈지도 모른다는 위협에서 벗어나려고 호베야노스를 찾아갔어. 그러나 그 사람도 고도이의 또 다른 희생자였지. 한술 더 떠서 고도이가 귀찮을 정도로 하루에도 여러 차례 그를 찾아갈 때마다 그의 발에 입맞춤까지 했어. 바로 내 눈앞에서 이 구역질 나는 행동을 했지. 호베야노스가 고도이 옆에서 무릎을 꿇고 고개를 숙여 그 짐승에게 입맞춤을 했지. 그때 고도이가 그의 목덜미를 세 번 치기에 그를 죽이는 줄 알았지. 호베야노스에겐 내 문제를 꺼내지도 못하고 뛰쳐나왔어. 그리고 인디오 위원회에 정당한 판결을 요구했지만, 나에게 유리한 쪽으로 해결되지 않을 것이 뻔했어. 거기서도 다른 곳에서와 마찬가지로 부정이 승리를 거두었어. 사악한 레온이 위원회의 중요한 세 사람을 포섭했지. 총재는 매춘부에게, 검사는 매춘남에게 매수되었고, 비서는 면직시킨다는 협박에 넘어갔어. 마지막으로 왕과의 면담을 요구했지. 그러나 왕은 정원이라 부르는 자기 고향에서 사냥을 하고 있다는 것이었어. 그래서 왕의 고향으로 갔는데, 스페인 전체를 말하는 것이나 다름없었지. 왕이 사냥을 할 때는 상상할 수 있는, 심지어 불가능해 보이는 모든 일들이 일어나지. 그곳에서 유일하게 볼 수 없는 것은 수렵한 노획물이지. 내가 숲으로 들어가자, 벌거벗은 한 무리의 여자들이 나에게 덤벼들면서 변장을 아주 잘했지만 천을 너무 많이 걸쳤다고 외치는 것이었어. 그러고는 순식간에 나를 알몸으로 만들었지. 그리고 내가 옷을 다시 입는 동안 싸구려 포도주를 마시는 주정뱅이 여자들 틈에 끼이게 되었는데, 단지 즐기기 위해 서로의 눈을 뽑고 계속 술을 마시며 춤을 추고 있었어. 폭소와 끔찍한 욕설을 퍼부으면서 말이야."

"저 여자들은 더 이상 할 일이 없는 사람들입니다." 한 소년이 나에게 말했는데 그의 예의 바른 말투와 미소가 나를 놀라게 했지. "저건 자살의 춤이고, 잠시 후면 살아남는 여자가 하나도 남지 않게 됩니다."

"그래서 여자들을 다시 바라보았는데, 이제는 서로의 팔을 열심히 뽑고 있었어. 소년이 나에게 계속 설명하기를, 창녀나 귀족 부인들이 모든 게 싫증 나고 지겨워지면, 자신들을 파괴하기로 마음을 먹는다는 것이었어. 이런 사실을 알게 된 왕이 그녀들을 초청해서 사냥하는 일정 가운데 가장 중요한 순서로 그런 의식을 행하게 했다는 것이지. 여자들은 잠시 휴전을 선포한 뒤 쉬고 있어. 그러자 소년이 그녀들에게 다가가 한 명씩 소유했어. 그의 임무가 끝나자 마치 어려운 과제를 수행한 사람처럼 다시 나에게로 왔지."

"단 한 순간도 쾌락이 빠지면 안 되죠 ── 나에게 침착하게 설명했어 ── 죽는 순간에는 특히 더한데, 그것은 마지막 단계라서 가장 많이 즐기는 순간이지요. 그러나 말해 보세요. 이 사냥에서 당신이 맡은 임무가 뭐죠? 여기서는 누구든 자기가 맡은 특별한 일이 있으니까요."

"아무것도 없소. 단지 왕을 만나러 왔을 뿐이오." 내가 대답했지.

"제가 왕이 계신 곳에 데려다줄 수 있어요. 이제 여자들이 모두 만족해서 당분간은 나를 필요로 하지 않을 테니까요." 소년이 여자들을 가리키며 말했어. 여자들은 서로 포개져서 기운 없이 쌕쌕거리는 소리를 내며 여유롭게 서로의 머리카락을 뽑아주고 있었지.

"그러니까 그게 당신의 '특별한 임무'로군요" 하고 방금 전에 절정을 느낀 여자들을 가리키며 내가 말했네.

그러나 그는 대답하지 않았어. 내 손을 잡고 나무 사이의 통로로 데려갔는데, 나무 위마다 주교 한 명이 휙휙 소리를 내며 기도서를 읽고 있었어.

"종교는 결코 잊어서는 안 돼요. 그럴 경우 죄는 매력을 상실하고 더 이상 죄가 아니기 때문이지요. 아이, 만약 죄가 존재하지 않는다면 우리는 어찌 되겠어요? 세상은 또 어찌 되겠어요? 그래서 왕은 나무마다 주교 한 명씩 배치하는데, 그들은 수렵의 어떤 행사에도 참여하지 않고, 단지 우리가 죄짓고 있음을 상기시키고 그러한 즐거움을 배가시키려고 저 위에 있는 것이지요."

우리는 넓은 평원으로 들어갔는데, 그곳에는 나무 한 그루 없었고 책상다리를 하고 앉아 있는 사람들이 땅을 바라보며 아무 말도 하지 않고 고개도 돌리지 않았지. "이들은 마약 중독자들이지요." 악습을 가진 사람들의 머리 위를 지나가면서 소년이 설명을 했는데, 그들은 자신들에게 몰두하고 있었지. "원하신다면……." 소년이 나에게 묻더니, 마약을 태우는 도구 하나를 집어서 잠시 그것을 천천히 빨아들였지. 그러고는 입으로 커다란 불꽃을 내뱉더니 곧이어 그의 귀에서 검은 연기가 나왔어. 나는 혹시 폭발하지나 않을까 싶어 몹시 놀랐지. 그러나 그는 담뱃대를 주인에게 돌려준 뒤 자갈밭 위를 걷는 사람처럼 휘청거리며 고개 숙인 사람들 위를 계속 걸어갔어. 나는 그의 뒤를 따랐어. 두 개의 물웅덩이가 있는 곳에 도착했는데, 한 곳은 얼어 있어서 얼음 조각들이 중앙에 둥둥 떠다녔고, 다른 쪽은 연기를 뿜고 물이 부글거리며 끓고 있었어. 많은 사람들이 거기서 수영을 했고, 한 웅덩이에서 다른 웅덩이로 옮겨 갔는데 딱 한 번으로 끝났어. 왜냐하면 너무 심한 온도 차로 인해 웅덩이에서 죽은 채 둥둥 떠 있었지. 어떤 사람들은 처음에는 목숨을 부지하려고 목욕만 하던 사람들이 시체를 뗏목 삼아 그 위에 타고 먼 곳까지 항해하곤 했지. 그러나 대개는 웅덩이를 바꾸는 바람에 그 자신들이 뗏목이 되는 경우가 허다했지. 이에 대해 소년은 나에게 설명조차 하지 않았고 나 역시 묻지 않았는데, 그럴 필요가 없다고 생각한 것이 나는 그곳이 반란자들을 위한 장소라는 것을 잘 알았기 때문이지. 나도 화염에 질식될 것 같은 느낌이 들어 차가운 웅덩이에 뛰어들고 싶었어. 그리고 뛰어들었어. 그 안에 들어가니 추워서 죽을 것 같아 끓고 있는 웅덩이 쪽으로 막 뛰어들려는데 소년이 사제복에 달린 비단 끈을 잡고는 나를 끌어냈지. 질질 끌려 그곳에서 멀어져 갔고, 나는 잠깐만이라도 미지근한 웅덩이에 들어가게 해 달라고 소리쳤어. 뼛속까지 추위가 파고들었기 때문에.

"이제 당신은 사랑의 땅 세 곳을 방문하게 될 것입니다 ── 내 근육을 문질러 풀어 주면서 소년이 말했어 ── 세 곳 모두 나름대로 장점은 있지만 그 어느 것도 완벽하진 않죠."

그렇게 해서 우리는 온통 불길에 휩싸인 지역 근처를 지나게 되었는데, 내 안내자가 불길 앞에서 소리를 지르자 거구의 흑인이 나타나더니 아무 말 없이 마치 돌덩이를 들듯이 그를 번쩍 들어 올려 불길 반대쪽으로 던졌지. 그 광경을 보고 나는 소리를 지르며 도망가려 했지만 이미 흑인이 나를 잡고 있었어. 그러고는 허공에 떠서 다행히 나에게 닿지는 않았지만 불똥을 뿜어 대는 화염의 혓바닥 위를 지나가고 있었어. 생각했던 것보다 착륙은 부드러웠고, 매우 끈끈한 바다에 내렸는데 오래지 않아 무시무시하게도 그것이 정액이라는 걸 알았지. 기운이 빠진 채 가장자리를 찾으려고 헤엄치기 시작했어. 그때 그 하얀 액체 사이로 고개를 내미는 소년을 보았는데 나에게 말했지.

"이것이 첫 번째 사랑의 땅이지요." 그리고 나는 모든 풍경을 보기 위해 어렵사리 떠 있을 수 있었어.

그럼에도 매 순간 혓끝에 닿는 감촉이 역겨운 그 액체를 본의 아니게 조금씩 삼켜야 했어. 내 눈에 띈 것은 다름 아닌 남자와 여자들이었어. 남자들은 원기가 왕성했고, 여자들은 한창 욕망을 불러일으킬 나이였지. 계속해서 사랑을 나누고는 기운이 다 빠져 농후하고 희뿌연 그 바다 밑바닥에 가라앉았지.

"이게 전부라면 계속해서 길을 갑시다"라고 소년에게 말했지.

그의 휘파람 소리에 그 여자들 중 하나를 취하고 있다가 음란한 자세로 막 나타난 흑인의 팔에 들어 올려졌지. 흑인은 나도 들어 올렸지. 우리는 다시 허공에 떠 있었어. 그러고 나선 햇빛이 비치지 않는 습한 모래사장에 착륙했지.

"이것이 두 번째 사랑의 땅입니다. 그러나 내가 말하는 순서에 신경 쓰지 마세요. 단지 설명하기 위해 필요한 것이니까요."

우리가 그 지역을 탐색할 시간도 없이, 격분한 여자들이 모래를 뿌리며 달려들어 자신들의 영토에서 우리를 내쫓았어. 그 지옥의 군대로부터 멀리 떨어져서 무슨 일이 일어나는지 볼 수 있었지. 여자들이 그리고 더 많은 여자들이 모래사장에서 뒤얽힌 채 이루 다 말로 형용할 수 없는 애무를 하고 즐거워하다가 절정에 도달해 기절했지. 그러면 다른 무리의 여자들이 습한 모래 속에 그들을 묻고, 정신을 몽롱하게 만드는 일을 계속하다가 매장된 여인들과 똑같은 운명에 처해지지.

"이게 두 번째 사랑의 땅이라면, 나는 첫 번째가 더 낫소." 내가 말했다.

그러나 소년은 내 말을 듣지 못한 듯 나에게 말했다.

"이제 우리는 마지막 사랑의 땅을 방문할 겁니다. 사랑의 영토가 단지 세 종류라는 걸 알아 두시는 게 좋을 거예요. 그리고 우리 모두는 이 셋 중 하나에 속해 있거나 아니면 세 가지에 다 속해 있지요."

짧은 휘파람 소리에 깊은 골짜기로부터 거대한 흑인이 나타나 팔로 우리를 들어 올리더니 마치 썩은 생선 던지듯이 내팽개쳤지. 구름 속을 지나며 번개와 함께 소나기를 내리게 하고는 푹신푹신한 곳에 떨어졌지. 그곳은 베개가 그득했고, 바닥에서 천박한 음악이 흘러나왔는데, 발을 떼면 더 이상 음악 소리가 들리지 않았지. 그래서 우리는 그 소리를 계속 들으려고 다리를 질질 끌면서 걸어가기로 했어. 가끔 향수 냄새 같은 것이 돌풍처럼 불어왔는데, 방금 깨어난 들에서 불어온 바람 때문이었지. 여기는 쾌적한 곳 같다고 생각했어. 왁자지껄한 소란을 겪은 뒤라 피곤했던지 베개를 베고 잠이 들었지. 잠시 후 내 머리를 어루만지는 손이 나를 깨웠어. 그 손이 내 옷을 더듬으며 단추를 풀고 있었지. 눈을 뜨자 마치 그것을 끝내지 못하거나 아니면 잊어버릴까 두려워 이상한 기도를 읊조리는 남자의 입술을 보았어. 내가 어디에 있는지를 상상하면서 베개 밑으로 물고기처럼 재빨리 미끄러져 들어가 베갯잇의 안전한 장소에 숨었어. 거기서 소년이 나에게 세 번째 사랑의 땅이라고 소개하는 곳을 볼 수 있었는데 소돔과 비슷한 곳이었지. 하지만 그 정도는 아니었어. 여기는 모든 것이 질서를 따르고 최소한의 무질서도 용납되지 않기 때문이지. 첫 번째 사랑의 땅과는 달리 매우 깨끗하게 보존되어 있었고, 깊은 운하를 통해 정액이 천천히 흘러 바다로 가서 그곳을 범람하며 새하얀 기러기들의 밥이 되지. 언뜻 보기에는 모든 것이 좋아 보였어. 그런 일에 동참은 하지 않을지라도 즐거움은 죄가 아니고 섹스는 도덕과 무관하다고 생각하지. 거기에는 서로 애무하거나 사랑을 나누고 있는 남자들로 그득했어. 대개는 쌍쌍이 모여 있었고 이야기를 나누며 서로를 소유하고 있었어. 그러나 그 모든 것에 처음에는 눈치채지 못했던 이상한 것이 있었고 나중에는 겁이 났어. 나는 그게 무엇인지 잘 몰랐어. 쌍들이 해체되어 짝을 바꾸는 것을 보고서야 비로소 알게 되었지. 그 사랑은 오래 지속되지 않았고 항상 싫증을 느끼며 끝이 났지. 일종의 부드러운 슬픔처럼 우수에 잠길 때까지 말이야. 한 줄기 쪽빛 굵은 줄이 들판 끝에서 차츰 줄어들면서 느린 해류처럼 바다에서 멈추는 다른 해류 사이로 사라지지. 희디흰 갈매기들은 그들이 도착하는 것을 보고 즐거워하며 덤벼들었지. 축제를 기념하기 위해 공중에서의 화려한 비행을 미리 계획하고.

"이곳도 마음에 안 드세요?" 소년이 나에게 물었어. 그러면서 무자비하게 그를 소유하려는 남자에게 몸을 맡겼어.

"나는 역시 마음에 안 든다고 대답하기 위해 일이 끝날 때까지 기다렸지. 그리고 그런 것이 행복과 어떤 연관이 있다고는 믿지 않았어. 반대로 행복이란 존재하지 않으며, 그것에 대해 이야기하는 것조차 어리석은 일이라고 믿었어. 내 이론을 그에게 설명한 후에 덧붙였지. 너는 단지 이 세 종류만 있다고 말하는데 나는 그 어느 것에도 속하지 않았으니, 네가 한 말은 사실이 아님을 증명하지."

"그러나 당신이 만약 행복의 존재를 부인한다면, 당연히 당신은 그 어느 것에도 속하지 않지요 ── 기운이 다 빠진 소년이 말하고는 내 옆에서 걸으며 말을 이었어 ── 그럼에도 중요하지 않은 무리들이 있는데, 거기서 '당신 자신'을 발견할 수 있을 겁니다. 폐하께서 그들을 '쓰레기'라고 불렀는데, 우리가 이미 본 모든 부류의 사람들이 거기에 속하지요. 이제 그리로 가지요."

우리는 달리기 시작했어. 한 무리의 남자들이 그들의 싱싱한 성기를 우리에게 향하면서 다가오고 있었지. 우리는 차츰 내가 절망의 나라라고 명명한 곳으로 들어가고 있었어. 그러나 그 이름이 틀리지는 않은 것 같아. 가지들이 애원하는 팔처럼 길고 곧은 거대한 포플러 사이를 지나갔지. 한 노인이 손을 세게 비비며 비명을 질렀어.

"저건 심한 게 아니에요 ── 내가 묻자 소년이 말했어 ── 오죽하면 자기 고향에서 추방까지 당했겠어요. 그의 열정은 손을 비벼서 불을 지피려는 것이지요."

우리는 계속 걸었어. 나는 두리번거리며 멍하니 가고 있었지. 그러다 끝이 없는 심연으로 떨어졌지. 선 채로 책상 위에 떨어졌는데, 그 옆에는 한 남자가 종이를 찢고 펜을 산산조각 내며 글을 쓰고 있었어. 그 남자가 비명을 지르더니 구멍 위로 올라가 나무 한 그루가 있는 곳까지 가서 밧줄을 늘어뜨려 목을 맸지. 소년의 도움을 받아 그 구멍에서 나온 내가 교수대를 가리키며 왜 그것을 만들었느냐고 물었지.

"당신이 걸작을 쓰고 있는 그를 방해해서 목숨을 끊었지요."

나는 하늘이 무너져 내리는 듯했어. 내가 그를 자살하게 한 장본인이라니. 소년이 내 생각을 감지하고는 말했지.

"걱정 마세요. 그 사람은 결코 자기 작품을 끝내지 못할 거예요. 그 사람이 '추구하는 사람들의 땅'에 있다는 걸 잊지 마세요. 그들은 찾는 것을 결코 발견하지 못할 테니까요."

"그러나 걸작이라고 말하지 않았어?"

"바로 그것 때문에 절대로 끝내지 못한다는 거예요." 소년이 대답했어.

나는 잘 이해되지 않았지만 계속 걸었지. 입으로 아이를 낳으려는 여자 앞을 지나갔지. 계속해서 걸었어. 그때 사방을 보기 위해 눈 하나를 빼서 등에 붙이려는 남자를 만났지. 또 할머니 하나를 만났는데 매우 날카로운 칼로 얼굴의 주름을 자르고 있었어. 아주 긴 막대기로 하늘을 가리키는 두 명의 어린이를 보았는데 높은 곳에서 무엇을 찾느냐고 묻자, 달이 나오면 찔러서 달을 터뜨리려 한다는 것이었어. 그 말이 조금 우습게 들렸지만, 곧 서글퍼졌어. 어린이들이 나를 불렀는데 이유인즉 내가 그들보다 키가 커서 아마 달에 도달할 수 있지 않을까 해서였지. "난 그렇게 생각 안 해"라고 그들에게 말하고 계속 걸었어. 한 시인을 만났는데 그는 공포에 떨며 온 사방을 돌아다니고 있었지. 소년에게 묻자, 매우 유명한 시인으로 천재적인 시를 짓는 데 평생을 바쳤는데, 그 시를 마무리하기 위해 딱 한 단어가 모자라다는 것이었어. 그것을 찾아 20년 넘게 돌아다녔지만 실수로라도 찾지 못했다는 것이지. 소년이 손짓하자 시인이 다가왔어. 우리에게 고개를 숙이고 정중히 인사하는 것을 보고 매우 놀랐고, 소년이 사인을 또 보내자 접은 종이를 들고 손에서 떼지 않고 자기 눈높이에 대고 읽기 시작했지. 실제로 이때까지 한 번도 들어 본 적이 없는 훌륭한 시였고, 그런 시를 다시 낭독할 사람은 없을 줄 알았지. 시를 읽어 내려가자 단어들이 울리는 마술로 변했고, 나는 도취될 수밖에 없었지. 그것은 진정한 하나의 기념비 같았고, 돌 하나하나가 정확하게 자기 위치를 차지하고 있었지. 그래서 튀는 것도 없었고 미세한 틈도 보이지 않았어. 그러나 시가 다 끝나 시인이 낭독을 멈추자 한 단어가 빠진 마지막을 기다리느라 우리는 멍해졌어. 하지만 그 단어는 나오지 않았어. 마치 높은 절벽을 뛰어서 반대편 가장자리로 건너갔을 때 자그마한 돌멩이에 미끄러져 허공으로 떨어지는 것과 같은⋯⋯. 우리의 위대한 시인은 다시 누렇게 바랜 종이를 접고 크게 절을 한 뒤 중얼거리며 걸어갔어. '패배한', '고통', '체류', '선단', '어둠', '손'……. 마치 해변에서 상상 속에나 있는 조개를 찾지만 진짜 조개들하고만 부딪히는 사람처럼 그렇게 반복하면서 단어와 더 많은 단어들을 버리고 있었어. '땅', '거리', '영원', '잎', '넓이', '너털웃'……. 더 이상 들리지 않을 때까지.

"그 단어를 찾아야 할 텐데." 그때 내가 말했지.

실제로 나는 그에게서 감동을 받았어. 나도 내가 아는 용어 중에서 적절한 단어를 찾기 시작했지. '슬픔', '탈출', '감금', '화롯불'……. 소년은 나에게 대꾸조차 하지 않았어. 씩 웃고는 계속 걸어갔어. 얼굴에 주름이 가득한 노인 옆을 지나갔는데, 머리카락도 목소리도 없고 자신을 지탱할 힘도 없이 쭈그려 앉아 계속해서 어느 곳인가를 바라보고 있었지. 소년이 그 노인을 보지 않으려고 멀찍이서 지나가기에 다른 사람들로부터 떨어져 있는 그 사람을 유심히 보았지. 내 안내자에게 그 노인이 찾는 것이 무엇이냐고 물었는데, 무엇을 기다린다는 느낌조차 들지 않기 때문이지.

"당신 말이 맞아요." 소년이 대답했지. "그의 모습은 그래 보이진 않지만, 불가능한 것을 찾는 이 수렵에 참여한 이들 중에서 가장 고집스러운 사람이지요. 영원을 얻고자 해요. 그러기 위해서는 기다리는 것 말고 무엇을 할 수 있겠어요. 그 사람이 당신이 이곳에서 본 사람들 중에 가장 불행한 사람이라는 데는 의심할 여지가 없어요. 그도 자신의 일이 인간의 한계를 초월한 것이라는 사실을 잘 알고 있어요."

당장이라도 무너져 내릴 것처럼 바싹 여윈 노인을 두고 길을 갔지. 길고 하얀 수염을 늘어뜨린 다른 노인을 만났는데, 한 손에 거울을 들고 다른 손으로는 배를 두드리고 있었어. 소년은 그 사람이 영혼을 보고 싶어 한다고 설명했지. 영혼이 배 속에 살고 있다고 믿어, 배를 두들겨 입으로 나오기를 기대하면서 말이지. 계속 걸었고 높은 절벽 앞에 섰는데, 그곳에서 수백 명의 남녀가 계속 뛰어내려 바위에 부딪혀 산산조각이 나는 것을 보았어. 그럼에도 뛰어내리는 일은 더 빨리 진행되었지.

"이 사람들은 날고 싶어 하는 사람들이지요." 소년이 나를 잡으며 말했어. 내가 현기증이 나서 하마터면 떨어질 뻔했기 때문이지…….

나는 조금 피곤해서 이제 그만 왕이 있는 곳에 데려다 달라고 간청했지. 그것이 나의 방문 목적이었기 때문에. 하지만 소년은 아무 말도 하지 않고, 나를 깊은 골짜기에서 데리고 나와선 계속 길을 갔어. 수많은 사람들을 만났는데, 모두들 허황된 것을 꿈꾸고 있었지. 발로 소리를 들으려고 하는 사람들, 성기를 이마에 붙이려고 하는 여자들, 자신들을 생매장하는 남자들, 나무에게 말을 하게 하려는 노인들과 모든 방법을 동원해서 시간을 멈추려고 하는 어린이들. 돌아오는 길에 구멍이 있는 곳을 보았어. 시인을 다시 만났는데, 용어들이 이제 다 고갈돼서 아무 의미도 없는 음절을 배합하고 있었지. 중얼거리며 나무 덤불 사이로 사라지는 것을 보았어. '에테르노스토', '토네티스', '알란스'…….
나오면서 영원을 찾으려고 애쓰는 노인을 보았어. 그 어느 때보다도 더 고개를 수그리고 있었고, 지구의 측면으로 사라져 가는 태양의 마지막 빛이 꼼짝 않는 그의 매끄러운 머리 위에 머무르자 그의 머리가 마치 고정된 더 작은 태양처럼 빛났어. 내가 본 것들 중에선 거의 땅에 닿아 고꾸라지려는 이 반짝이는 대머리가 가장 기억에 선명하고 가장 나를 슬프게 하는 것이지. 나 자신이 그 상황에 있는 것 같았어. 결코 대항할 수 없는 것에 맞서 싸우는……. 나는 더 이상 보고 싶지 않아서 계속 걸으며 내 발과 바닥만 바라보았어. 지는 해가 멀리서 전개되는 거대한 불꽃의 반사 같았지. 나에게 절망만 가르쳐 주었다고 소년에게 말했어. 또 그것을 위해 그렇게 많이 걷게 할 필요는 없다고 덧붙였지. 분명히 이게 전부는 아닐 것이라고. 내가 소리치자 소년은 계속 걸었고 뒤도 돌아보지 않았어. 분명히 이게 전부는 아니야! 그에게 다시 소리쳤는데, 아마도 내가 확신하고 있는 것을 나 자신에게 설득시키기 위해서였지. 소년은 계속 걸었고, 적어도 천 년 이상은 되었을 법한 회색빛의 높고 바싹 마른 소나무들 앞에 이르러서야 멈추었어.

"필요한 게 뭐예요?" 소년이 말했는데 처음으로 그가 피곤해 보였어.

피곤한 듯 그 나무 중 한 그루의 몸통에 기댔고, 나뭇잎 위에서는 태양이 끝까지 머무르려고 안간힘을 썼지. 나는 무슨 말을 해야 할지 몰랐어……. 나도 다른 소나무에 기댔는데, 그 위에서도 역시 태양이 떠나지 않으려고 투쟁하며 끄트머리 가지에 힘겹게 남아 있었지. 내가 이미 알고 있고, 또 다 알려진 것을 나에게 보여 달라고 여기 온 것은 아니지. 내가 원하는 단 한 가지는 왕을 만나 내 상황을 알리는 것이지. 나는 자비를 구하지 않는데, 아무 잘못도 하지 않은 사람에게 자비를 베푸는 것은 우스운 일이라 생각하기 때문이지…… 해는 이미 기울었고, 단어들은 어둠처럼 변해서 사라져 소나무 숲 전체에 울려 퍼졌어. 소년은 몸을 구부려 뚫어지게 보기 시작했지. 그리고 그 동작을 멈추더니 손을 이마에 대고 등을 돌렸지. 그런 자세로 인해 마치 커다란 슬픔을 참고 있는 사람처럼 보였어. 비록 오후의 영향일 수도 있겠지만…….

"내가 바로 왕이다. 그리고 난 너를 위해 아무것도 할 수 없다." 마침내 그가 말했어.

그가 돌아서는 바람에 그를 정면으로 바라보았지. 이제는 얼굴에 주름이 쪼글쪼글한 노인이었고, 바람이 머리카락을 쓰러뜨리고 있었어. 권위 있는 짧은 동작을 하자 소년의 마지막 자취가 다 사라져 버렸지.

"너는 나를 도와줄 수 있어." 내가 놀랐다는 것을 눈치채지 못하도록 조금 전의 소년에게 하듯이 말했어. "그렇다면 내가 누구한테 도움을 요청하지?"

"너는 무엇 때문에 네 현재의 상태를 변화시키려고 하지? — 그가 말했다 — 네가 자유로워질 수 있는 방법이 있다고 믿을 정도로 바보는 아니라고 생각해. 그런 자유를 찾는 것이야말로 더 혹독한 감옥에 갇히게 되는 것 아니겠어? '추구하는 사람들' 사이를 돌아다닌 것이 아무 소용이 없단 말이야? 게다가 — 떠나려고 하면서 덧붙였다 —— 네가 자유를 얻었다 해도 그것이 찾는 일 자체보다 더 무서운 것이 아니겠어? 그리고 더 나아가서 네가 갇혀 있다고 상상하는 바로 그 감옥보다도 더 끔찍한 것 아니겠어?"

나를 홀로 남겨 둔 채 힘겹게 나무들 사이로 사라졌지. 그리고 나는 언제나 승리 뒤에 오는 미래에 닥칠 패배를 생각하고 있었어. 나는 마드리드로 가는 방향을 잃었기에 소나무 위로 올라가 도시를 내려다보았지. 입구에 커다란 기둥이 두 개 있는데, 멀리서는 대리석 같아 보였지만, 소문에 의하면 빵을 만들기 위한 소똥이라는 거야……

"그것이 전부야 —— 내가 말했다(내 목소리가 갑자기 변해서 코르니데와 필로메노는 곤히 잠들어 있다가 깨어나서 나를 뚫어지게 바라보았다) —— 그게 전부라고. 그런데 당신들은 날더러 마녀에게 찾아가 보라니, 나 원 참. 나한테 온갖 바보 같은 소리를 지껄이고 돈이나 빼앗을, 카드로 점을 치는 사람한테 가기를 바라지. 마치 내가 궁정에서 가장 중요한 마녀와 이야기를 나눠 보지 않은 것처럼! 마치 그녀가 나를 도와줄 수 없다고 말하지 않은 것처럼!" 그러자 코르니데와 필로메노는 동시에 일어나더니 길로 통하는 문으로 가서 잠그고는 다시 돌아왔다.

"왕이 빗자루를 잘 조종하는 것은 의심할 여지가 없네 —— 그들이 말했다 —— 그러나 너에게 보여 주지 않은 것이 있지 —— 지금 거리에서는 술 취한 사람들이 실망한 도둑들의 칼에 맞아

비명을 지른다 —— 무례하고 모욕당한 사람들이 사는 곳인데,
그들이 결국 세상을 장악할 거야. 그러니 —— 고통스러워하는
술주정꾼의 마지막 호흡 소리가 멈췄다 —— 내일 너에게 말한
마녀를 만나러 가세."

# 제15장
## 마녀를 방문한 일에 대하여

너는 이제 위대한 마녀의 집 앞에 있다. 네가 문을 두드리지 않아도 문이 열려 있다. 처음에 너는 들어갈 수가 없다.

안에서 노래 부르는 여자의 목소리가 들린다. 아니면 마치 여자의 몸에서 나오는 것처럼 들리는 노래다. 여자의 목구멍에서. 여자의 입술에서. 기억나진 않지만 많이 들어 본 저 노래는 무엇이지? 여자의 목소리는, 노래 부르면서, 강한 고음으로 "들어와"라고 해서 너는 소름이 끼쳤지. 오, 수사여.

그래서 나는 무서운 복도를 지나 깜깜한 어둠 속을 지나고 있고, 혼자 가기에 겁을 잔뜩 먹고 있다. 코르니데와 필로메노가 문에서 기다린다고 말하며 너와 동행하기를 원하지 않았기 때문이다. 문에서 한 발자국 떨어진 채 나에게 말했다. "들어가서 이렇게 말하고 이렇게 말하고 이러쿵저러쿵 말을 해라. 그리고 또 다른 것도 그녀에게 말해라." 내가 지나갈 때 신음하는 이 어둠 속을 통과한다. 그러나 너는 노래 부르는 여자의 목소리를 듣는다. 그 음악을 듣고 무엇을 두려워하랴. 그것을 들어라! 그것을 들어라! "바로 그 노래다." 우리가 잠들기 위해 불러 달라고 조르던 바로 그 노래다. 아! 그 목소리. 우리를 흔들어 주면서 말해 주던 그 목소리…… 구름과 칼과 나팔을 가진 천사들에게 망치질을 하던 야경꾼들에 대해 말하던 목소리.

그리고 나무 뒤에서.

나무 뒤가 환하다. 나는 너의 손 그리고 너의 팔에 있고 바로 너 자신이다. 너는 어린아이일 뿐이고, 그리고 네가 항상 어린아이가 되도록 너에게 노래를 부른다. 네 실수는 불가능하다는 것을 잘 알면서도 어린아이가 되는 것을 단념하려 한 것이다. 물이 되기 위해 태어난다면 물에 젖어야 하고, 또는 어른이 되기 위해 태어난다면 유아기가 없게 마련이다. 그러나 유년기가 있다면, 그것은 어른이 되기 위해 태어난 것이 아니다. 그리고 어른이 되려고 노력할 필요가 없다. 그렇게 되려고 노력하는 것은 시간을 낭비하는 것이나 마찬가지다.

그리고 여자의 목소리는 나를 계속 인도한다. 어느새 암흑을 지나간다. 이제 너에게 배정된 커다란 방 한가운데 한 여자가 발가벗은 채 쉬고 있다. 존재하는, 그리고 존재하지 않는 모든 여자들보다 더 아름답고(이것이 그녀를 정의하기에 충분하다), 아직도 계속 노래하고 있다. 네가 유아기의 집에 피곤해서 들어갔을 때 나는 너를 손에 안고 침대로 데려간다. 너의 눈을 감아 주고 자장……자장…… 하고 말한다. 너는 자려고 하지 않기에, 폭풍우가 밖으로 내보내 꿈에 범벅이 된 채 질식해서 죽는 수백만 마리의 벌을 기억하라고 하지. 흠뻑 젖은 잎새 뒤에 숨어 있는 새들을 기억해라. 흐트러진 꽃들도……. 그리고 너는 잔다. 밖에선 소나기가 억수같이 쏟아지고 있어도 안에서는 소나기가 온다는 생각조차 들지 않으니까 말이다. 네가 보호받고 있고, 모든 것이 근사하고 네가 원하는 대로 되어 있으니까……. "나는 모욕을 당했어요"라고 수사가 말했다. 이제 여자가 입을 다물고 그녀의 노래는 낮게 울리는 끝이 없고 달콤한 음……이 된다. 우리 눈 위에 얹은 부드러운 손 같다. "나는 모욕당했어요"라고 수사가 말했다. 그 이유는 정직하게 이해하고 생각한 것을 말한 것 때문이지요. 나는 내 조국에서 추방당하고 업신여김을 받았는데, 그 이유는 내가 능숙하게 피해야 했던 그리고 당신이 도와주지 않으면 그 속에서 내가 죽게 될 비열한 행위 대신 진실이 제자리를 차지하기를 바랐기 때문이지요……. 노래는 더 이상 노래가 아니라 수사의 말을 감싸는 먼 곳의 속삭임이었다. 그래서 너는 그녀에게 모든 것을 이야기하고 감옥에서 겪은 숱한 어려움에 대하여 또 네가 어떻게 탈출했는지에 대해 이야기했다. 네가 계속해서 이성을 추구하는 것, 교회와 왕과 그의 수렵을 포함해 성직자들이 자행하고 있는 악덕에 대해서도 이야기했고, 그러한 죄악을 위해 기원하는 것을 허락하려면 아예 신이 존재하지 않는 편이 나을 거라는 이야기도 했다. 마드리드란 도시가 구역질 나는 곳이고 과달루페 성모가 그녀를 추대하는 바보들보다 더 멕시코 사람 같은데, 그들과 믿음이 없는 토착민들을 재앙에서 구하기 위해 그녀를 옮기려고 했던 구역질 나는 스페인 사람들보다 먼저 출현했기 때문이다. 따라서 기독교가 스페인 사람들보다 먼저 너의 땅에 도착했기에, 그들이 거기서 할 일은 하나도 없었지. 그러나 그들이 떠나려고 하질 않아서, 그들을 쫓아내야 한다는 것이다. 바로 네가 그들을 강제로 쫓아낼 것이다. "너는 레바논의 삼나무처럼 불의한 자가 칭송받는 것을 볼 것이다." 너는 지나갈 것이고, 그들은 더 이상 존재하지 않을 것이다. 하지만 그러기 위해서는 많은 장애물을 제거해야 하는데, 비열해서 쉽지가 않다.

"품위 있는 명문가 출신인 나는 더러운 쥐와 같은 레온이라는 관리에게 추적당한다. 그 이름이 그에게 잘 어울린다. 나는 폭력을 싫어하지만, 나와 나의 이상을 위해서 그를 제거하는 것 외엔 다른 방법이 없다고 생각한다. 내 이상이 무엇인지도 모르고, 아로 이 페랄타라는 또 다른 쥐새끼가 보내 주는 돈을 가지려고 나를 추적하는 그 짐승이 죽어 버리면, 나는 마침내 내가 가장 간절히 바라는 일을 할 수 있을 것이다. '내 조국의 독립.' 그 관리를 죽이지 않는 한 나는 평화를 누리지 못하고, 자유를 느끼지 못할 것이다. 자유롭지 않을 것이기 때문이다. 발걸음을 옮길 때마다 나를 감시하는 것 같다. 매 순간 감옥의 철창과 부패한 곳으로 나를 데려가기 위해 그가 다가오고 있는 것 같다. 그는 내 죽음만을 원하기 때문이다. 그리고 나는 살아남기만을 원한다. 그래서 그를 죽이는 것 말고는 다른 방도가 없다."

수사는 바닥에 침을 뱉고, 그것이 이미 죽은 레온인 것처럼 발로 짓이긴다. 여인이 일어나서 수사의 손을 잡고 울리는 목소리로 말한다.

"너를 도울 수 있다고 생각해. 그러나 말해 봐. 너의 추적자를 죽인 후에 다음 차례는 누구지?"

"그다음은 —— 수사가 말하자 여인이 커다란 홀로 그를 데려간다 —— 고도이, 그 음흉한 짐승을 죽여야 합니다."

"그리고 그다음은?"

"왕이오! 왕!" 영웅심에 고무되어 거짓말까지 하면서 수사가 말했다.

"그리고 그다음은?" 온몸으로 음악 소리를 발하며 여인이 말했다.

"교황이오! 교황!" 그의 목소리가 너무 크게 울려서 몇 분 동안 음악 소리를 삼켜 버렸다. 전쟁의 목소리였다. 마치 그의 옛 친구, 바야돌리드의 수사 목소리처럼.

"그러니까 교황을 말이지?" 여인이 음악 소리를 내면서 수사의 머리 위로 손을 지나쳐 가며 말했다. "이리 와. 내가 너를 도와줄 수 있어 —— 그러고는 말했다 —— 아들, 너는 내 손안에 있고 이제 잘 시간이다……. 자거라. 소나기가 쏟아지는데 집 밖에 있는 수백만 마리의 개미를 기억하고, 비를 맞으며 마비된 나무를 기억해라. 커다란 빗방울 밑에서 양철처럼 빛나는 잎들을 기억하고 떨어지는 잎을 기억하고 떨어져 나가는 줄기들을 기억해라. 계속해서 내리치는 번갯불을 기억하고 물살에 휩쓸려 배회하다 물 위에서 부서지는 돌들을 기억해라. 너는 창문 뒤에서 안전하다. 화덕의 열기 옆에서. 석탄이 탁탁 타는 소리를 들으며. 그 순간에 개미들은 질식한다. 그리고 신은……. 너는 왜 신은 죽이질 않지?" 여인이 사방이 거울로 둘러싸인 방으로 들어가면서 말했고 그곳에서는 더 이상 음…… 하는 속삭임이 더 이상 들리지 않았다.

"그럴 필요가 없다고 믿기 때문이죠." 수사가 말했다.

"만약 그럴 필요가 있다면?" 여인이 아주 부드럽게 말했다.

"그를 죽이지 않을 것이오, 처음부터 존재하지 않았다고 여겼으니까."

침묵이 흘렀다. 수사는 거울 속에서 여인의 모습이 증식하여 수많은 형상으로 나뉘는 것을 보았다. 그것들은 계속해서 그에게 손짓하며 신비스러운 의식으로 그를 부르는 여자들의 소용돌이로 변했다. 그러나 그는 가만히 있었다. 소용돌이가 그쳤다. 그리고 여자가 단 한 사람으로 변하는 것을 보았고 거울들은 그 모습만을 비추었다.

"너를 도울 수 있을 것이라고 생각해 ── 이윽고 말을 했는데 조금 피곤해 보였다 ── 틀림없이 널 도울 수 있어. 너에게 제공할 이 도움을 너는 쉽게 잊지 못할 거야, 수사 ── 수사는 이 단어를 듣고 흠칫 놀랐는데, 왜냐하면 그녀가 주체할 수 없는 경멸을 담아 그 단어를 발음했기 때문이다 ── 나는 네가 눈을 뜨도록 도와줄 것이고 촌스럽거나 시골뜨기 같지 않고 너무 인간적이고 서민적이 되지 않도록 도와주겠어 ── 여인은 온 방을 돌아다니면서 화가 난 동작을 하며 덧붙였다 ── 그리고 너무 청교도적이지 않고…… 그리고 너무 순진하거나 참을성이 많지 않고, 재치가 부족하고, 통찰력이 좁지 않은 사람이 되도록 말이야. 그리고 상상을 너무 많이 하지 않도록 말이야. 설득에 넘어가지 않고 감정에 의해서는 더더욱 그렇게 되지 않도록 도와주겠어. 네가 반드시 명심해야 할 것은 가장 잘 감추어야 하는 것이 이성인데, 그것은 우리에게 아무런 도움이 되지 못할뿐더러 패배자들의 무기이기 때문이지, 수사! ── 이제 이 단어는 분노처럼 울렸다 ── 오직 너 자신만을 의지해야 하고 친구도 없고 단지 적들만 존재한다는 것을 기억하도록 도와주겠어. 바보! 네가 속임수에 빠졌다는 것을 깨닫기를 원하기 때문이지. 얼마나 더! 몇 년을 더 감옥에 가야만 환멸을 통해 그런 것을 배울 수 있겠니, 수사! ── 이제 이 단어는 하나의 욕설이었다 ── 나를 잘 봐, 네가 말한 야수 같은 레온이 바로 네 앞에 있기 때문이지.″ 여인은 폭소를 터뜨렸다. 웃음소리가 맹수의 으르렁거리는 소리로 돌변했다. 그 으르렁 소리는 여인을 배가 불뚝 나오고 볼이 통통하며 어금니가 크고 팔뚝이 굵은 남자로 변화시켰다. 수사의 분노는 모든 거울을 관통했다. 그러나 아무 말도 하지 않았다. 그리고 코르니데와 필로메노가 정말 그를 배신했을까 생각해 본다. 레온의 목소리가 말했다. ″너는 항복했다, 세르반도 테레사 데 미에르 이 게라 ── 너털웃음을 터뜨렸다 ──, 너는 고해를 하고 나서 순한 양처럼 걸려들었다. 내가 교활하다고 놀라지 말고 네가 무지한 것에 대해 놀라라.″

그때 나는 완전히 무너져 내리는 것을 느꼈다. 그러나 최상의 방법은 도망가는 것이고, 안전한 곳에 이를 때까지 패배에 대한 생각을 하지 않는 것이다. 그러나 뛰자마자 나의 일그러진 모습을 반영하는 거울들과 부딪혔다. 거울을 더듬거리며 다 깨뜨리고 드디어 출구를 찾았다. 나가려는 순간에 철창이 내 앞을 격렬하게 가로막아서 내가 물러나지 않으면 나를 눌러 버릴 것 같았다. 레온의 웃음소리가 들리면서 양팔을 벌리고 가장 끔찍한 무기를 가지고 나에게 다가온다. 그때 비열한 배신자들인 필로메노와 코르니데는 철창으로 다가와 레온의 팔에 감겨 거의 질식해 가는 나를 보고 동정심을 느낀다. 자신들의 죄를 회개하고 나에게 행한 더러운 흉계를 바로잡기 위해 힘써 문을 열고 들어와 나를 구하려 한다. 문이 열렸다. 그들은 다가오면서 외쳤다. "그를 놔줘!" 하지만 레온의 간단한 팔 동작으로 그들은 순한 양이 되었다. 하얀 양이 되어 그들 조상의 발에 가까이 가서 그것을 핥기 시작한다. 레온이 웃는다. 너무 크게 웃어서 거울이 모두 떨어져 산산조각 난다. 문의 철창이 다시 내려온다, 이번에는 부드럽게. 노래도 아니고 음악도 아닌 가락이 들렸다.

"이런 더위에는 —— 레온이 말하는데 이제는 다시 멋진 여인으로 변해 있다 —— 옷을 벗지 않으면 견딜 수가 없지. 그래서 난 항상 옷을 벗고 있고, 즉시 나를 따라 옷을 벗는 방문객들을 맞이하지. 여왕조차도 나를 방문하러 오면 곧바로 옷을 벗지. 이것은 부도덕한 일이 아니고 위생상의 이유 때문이지. 그리고 지금 당신이 가장 존경받는 부인들의 거대한 모든 궁전을 방문하면 그녀들이 알몸으로 커다란 의자에 앉아 있는 것을 볼 수 있고 질식하지 않으려고 폐 전체로 숨을 헉헉거리는 것을 볼 수 있지. 우리의 기후가 그렇지. 석 달은 겨울이고 아홉 달은 지옥이지. 우리가 뭘 어쩌겠어. 그러니 옷을 벗으시오, 이 양반아. 어디 한 번 남자인지 보여 주시구려. 옷을 벗고 편히 계시지요. 비록 보존의 원칙 때문이기는 하지요." 나를 떠보았지만 소용없다는 것을 깨닫고 온몸으로 웃으면서 여자는 가 버렸다.

이른 아침 코르니데와 필로메노가 동시에 내 방문을 두드린다. 나를 부르는 아주 경쾌한 그들의 목소리를 듣는다.

그들이 말한다.

"세르반도, 저기 밖에 레온이 수천 명의 경찰과 함께 있다. 저 창문으로 나가라. 지붕으로 올라가서 다른 지붕으로 뛰어라. 카탈루냐 문을 통해 팜플로나를 향해 떠나라. 우리가 이미 밀수입을 하는 너의 성직자 친구들 편에 검문 없이 그 문을 통과하도록 조치를 취해 놨다. 경찰들이 모두 무장을 하고 있어. 레온은 격분한 나머지 말할 때 너와 비슷해 보이는 20여 명의 수사들을 죽였다. 그러니 어서 도망가라."

상황이 그러했다.

아침 일찍 코르니데와 필로메노가 둘 다 거의 동시에 큰 소리로 문을 두드린다. 그들의 목소리를 듣는다.

"자, 그만 일어나게, 이 사람아. 온종일 방에 처박혀 지낼 셈인가. 일어나게. 우리는 이제 일하러 가야 하는데, 식탁에 차려

놓은 아침 식사가 다 식어 가네."

상황이 그러했다.


이른 아침 코르니데와 필로메노가 세르반도를 깨우면서 말했다.

"일어나. 마녀에게 상담하러 갈 시간이 다 되었네."

잠이 덜 깬 수사는 머리를 두 번 부딪히고 침대에서 일어나 게으르게 눈을 껌뻑이면서 문을 열었다.

상황이 그러했다.

# 제16장
# 팜플로나에 도착한 것과 도착하지 않은 것에 대하여. 거기서 내게 일어나지 않고 일어난 일에 대하여

팜플로나를 향해 떠난다. 지금 팜플로나를 향해 떠난다. 팜플로나를 향해 간다. 팜플로나를 향해. 밀수입하는 성직자들의 도움으로 팜플로나를 향해 걸어서 간다. 이제 막 경찰들 사이를 통과한다. 변장을 하고 간다. 이미 죽은 프랑스 의사로 변장했다. 나는 의사 마니아우다. 나는 이제 더 이상 내가 아니다. 눈위에 점이 두 개 있는 마니아우 박사(그리고 코 위에 흉터가 있는). 하나는 위로, 다른 하나는 아래쪽을 향해 있다. 나를 낳아준 엄마도 나를 못 알아본다. 팜플로나 방향으로 간다. 팜플로나를 향해 간다. 고도이와 레온이 내 발뒤꿈치를 밟고 있고. 레온은 미소 짓는 수사들을 모두 체포하는데, 그에 의하면 내 외모가 가장 인상이 좋기 때문이다. 나는 포르투갈 사람들의 최신 유행을 따라 한다. '적에게 인상을 쓰는 것.' 그래서 아무도 나를 알아볼 수 없다. 지옥과도 같은 전세 마차를 타고 푸엔카랄 문을 지나 아그레다를 벗어난다. 밀수입하는 성직자들의 보호를 받으며 의심을 사지 않기 위해 큰 소란을 피우면서.

이제 우리는 푸엔카랄을 벗어난다.

이제 팜플로나를 향해 간다. 전세 마차는 돌투성이 길 위에서 덜커덕거린다. 그러나 누군가가 레온에게 내 거동을 밀고하는 바람에 필로메노와 코르니데가 와서 내 모습을 다시 바꾼다. 얼굴 전체를 몹시 흉악한 모습으로 만든다. 새로 바뀐 모습과 비교해 보면 종전의 모습은 천사의 얼굴이다. 여행을 계속하며 배곯아 죽지 않을 정도의 1두로도 없고, 매 순간 불안하며 두려움이 엄습한다. 마차가 바퀴를 돌릴 때마다 국도 한가운데 목이 잘려 있는 사람과 부딪친다. 나 때문에 죽은 수사, 나를 닮았다는 이유로 레온이 그의 목을 베게 했다. 나 자신이 겪었어야 할 죽음이다. 전세 마차는 삐걱거리는 소리를 내며 그 위를 걸을 수 없을 정도로 국도를 덮은 더 많은 수사들을 밟고 지나간다. 죽은 사람들이 너무 많아서 길과 도로는 안 보이고 쌓여 있는 수사들만 보인다. 마차는 그들 위를 미끄러져 가고, 바퀴들은 뇌를 튀어나오게 한다. 팜플로나 방향으로! 팜플로나를 향해서! 팜플로나로! 모든 것이 창자 덩이인 그 음흉한 도시를 떠났다. 난 이제 술잔치와 거짓의 끝없는 미로를 떠났다. 그러나 어디로 가지? 스페인에서는 모든 곳이 과거의 폐허의 또 다른 폐허에 불과하지 않겠는가. 팜플로나를 향해! 마차는 가련한 수사들의 불쌍한 머리를 마른 장작더미처럼, 납작하게 누른 씨앗처럼, 무너진 흙더미처럼, 깨어진 호리병박처럼, 지옥 같은 마차에 짓이겨진 수사들의 머리처럼 폭발시켰다. 밤이 되자 허기가 더 심해지고 우

리는 아직 팜플로나에 도착하지 않았다. 어둠이 밀려왔고, 마차
는 길을 따라 쌓여 있는 수사들의 산더미 사이에서 옴짝달싹 못
한다. 마차로는 더 이상 갈 수가 없다. 나귀는 거칠게 숨을 몰아
쉬다가, 다른 주검들 위에 쓰러져 죽는다. 마니아우 박사는 지옥
의 마차를 포기해야 한다. 마니아우 박사는 수사들을 밟고 걸어
서 들로 나가 지평선을 찾지만 발견하지 못한다. 계속 길을 가야
하므로 밀수꾼 성직자들은 마니아우 박사(탁월한 프랑스 의사)
를 어깨에 멘다. 그리고 총총걸음으로 팜플로나를 향해 계속 길
을 간다. 팜플로나를 향해! 팜플로나로! 이제 나는 팜플로나에
도착했다. 여기 팜플로나에 있다. 밀수꾼 친구의 집에 투숙한다.
중요한 밀수품인 큰 포도주 통들 위에서 자는데, 통이 계속 터져
끈적끈적한 술로 목욕을 한다. 포도주로 목욕을 하고 그것을 마
시며 팜플로나에 있다. 성직자들이 포도주 가격의 하락과 인상
에 대해 이야기하는 것을 들으면서. 터지지 않도록 병뚜껑을 계
속 열면서.

　팜플로나, 성벽과 정체된 썩은 물로 둘러싸인 도시, 이 물이
세 개의 가동교(可動橋)를 통과하는데 그 다리들이 이 도시의 중
세 세계와 너를 둘러싼 다른 세계를 연결하는 유일한 통로다.
해가 기울고 카스티요 광장을 거니는데, 숨을 크게 들이쉴 수 있
는 유일한 곳이다. 밤이 되자 나는 다시 다락방에 숨는다. 세 개
의 다리가 소란을 피우며 올라가는 소리가 들리고 우리는 머나
먼 시간에 머물면서 단절된다. 우리는 동이 터서 다리가 다시 내
려올 때까지 몇 세기를 거슬러 올라간다. 이렇게 우리는 아침이

오고 다리가 다시 내려갈 때까지 수 세기 전으로 거슬러 올라간다. 이제 나는 서사 시대로 돌아가는데 산 니콜라스 문까지 올라갔기 때문이다. 이제 팜플로나는 더러운 물의 성벽 사이에 놓인 케케묵은 것들의 속삭임일 뿐이다. 이곳이 우리가 왜 태어나야 하느냐고 묻기에 적합한 곳이 아닐까? 가장 끔찍한 결과가 사면(赦免)인 이 변치 않는 형벌을 왜 견뎌야 하는지를? 계속해서 세월이 흐르고 또 흐르는 것을…… 이곳이 의심하기에 적지(敵地)가 아닐까? 격리되어서 불가능한 해결책을 찾는 데 몰두하기에? 강하게 부인하기 시작하기에? 팜플로나. 도주한다는 것이 꿈만 같은 곳. 나는 팜플로나에 있고 더러운 물은 성벽을 천천히 핥아 가는 기름진 거울처럼 테두리를 두른다. 팜플로나. 조용한 곳. 마니아우 박사가 해답 없는 질문을 하는 곳. 이 성벽에 갇힌 아메리카 사람은 무엇을 하는가? 외국인의 이름을 가지고 방금 누군가에게 걸어차인 개의 시선을 하고 넌 지금 무엇을 하니? 언제까지 아메리카 사람이라는 사실 때문에 오랫동안의 추방과 낯설고 대개는 쓸모없는 문화를 연마해야만 깨끗해지는 형벌을 감수해야 하는가? 언제까지 우리가 낙천적이고 음란한 존재들, 태양과 물의 피조물로 여겨져야만 하는가? 언제까지 우리가 열정과 본능에 의해서만 지배받는 신비로운 존재로 여겨져야 하는가? 마치 모든 인간이 그렇지 않은 것처럼, 마치 우리 모두가 그러한 원칙에 의해 지배받지 않는 것처럼. 그렇다, 이곳은 명상하기에 적지임에 틀림없다, 아마도 생을 마감하기에 가장 적절한 곳. 낙후된 이 도시 한가운데서, 그러나 낙후된 것에 대한 자부심을 진보의 원칙으로 삼는 곳……. 언제까지 우리는 낯선 시선들의 영원한 발명의 대상으로 머물 것인가? 이렇게 해서 너는 다시 예전의 수사로 돌아갔다. 다리가 올라가는 소리를 듣자 너는 자신감을 갖고 밖으로 나갔다. 그리고 거리를 산책하기 시작했다.

우리 수사가 성벽 근처를 거닐고 있을 때, 지칠 줄 모르는 사악한 레온이 그를 발견했다. 경찰 한 부대가 아주 가까이서 너를 추적한다. 정신없이 도망가는데 또 다른 부대가 길을 가로막는다. 오, 팜플로나, 중세 도시……. 경찰들은 흙빛 옷을 입고(흙빛이 그 지역 색이다), 도시와 조화를 이루는 무기들을 들고 온다.

"신과 왕의 이름으로 명하노니, 멈춰라, 수사!"

"오, 팜플로나, 성벽으로 둘러싸인 도시, 기운이 쇠한, 그러나 파괴되지 않은…… 신과 왕…… 나를 부르는 저 소리를 들으시오."

하지만 수사는 경찰들의 외침에 더 기운이 넘쳐 단번에 창문을 통과해 가족이 아직 잠들어 있는 집으로 들어갔다. 수사가 이 침대 저 침대 뛰어다니자 막 잠에서 깬 사람들이 놀라 소리를 지른다. 그들은 평생 동안 이 사건을 뭔가 신비스러운 초자연적 섭리라고 믿을 게 분명하다. 오, 팜플로나, 너에게는 모든 것이 퇴각한 듯하고 모든 것이 계속 반복되고 이러한 반복이 불변의 원칙이 되었다. 그래서 아무도 이 수사의 이러한 행보를 사실이라고 믿지 않을 것이다. 그는 지금 지붕 위로 뛰어오르고 일곱 개의 지하 물탱크를 지나 라 타코네라 거리를 달려, 성벽으로 기어 올라가 황급히 그를 차단시키는 물로 뛰어들었다. 오, 팜플로나, 이러한 일이 세르반도 수사가 어느 순간에 새로운 경외감과 기도를 일깨워 주기 위해 평화로운 이 땅에 떨어진 바로 그 악마라고 믿기에 충분하지 않을까?

레온은 화가 나서 성벽 주변을 돌아다니며 수지(樹脂)가 많은 물을 바라보지만 수사에 대한 아무런 흔적도 발견하지 못한다. 오, 팜플로나. 온통 지옥의 그 피조물에 대한 이야기만 들리는데 이 사람은 모두가 보는 앞에서 새, 물고기 또는 일렁이는 물로도 변할 수 있다. 오, 수사, 그 물에 섞여 도시를 격리시키는 그 늪에서 온종일 떠다녔다. 너를 납작하게 하려고 성벽에서 경찰들이 던지는 돌들의 물거품이 일으키는 공기로만 호흡하고 있다. 공격자들은 과녁을 맞히지 못하고, 수사는 항상 물 밑으로 헤엄을 쳐 커다란 통로까지 가서 다리의 쇠사슬에 매달려 있다. 그렇게 쇠사슬을 잡고 잠시 휴식을 취하는데, 다리가 너를 한쪽 끝에 매달고 올라가기 시작했다. 도시를 격리시키는 시간이 되었고, 다리가 올라가는 동안 돌쩌귀가 격렬히 삐걱거렸다. 그리고 다리가 끝까지 올라갔을 때 수사는 공중에서 다리와 이별하고 말았다. 그날 오후 그 도시의 주민들은 겁에 질려 수사가 진흙 번갯불처럼 도시 전체를 횡단하는 것을 보았다. 그들은 길 한가운데 무릎을 꿇고 공포에 떠는 함성을 지르기 시작했다. 여자들은 아이들을 안고 울면서 아이들을 꼭 껴안았다. 성당들은 비상종을 쳤다. 잠시 동안 마을 전체에 기도 소리와 "하느님, 저를 용서

하소서"라는 외침만 들렸다. 비록 잠시 동안이지만 레온조차도 멍해졌고, 그때 수사의 몸에서 떨어진 진흙 덩이 하나가 수사를 가리키는 그의 손등에 떨어졌다. 그날 밤 처음으로 팜플로나 주민들의 평온한 삶이 깨졌다. 오, 팜플로나, 네 자식들의 머리 위로 악마가 지나가는 것을 보았고, 단지 그의 오물만 잡을 수 있어서 지금 오물이 너에게 튀었구나.

그사이 수사는 그를 부드럽게 맞이하는 진창에 떨어졌다. 공포에 질린 도시를 한참 벗어나서.

# 제17장
## 여행의 사건들과 바요나 입성

마치 하늘이 우리를 관통하며 계속해서 추격하는 가늘고, 꿰뚫고 이어지는 전선으로 쪼개지듯이, 아침은 온 천지를 뒤덮고 꿰뚫는 안개에 휩싸여 있다. 여기서는 이것을 가을이라고 한다.

동트기 전에 나는 레온의 손아귀에서 슬며시 빠져나와 마드리드를 떠났다. 아그레다로 들어갔다가 카탈루냐를 통해 나왔는데 친구들이 검문을 받지 않게 조치해 주었다. 거기서 밀수꾼 성직자들을 만났고, 그들은 경비병들에게 돈을 쥐어 주며 나와 자신들의 상품을 고스란히 빼내 올 수 있었다. 팜플로나 근처에서(많은 사람들이 내가 이 도시를 방문했다고 하지만 나는 결코 가 본 적이 없는) 내 프랑스 상인들이 피레네산맥을 넘어 많은 성직자들을 프랑스로 데려다준 마부 한 명을 불렀다. 마부가 나귀를 가져와서 나는 친구들과 작별한 뒤 그를 따랐다. 잠시 후 우리 두 사람이 나귀에 올라탔고, 나귀는 피레네산맥을 오르기 시작했다. 나는 엉성하게 걸친 내 옷밖에는 가진 것이 없었다. 아라곤에서 나바라를 향해 떠날 때 모두 다 빼앗겼기 때문이다. 거기서 스페인의 전체주의적이고 터무니없는 비상식적 행위를 목격할 수 있었는데 국경에서 행하는 돈과 소지품에 대한 검열 중 가장 엄격한 검사를 받았다. 내 짐이 비록 옷 자루 하나밖에 없었는데도 경비원들은 그것을 바닥에 흩뜨러뜨리고 나서 8두로를 찾아내 차지해 버렸다. 또한 내 기도서에 혹시 금이 들어 있나 해서 송곳으로 바닥을 찔러 보기도 했다. 그리고 나에게 옷을 벗게 하고 팔을 들게 한 뒤 경비병 하나가 내 머리와 몸의 털을 다 들추어 보며 혹시 거기에 보물을 숨기지 않았나 검열했다. 내 발톱을 들춰 보았고, 입을 한껏 벌리게 할 때는 턱뼈가 빠질까 봐 겁이 날 정도였다. 혹시 혀 밑에 귀중한 것을 숨기지 않았나 보기 위해서였다. 내가 너무 많이 걷고 도망 다니느라 다리 한쪽이 조금 부어 있었는데, 야비한 사람들이 돈을 숨기려는 눈속임이라고 하면서 경비병 중 하나가 부어 있는 곳에 무언가 숨기고 있을지 모른다며 바늘로 여러 번 찔러 보라고 명령했다. 내가 이런 모욕을 당했다! 나는 그런 비열한 행위에서 조용히 놓아주길 바라며 모든 것을 꾹 참았다. 그러나 내가 항의할 수밖에 없는 순간이 왔는데, 나를 엎드리게 하고 한 관리가 쇠갈고리 모양으로 된 철사로 모든 곳을 검사해야 한다면서 어딘지 알 수 있는 그곳에 집어넣으려 했다. 그러나 저항해도 소용이 없었는데, 많은 밀수업자들이 이 검사 덕분에 체포되었다면서 나를 위로했고, 어떤 이들은 거기에 금화 백 개와 혁명 중인 프랑스인들에게 팔려고 마약이 가득 담긴 질그릇까지 간직하고 있었다고 했다. 그러나 나한테서는 당연한 얘기지만 아무것도 꺼낼 게 없었다.

이제 우리는 피레네산맥으로 점점 더 깊이 들어가고 있다. 조금 전까지만 해도 투명한 안개가 자욱하더니 이내 무거운 눈으로 변해 쇳덩이처럼 우리를 강타하고 발이 푹푹 빠질 정도로 내린다. 그러나 계속해서 올라가고, 가여운 나귀는 발길질을 하고 단내가 난다. 끊임없이 굉음이 들린다. 고개를 들자 우리에게 기울어지는 새하얀 산이 보이는데 그것이 급기야 우리 머리에 부딪힌다. 눈은 쇠처럼 녹았다가 단단한 얼음으로 변해 우리는 계속 미끄러진다. 마부는 거의 말이 없고 나에게 말을 해도 은어라 알아들을 수가 없다. 입을 열어 말한다 해도, 날씨나, 얼음, 얼음 위에서 미끄러지며 차가운 공기를 향해 오물거리는 나귀에게 말하는 것 같다. 우리는 얼어붙을까 봐 겁이 나서 잠시도 멈추지 않고 길을 가며 밤을 맞았다. 이제 우리는 거울 위를 걷고 있다. 거기서는 별들의 반짝임도 반사되고, 만약 있다면 달의 궤도도 볼 수 있을 정도다. 마부는 마치 썰매를 끌듯 나귀를 질질 끌며 내 앞에서 걸어가고, 나는 그가 절대 뒤돌아보지 않는 틈(내가 잘 따라오는지 보려고도 하지 않는다)을 타서 때때로 나귀 위에 올라타고 잠시 쉬면서 계속 간다. 그러나 또 다른 새벽을 맞는다. 굶주림과 추위가 점점 더 심해지고, 잠든 짐승을 끌고 가는 마부의 걸음걸이가 더 무겁고 느리다. 나는 이제 더 이상 갈 의욕이 없어 나를 비춰 주는 딱딱한 얼음 위에 드러누워 차라리 죽었으면 하는 생각을 해 본다. 마부가 뒤도 돌아보지 않고 멈춰 서서, 바닥에 구멍을 뚫고 나귀의 다리 하나를 집어넣자 나귀는 도망을 못 가고 영락없는 포로가 된다. 나에게 다가오더니 눈꺼풀을 떠들어 보고 다시 나귀가 있는 곳으로 간다. 그러고는 어느 누구도 그 장소에 그것을 간직하리라고는 의심조차 할 수 없는 배꼽 구멍에서 작은 칼을 꺼내더니 나귀에게 다가가 심장에 연결된 가장 도톰한 정맥에 구멍을 뚫은 뒤 거기에 입을 대고 동물의 피를 빨아 먹기 시작했다.

"이리 와서 마셔요!" 농후한 피가 뿜어 나오는 잘린 정맥에서 입을 떼며 나에게 소리쳤다. 나는 얼음 위를 미끄러져서 샘에 입을 대고 마신다. 즉시 힘이 솟으면서 뛰고 싶은 마음까지 생긴다. "얼어 버리기 전에 서두르시오!" 마부가 나에게 소리친다. 나는 계속해서 아직 미지근한 피를 마시며 기운이 솟았으나, 잠시 후 피가 멎는다. 이제 동물은 다른 덩어리들의 투명함 위에 튀어나온 또 다른 얼음덩이일 뿐이다. 우리는 횡단을 계속한다. 나는 활기가 넘쳐 환호성을 지르거나 내 안내인에게 발길질을 할까 봐 겁이 날 지경이었다. 하지만 그다음 날 다시 졸음이 몰려왔다. 나는 녹초가 되어 사방에 퍼져 있는 얼음 위에서 잠이 들었다. 새벽에 내 목을 스치는 손의 감촉 때문에 잠이 깼다. 눈을 뜨자 마부가 옆에 있었다. 다른 손에 칼을 쥐고⋯⋯. 이제 남아 있지 않으리라 믿었던 힘이 다시 솟구쳤다. 소리를 질렀는데 공포의 울부짖음이었고, 그 황량한 곳을 달리기 시작했다.

"그래야 겁먹고 잠이 안 들 게 아니오!" 자신을 정당화시키며 마부가 말했다.

그러나 내 소리가 계속 울려 퍼져 나가면서, 산의 빙벽에 부딪히고, 동굴을 파열시키고, 강 내부에 균열이 가게 한다. 그러자 커다란 눈사태가 몰려온다. 완벽한 산이 우리 위에서 조직적으로 완전히 무너진다. 피레네산맥이 사라져 버릴 것 같다. 나는 그렇게 변덕스러운 장소를 저주한다. 마부와 나는 몸에 붙은 눈조각들을 털며 또다시 눈사태가 날까 봐 아무 말도 하지 않고 걷기 시작했다. 우리 위로 쏟아지는 얼음덩이가 서둘러 내려오는 우리 뒤에 떨어진다. 그때 우리가 내려오는 곳을 향해 올라오는 검은 옷을 입은 한 무리의 사람들이 보인다.

"저 사람들은 수사들이오 —— 마부가 말했다 —— 혁명이 무서워서 도망 오고 있는 거요. 만약 프랑스에 남아 있다면 아마 단두대에 매달렸을 거요."

내가 조금 전에 떨지만 않았더라면 그 말을 듣고 벌벌 떨 뻔했다. 수사들의 행렬은 산을 계속 오르고 마침내 그들을 덮친 눈사태에 묻혀 사라진다. 우리는 계속 내려간다. 눈 위에서 힘겹게 묻혔다 나타났다 하는 남녀의 다른 행렬을 만나는데 도주하고 있는 듯했다. 우리 앞을 지나 계속 올라간다. 그들을 묻어 버리는 눈사태로 산산조각 난다.

"저 사람들은 혁명가들 같소 —— 마부가 조용히 말했다 —— 반발이 두려워서 도망가는 것 같소. 현재 프랑스에서는 모든 것이 계속 변하고 있으니까."

마부는 내가 놀라는 것을 감지했던지 이런 위로의 말을 한다.

"그러나 당신이 무엇을 보든 걱정할 것 없소. 마니아우 박사라는 것을 잊지 마시오. 이미 오래전에 죽은 사람을 또다시 위험에 빠뜨리는 전례는 없으니까 말요……."

그래서 계속 걸었고, "이튿날 이미 추위에 몸이 꽁꽁 얼어서 오스티스에 도착했다. 다음 날 바스탄의 계곡을 지났다".* 거기서는 강하게 내리쬐는 햇빛이 우리의 귀와 콧구멍 그리고 다른 구멍들을 막고 있는 눈을 녹여 주었다. "다음 날 우리는 신코비야스에 있었다. 거기서는 바다가 보이는데 바요나와 그 주변을 들의 소 떼처럼 하얗게 했다. 다음 날 그쪽 편으로는 스페인의 맨 끝인 오르다스를 지났고, 내 소원은 한시바삐 프랑스의 경계가 어디인지 아는 것이었다."

"이것이오." 마부가 자그마하고 수심이 얕은 시냇물을 가리키며 말했다. 그곳을 걸어서 건넌 뒤 바닥에 바싹 엎드렸다.

"당신 뭐 하시오?" 마부가 물었다.

"나는 루비콘강을 건넜소 ── 그에게 대답했다 ── 나는 망명자가 아니라 멕시코 사람이오. 스페인으로 가는 멕시코의 이 여권(마니아우의 것)만 갖고 있소."

"괜찮소. 경찰들은 스페인어를 이해하지 못하고 당신의 몸집이 큰 것을 보고 유명 인사로 생각해 모자를 벗을 거요."

"그렇게 되었다. 프랑스의 첫 번째 지역인 아뇨아에서 잠을 잤는데* 거기서 마부는 두 마리의 암노새를 구했다"(어떤 술책을 썼는지 모르겠다). 그리고 "다음 날 성벽에 둘러싸인 바요나 광장으로 들어가기 위해 마부는 나에게 군중 속에 끼여 들어가라고 해서 거기서 처음으로 소가 끄는 마차를 보고"* 한 곳에 올라탔다. "그러나 민첩하게 행동해도 소용이 없었는데, 경비병이 내가 입은 옷, 장화 신은 모습 그리고 먼지에 온통 덮여 있는 것을 이상하게 여겼다. 나를 시청으로 데려가기에 거기서 내 멕시코 여권을 제시했고, 그것을 이해하지 못하기에 나에게 보안용 편지를 한 통 써 주었다. 이 모든 일이 그 당시 공화국의 아직 진정되지 않은 격동 때문에 꼭 필요한 것이었다. 보나파르트가 제일인자이고, 영사들이 통치할지라도 아직은 그랬다. 그날은 1801년 고통의 금요일이었다."*

굶어 죽지 않기 위해 무엇을 할 것인가, 나는 체면을 중시 여기므로 동냥할 엄두가 나지 않았다. 갈기갈기 찢어진 옷을 입고 그 구멍으로 비참함이 드러난 채 바요나를 밤새 돌아다녔다. 그러다 어느 현관에서 선 채로 잠이 들었다. 이른 아침 절망이 또다시 나를 엄습하여, 추방당한 후 또다시 추방당한다는 슬픔에 잠겨 낯선 그 도시를 걷기 시작했다. 상크티스피리투스 지역의 한 거리에서 스페인어로 찬양을 부르는 소리가 들렸다. 그곳으로 가서 망설이지 않고 안으로 들어갔다.

유대교 예배당이었고, 무교병과 어린양의 유월절이었다.

프랑스

# 제18장
## 바요나에서 유대교 회당으로 들어갈 때 나에게 일어난 일. 생명을 보존하기 위해 도주할 때까지 그 도시에서의 내 모든 생활에 대하여

너는 절대 마드리드에 가지 않았다. 피레네산맥을 결코 넘지 않았다. 네가 언급하고 비난한 그 모든 지역을 지나가지 않았다. 가동교는 너를 단번에 바요나까지 공중으로 옮겨서 우연히 유대교 회당에 떨어졌다. 악을 두려워하는 유대인들이 네가 떨어지는 모습을 보고 신의 아들로 여겼다는 것을 너는 알고 있다. 오, 수사, 네가 분명히 알프스산맥 사이가 아닌 그 위를 지나갔다고 말했지. 정말 그랬어.* 너는 유대교 회당 위로 떨어졌는데, 바로 그때 랍비가 그의 모든 자녀들의 죄로 이스라엘에서 체포된 메시아가 다시 올 수 없다는 것을 설교하고 있었다. 유대인들은 위로에 대한 기대감을 빼앗는 그 연설을, 그래서 별로 마음에 안 들어 하며 슬픔에 잠겨 듣고 있었다. 너는 바로 그 순간에 랍비의 턱수염에 떨어졌는데, 유대인들은 랍비가 책망만 하기에 그의 설교를 불쾌하게 듣고 있던 터였다. 그 시간 모두 너를 메시아라고 칭송하며, 화가 나서 랍비에게 돌진하여 그의 턱수염을 다 뽑아 버렸다. 가여운 선생은 털이 뽑힌 채, 거리로 나가 두 팔을 들고 하느님을 불렀다. 회당에 있던 광신자들이 너를 둘러싸고 랍비가 있던 자리에 너를 세워 놓고는 네 앞에 무릎을 꿇고 감사의 표시로 두건을 벗고 네 발에 입을 맞추었다. 그러지 못한 사람들은 바닥에 입을 맞추었다. 그러나 많은 유대인들이 회당에 맨발로 들어가는 버릇이 있어서, 바닥에 입을 맞춘 사람들은 오염되어 죽었고, 죄에 물든 사람으로 간주되었다. 그들이 그때까지 메시아를 예루살렘에 억류시킨 사람들이라고들 했다. 찬미가가 끝났을 때 죽은 사람들은 회당 모퉁이에 쌓여 있었고, 사람들은 설교를 기다리며 침묵했다. 모두들 —— 계시 받은 사람들처럼 —— 네가 말하기를 기다렸다. 네가 말했다. 나는 메시아가 아니라 단지 메시아의 밀사로서 그가 결코 여러분을 버리지 않았으므로 여러분에게 돌아올 수 없다는 것을 상기시켜 드리고자 합니다…… . 그러자 모두들 랍비에게 격분해서 그를 죽이려고 밖으로 나갔다. 너는 그들이 돌아올 때까지 계속 말했다. 네 목소리는 신선했고, 아무도 이해하지 못하지만 그들을 감동시키는 논증들로 가득했다. 너에게 갈채를 보내고 너를 칭송했다. 그리고 새로운 튜닉을 사 주었다. 그들의 언어로 '현인'을 뜻하는 하하(Jajá)라 부르게 했다. 모두들 너에게 자신들의 손님이 되어 달라고 했다. 하마터면 너를 토막 내서 이리 던지고 저리 던질 뻔했다. 네가 그런 상황에 놓여 혼란스러워할 때 민첩하고 화려한 유대 여인이 튀어나오자 모두 길을 비켜 주었다. 그녀는 너를 흔들어 대고 있는 곳까지 단숨에 와서는 신자들을 향해 말했다.

"이 사람은 내 손님이에요. 내가 바요나 전 지역에서 제일 부자가 아닌가요? 내가 이 사람을 가장 잘 대접할 수 있는 사람이 아닌가요?"

그러고는 너를 들고 갔다. 프랑스어로는 '피네타'인 라켈의 팔에 들려서 공포에 질려 회당을 나갔다. 그 뒤를 모든 신자들이 따르며 찬미의 노래를 부르고 축복을 빌어 주었다. 라켈은 너를 팔에 번쩍 들고 온 도시를 통과했다. 길 한편에서 광신자들에게 토막 난 랍비와 마주쳤다. 지나가기 위해 그를 발로 차고 계속해서 자기 집까지 갔다. 웅장한 대저택.

낮도 아니고 밤도 아닌 시간이었다. 정오 동안 건물 밑이나 나무줄기에 숨어 있던 그림자들이 뻗어 나기 시작해 서로 만나 한 그림자가 된다. 창문턱 위에 놓여 있는 너의 새장에서 태양이 쌕쌕거리면서 내려가 지평선에 묻히는 것을 보았다. 잠시 동안이지만 모든 것이 원숙한 잎의 노르스름한 색조를 띠었다. 새장의 철창은 잠시 반짝거렸다. 이 시간쯤이면 소리들이 변하고 자비나 슬픔을 간청하는 듯한(매우 신중하기는 해도) 괴상한 공명을 갖는다. 새장에서 너에게 목소리들이 도착해 존경스러운 속삭임으로 변하고, 너는 하늘과 함께 단 하나의 경계를 지을 때까지 펼쳐진 평원을 넘어 도시가 끝나는 곳까지 바라본다. 궁전은 모든 건물보다 높은 곳에 위치해 아래쪽을 모두 관찰할 수 있어서 그곳의 비밀이 보장될 수 없다. 화려하게 치장한 정면을 갖춘 저 집들은 거의 지붕이 없고, 주인들은 바닥에서 잠을 잔다.

저 건물에는 층층마다 여러 가구들이 사는데, 정원은 단 하나밖에 없고 거기서 주부들이 빨래를 하거나 식사를 준비하러 모인다. 이 위에서 내려다보면 나무들조차 평온함과 존경심이 사라지고 단지 바닥에서 떨어지려고 안간힘 쓰는 초록색 거미와 흡사하다. 그러나 너는 지금 이렇게 비교하는 것도 잊어버렸다. 어떤 그림자 뒤에 숨어 있는지 모를 낮의 마지막 광채가 도시와 평원의 경계선을 긋는 두 그루의 야자나무에 반사되면서, 네 고향의 평원과 모래밭 그리고 야자나무를 기억나게 한다. 회상은 그림자와 동시에, 단지 한 물체를 찾지만 발견하지 못하고 쉼 없이 파닥거리고 어떤 장소에서 멀어지지도 않고 그 위에 내려앉지도 않는 조용하고 고정된 새처럼 점점 희미해져 간다. 그렇게 너는 시간과 공간을 오가고 있었다. 창문을 등지고, 너를 즐겁게 해 주기 위해 거실에서 진행되는 의식을 관람하고 있을 때 이제 완연한 밤이 되었다. 목소리들은 다시 저속한 어조를 띠고 날카롭게 울렸다.

거실에는 라켈이 번쩍이는 의상을 걸치고 구슬픈 음악에 맞춰 춤을 추고 있었고, 수많은 궁녀와 기사들이 기둥 그림자 사이에서 서로 부둥켜안고 있어 파고들 틈이 없다. 나이 지긋한 유대인들로 구성된 합창단이 희고 긴 수염을 늘어뜨린 채 거실을 돌아다녔고 가끔 너에게 고개를 치켜들고 존경의 인사를 했다. 피네타가 춤을 멈추고 손짓하자 유대인들이 새장을 묶은 밧줄을 늘어뜨리기 시작했다.

이제 네가 내려온다.

"오, 하하 ── 새장 문을 열고 들어와 재빨리 닫으며 피네타가 말한다 ── 이제 결혼식을 올릴 결심을 하셨나요?"

그러나 너는 대꾸조차 하지 않는다. 매일 밤 똑같은 일이 벌어지고, 같은 질문과 그에 대한 답변인 동일한 침묵. 그리고 항상 그렇듯이 비탄에 잠긴 라켈이 사막에서 길 잃은 카라반과 말라 버린 오아시스와 고독을 연상시키는 우수에 찬 노래를 부르기 시작했다. 그리고 유대인들이 예의 바르게 너의 영원한 방으로 들어와 쉼 없이 인사를 하고 매일 같은 제안을 한다.

"너무 수줍어하지 마세요."

"결혼식은 네덜란드에서 거행될 수 있는데, 거기서는 수사들이 결혼하는 것이 나빠 보이지 않아요."

"피네타의 전 재산이 당신 것이 될 것이오."

"시간이 흐르면 당신은 유대인이 될 것이고 거대한 유대교 회당의 랍비가 될 거예요."

그러나 너는 그들에게 대꾸도 하지 않고, 그들은 고개를 숙이고 물러간다. 라켈은 동정 어린 비난의 노래를 계속 부른다. 새장은 다시 위로 올라간다.


아, 내 운명이 왜 이런가! 피할 길 없이 계속해서 철창에서 또다른 철창으로 다녀야 하는 내 운명. 내가 도망을 가더라도 훨씬 더 어려운 철창에 갇히게 된다. 제발 이 감옥이 가장 최악의 감옥이기를 바랄 뿐이다. 적어도 지금까지 그 어느 것도 이곳보다 더 힘들지는 않았다. 아, 모든 것을 포기하고 결혼해 달라는 다정한 유대 여인의 추궁을 받는 것은 나에게 일어날 수 있는 가장 혹독한 사건이다. 결혼하자고 매일 나를 괴롭힌다. 가장 구석진 곳까지 살펴보았지만 이 우리에서 벗어날 어떤 방법도 떠오르지 않는다. 그러나 어찌 됐든 여기서 나가야 한다. 나가야 한다! 나가야……!

수사는 잠에서 깨자마자 그렇게 외쳤고, 성의 커다란 창문의 가장 높은 곳에 매달린 우리 안에서 왔다 갔다 했다. 저 아래서 아침 식사를 가져온 사람이 보이지 않을 정도로 아득했고, 저 위에서 내려다보면 미로 속에서 나아가는 미세한 곤충 같았다.

제발 밧줄이 끊어지지 않기를! 궁전 바닥까지 너무 빨리 내려가지 말고 비록 내가 부서질지라도 저 유대인들의 머리 위에 떨어져 그들을 산산조각 내 버렸으면!

즉시 새장이 밧줄에서 풀려 빠른 속도로 하강한다. 안에서는 수사가 두려워 떨며 받침대를 꼭 쥔 채 세상사가 참 모순적이라는 생각을 한다. 그가 하고 싶어 하는 그 많은 것 중에 왜 욕구 충족의 방편으로 요구되는 것만 그에게 주어지는지. 이런 생각을 하면서 급속도로 내려왔다. 이 생각은 다음과 같은 결론에 이르게 했는데, 비록 가장 고통스러운 일에도 모순과 난폭함이 섞여 있어서 모든 비극 가운데 웃음을 터뜨릴 수 있는 괴이한 재앙들이 줄을 잇는다는 것이다. 금빛 나는 우리가 너무 빨리 떨어져

(새장이 다 금으로 되었는데, 그것을 말하는 것도 고통스럽다), 궁전이 꽝 하고 울렸고 유리와 도자기, 유리창과 항아리들이 깨지는 소리만 진동했다. 심지어 가장 두꺼운 대리석조차도 가루가 되어 버렸다. 부서진 가루 더미 안에서 요리사가 용서를 빌며 나왔다(그가 수사의 탄식 소리에 감명을 받아 음식을 주려고 새장을 내려오게 하려는 순간, 그만 줄을 놓쳐 버렸기 때문이다). 잔뜩 뒤틀린 금 조각 뒤에서, 수사가 완전히 질식하기 전에 제발 좀 꺼내 달라고 외쳐 댔다. 요리사가 문을 찾아 두들겨 열었다. 세르반도 수사는 한 발로 겨우 걸어 나왔고, 하인이 그의 옷을 털어 주며 거듭 사과했다.

"조용히 하시오 — 이제 두 발로 걸으며 수사가 말했다 — 이곳을 어떻게 빠져나가는지 빨리 알려 주시오."

"아이고, 나간다고요! — 요리사가 외쳤다 — 그게 그렇게 간단하다고 생각합니까?"

"가장 어려운 것은 새장을 나오는 것이고, 나는 이미 밖에 있지 않소."

"그렇게 생각하지 마시오. 이 궁전은 새장의 연속이라 할 수 있소, 하나가 다른 것에 연결돼 있는 것 말요. 당신이 첫 번째 우리에서 나왔으니 이제 두 번째 우리가 기다리고 있소. 여기에서 마지막 우리까지……."

"내가 첫 번째에서 나왔으니, 마지막 우리에서도 빠져나갈 것이오. 나를 도와주지 않는다면 혼자 가겠소."

"네, 나도 도와 드리고 싶소 — 요리사가 말했는데 그의 말이

쩡쩡 울려서 신뢰할 수 있었다 —— 저 위에서 당신이 외치는 소리를 듣고 황홀해져서 그만 줄을 놓치는 바람에 당신이 땅에 떨어진 거요. 당신이 말한 그 내용이 바로 내가 10년 전에 한 말이오. 그럼에도 날 보시오. 10년 동안 단지 첫 번째 감옥만 빠져나올 수 있었소. 등급이 낮아져서 당신도 알다시피 여기 이런 위치에 있게 됐소. 저 유대 여자는 항상 불가능한 일을 가지고 변덕을 부리죠. 그를 차지할 수 없다는 판단이 생기면 급을 낮춰 버리지요. 그래서 하인들 대부분이 가장 비천한 사람들일지라도 한때는 지금 당신이 차지하고 있는 곳에 있었소."

"그런데 왜 아무도 그녀와 결혼하지 않은 거요? 당신은 왜 그 여자와 결혼하지 않았소?"

"당신이 결혼하지 않은 것과 같은…… 아니면 다른 유사한 동기로……." 요리사가 하도 은밀하게 얘기해서 수사는 더 이상 캐고 싶지 않았다.

"어쨌든 나는 이곳을 빠져나가기 위해 최선을 다할 거요……." 세르반도의 확고함에 하인이 감동을 받았다.

"좋소, 내가 도와주겠소. 같이 도망갑시다."

그때 궁전에 울려 퍼진 굉음에 놀란 하인 한 무리가 거실로 들어왔다. 세르반도와 요리사는 가득 쌓여 있는 유리 조각 더미에 숨을 수밖에 없었다. 계속해서 그들의 몸을 찌르는 푹신푹신한 더미에 숨어 라켈이 외치는 소리를 들었고, 그녀는 얽히고설킨 성(城)을 구성하는 2천 개의 새장을 잘 감시하라고 명령했다. 수사는 이 많은 새장 수에 소리를 지르고 싶었지만, 그를 누르고 있는 유리들이 입도 못 벌리게 했다.

"그리고 ─ 그녀에게서 그 어느 것도 빠져나갈 수 없는 피네타가 명령했다 ─ 이 가루 속에 하하가 숨어 있을지 모르니까 체로 쳐야 한다."

이 소리를 듣고 세르반도는 완전히 이성을 잃었다. 부스러진 가루 속에서 몸을 움직이려 했지만 수만 개의 핀이 그를 찌르는 듯했다. 즉시 하인들이 커다란 체와 막대기를 가지고 와서 그 더미들을 까불기 시작했다. 밤이 되자 라켈이 다시 거실에 나타나 아직도 수사를 찾지 못한 것을 알고 울음을 터뜨렸다. 그리고 유리 가루 한 줌을 입술에 대고 감정에 겨워 입을 맞추자, 아주 미세한 유리 조각 몇 개가 그의 위장으로 들어가 그 자리에서 죽었다. 죽기 전에 너무 크게 소리를 질러서 부서진 입자들이 잿빛 가루가 되어 거실을 온통 날아다녔다. 이때를 틈타 수사와 요리사는 이미 체로 거른 유리 조각 더미로 옮겨 그 속에 숨었다.

유리 더미를 모두 다 체로 걸렀으나 수사의 흔적을 발견하지 못했다(이로 인해 유대인들 사이에 그가 악마라는 소문이 돌았다). 가루 더미는 해 질 무렵 수천 명의 기독교 하인들이 끄는 마차에 실려 성 밖으로 옮겨졌다. 라켈의 시체도 거기 실려 있었는데, 유대인들은(그들의 대단한 절약 정신 때문에) 장례식을 위해 동일한 운송 수단을 사용하기로 결정했다. 유리와 라켈의 밑에 깔려 요리사와 수사는 질식하는 줄 알았다.

토요일이라 유대인들은 아무 일도 할 수 없어서 기독교 하인들이 마차를 끌고 다른 2천 명의 기독교 하인들이 열어 준 2천 개의 새장을 빠져나갔다. 드디어 마차는 도시로 나갔고, 땀을 뻘뻘 흘리는 운송자들은 해가 저물 무렵 닥스 강가에 도착했다. 거기서 마차를 뒤집어 무거운 짐을 해류에 부어 버렸다. 라켈의 몸은 수장되고 세르반도와 요리사가 위로 올라오자 하인들은 놀라서 거품이 이는 물 위로 그들이 사라지는 것을 보았다. 강물은 작은 유리 조각의 소용돌이가 일 때마다 수천 가지 색조를 띠었고, 석양빛이 그것들을 반짝이게 했다.

"오, 자유!" 요리사가 해류에서 등을 지고 소리치며 『사회 계약』의 구절들을 완벽하게 낭송했다. 수사는 호기심이 생겨 그의 출신과 이름을 물어보았다.

"오 ── 요리사가 대답했다 ── 나는 이제 위대한 새뮤얼 로빈슨이오. 한때는 박식한 시몬 로드리게스였지……." 그때 닥스 강의 해류가 그를 밑바닥까지 끌어 내려 수사는 가장 적합한 일이 그가 사라진 그 자리에서 성호를 긋는 일이라고 생각했다. 그러나 새뮤얼이 저만치서 다시 물 위로 올라오더니 "파리에서 만납시다!"라고 차에 올라타는 사람처럼 말했다. 다시 해류가 그를 사라지게 했다. 수사는 이번에는 아무 표시도 하지 않았다.

수사는 밤새도록 강물 위에서 바둥거렸는데, 강물은 그를 계속해서 물에 가라앉혔다가 다시 떠 있게 했다가 다시 가라앉히면서 단조로운 놀이가 되어 수사는 잠이 들었다. 아침이 되니 얼마 안 남은 힘마저도 소진되었다. 강가에 다다른다는 소망도 없이 표류하고 있을 때, 그의 행로를 방해하는 금속성 물건과 부딪혔다. 강바닥까지 잠겼는데(틀림없이 행운의 충격이다), 몇 개의 뿌리를 잡고 강가까지 헤엄쳐 육지로 올라왔다.

"당신이 내 다리를 망가뜨렸소." 그때 어떤 남자가 손에 금이 가득 담긴 자루를 쥐고 말한다.

"무슨 다리요?" 세르반도가 놀라서 묻는다. 그리고 계속해서 우스꽝스러운 사람을 살펴본다.

"강을 건너 파리에 가려고 금으로 만드는 이 다리 말이오."

"그런데 왜 그렇게 많은 돈을 버립니까? 이 강을 건너갈 다른 방법이 없나요?"

"나는 그게 있는지 없는지 잘 모릅니다. 나는 히혼 공작이고 백만장자요. 이걸 가지고 강을 건널 수 없다면 무슨 일에 돈을 쓰겠소?" 그러고는 강물에 두 자루를 더 던졌다.

"이런 낭비를! 이런 낭비를!" 수사가 손을 머리에 얹고 외치며 강가에 흩어진 돈을 주워 사제복에 집어넣었다.

때마침 한 농부가 지나갔고, 수사는 그 사람과 잠깐 이야기를 나누었다. 잠시 후 공작과 세르반도는 헤엄을 쳐서 강을 건너는 농부의 등 위에 올라타고 있었다.

"금이 무슨 소용이람! ─ 공작이 성난 목소리로 말했다 ─ 만약 이 시내를 건너기 위해 도움을 요청해야 한다면 말이지."

"소용이 많이 되지요 ─ 수사가 말했다 ─ 농부에게 방금 금화 한 닢을 주었으니까요."

"금화 한 닢이라고! ─ 그의 돈이 무익하지 않다는 것을 알게 된 공작은 기뻐서 어쩔 줄 몰라 하며 수사를 부둥켜안고 많은 약속을 했다 ─ 나는 프랑스어를 몰라요. 볼 만한 것을 모두 안내해 줄 사람이 필요해요. 내가 아메리카에서 가져온 이 금을 다 쓰도록 도와줄 사람 말이오. 설탕에 투자한 돈을 회수하면 내 재산이 세 배가 되는데 그 돈도 다 말이오. 나는 위대한 히혼 공작이고 페루에서 왔소. 그러니 파리로 갑시다! 나는 히혼 공작이다! 히혼 공작!"

그 말을 하도 많이 반복해서 히혼 공작이 자기 직함을 부르는데 지칠 무렵 그들은 이미 보르도로 들어가고 있었다.

# 제19장
## 나의 파리 입성에 대하여

보르도를 지나면서 히혼 공작은 최상품의 맛있는 포도주라 믿고 포도주에 거액을 소비했지만, 나중에 카나리아에서 제조한 여러 재료를 섞은 술이라는 것을 알게 되었다. 우리는 여행을 계속했고 공작은 금을 마치 흙 뿌리듯 낭비하고 다녔다. 그것이 나를 무척 힘들게 해서 그가 좀 자제하도록 공작의 손을 잡고 가려 했다.

이제 파리로 들어간다.

우리가 처음 본 광경은 군복을 잘 차려입고 무기를 제대로 갖춘 군대였다. 대포와 색색의 군복을 입은 군인들이 정렬해 있는 것을 보고 당나귀 울음소리를 내는 나폴레옹을 향한 공격일 것이라 생각했다. 그러나 이내 그것이 귀족들이 잠자는 동안 귀찮게 굴지 말라고 개구리를 쫓는 왕의 군사들이라는 것을 알게 되었다. 귀족들은 이 군대 중 하나의 사령관이 되는데, 그 권한을 갖지 못하면 불행한 사람으로 여겨 아무도 그와 관계를 맺으려

하지 않는다. 페루 졸부의 과시욕 때문에 곧바로 이 군대 중 하나의 사령관이 될 절차를 밟기 시작했는데, 내가 말리지 않았더라면 그의 경솔한 변덕을 만족시키기 위해 전 재산을 탕진했을 것이다. 우리는 계속 갔다. 그러다가 격렬하게 지나가는 대대와 마주쳤는데, 누군지 모를 사악한 적을 수색견처럼 쫓고 있었다. 왜 저런 총성이 들리는지, 혹시 야만인들이 부활한 것은 아닌지 하고 묻자, 남의 소유지를 존중하지 않고 주교의 경작지에 감히 들어간 비둘기 한 마리를 쫓는 것이라고 했다. 그 새를 찾아 군대가 지나가는 곳마다, 밭들이 다 엉망진창이 되었다. 총성이 들리는데 격렬하게 사방에 울려 퍼지는 대포 소리와 흡사하다. 드디어 비둘기를 잡았다. 다시 평온해진다……. 나와 공작은 여행을 계속하는데, 으스대는 공작은 어리석은 말을 해 대고 금화를 탕진하고 터무니없는 짓을 계속한다. 파리로 들어서면서 교수형에 처해진 사람을 보았다. 그 사람은 떡갈나무에 매달려 있고 그의 머리카락에 온몸이 부스러진 비둘기가 걸려 있다. 그러고 있으니 그 남자가 저 성가신 동물의 주인인 듯하고, 이런 새를 소유한 주인들이 보라고 도시 입구에 걸려 있었다. 이 사건과 파리에 들어가면서 목격한 다른 광경들 때문에 상황이 정상으로 돌아왔고, 혁명의 소요가 이미 지나갔다는 것을 확실히 알 수 있었다.

나는 히혼 공작의 안내자 역할을 했는데, 당연히 그는 프랑스어를 못했고(스페인어도 썩 잘하지 못했다), 이미 아메리카에서 지겹도록 본 어리석은 짓을 보고 놀라워했다. 그러나 돈이 있기에 그의 모든 어리석은 짓은 용서되었고 심지어 칭송받기까지 했다. 그와 함께 귀족들의 가장 사치스러운 연회장에도 들어가 보았고 '그 시대의 가장 고상'하다고 불리는 사람들도 알게 되었다. 그러나 나는 곧 그 뻔뻔한 페루 사람의 안내인 역할을 하는 데 지쳐 버렸다. 나는 —— 아메리카 사람이 도착하자마자 유럽 사람들이 그들을 어떻게 빈털터리로 만드는지 잘 알아서 —— 그에게 누차 충고해 주었고, 나를 위해 돈을 쓰려 해도 계속 말리느라 진땀을 뺐다. 그러나 그는 화를 냈고 계속해서 돈을 낭비했다. 이렇게 논쟁을 벌이다 급기야 그를 떠나기로 결심하고 다시 빈곤한 생활을 택하기로 마음먹었는데 이런 생활에는 준비가 잘되어 있었기 때문이다. 얼마 안 되는 내 물건을 챙기고, 공작이 나에게 선물한 것을 돌려주었다. 사제복 안에 잘 표시 안 나게 보관할 수 있는 작은 가방을 들고, 그 당시 '황홀한 파리'라고 부르는 거리를 걷기 시작했다. 실제로 야비함과 죄악만을 추구하는 사람들에게는 정말 그랬다. 왜냐하면 파리도 수치스러운 일들이 공개적으로 행해진다는 것을 제외하고 스페인 궁정과 별다를 바 없기 때문이다.

뻔뻔스러운 페루 졸부(얼마 안 가 완전히 빈털터리가 되어 구걸을 해야 했다)와 헤어졌을 때처럼 그렇게 평온하고 독립적으로 느낀 적이 없었다. 그리고 나는 나 자신의 힘으로 살아가려고 노력했다. 내가 너무 고지식해서 이루 헤아릴 수 없는 비참함을 경험했지만, 도움을 청하고 싶지는 않았다. 어느 날 너무 굶은 탓에 기운 없이 산책로의 벤치까지 몸을 질질 끌고 가서 거의 다 죽게 되어 누워 있었다. 그때 누가 나를 큰 소리로 부르는 것을 들었고, 사력을 다해 고개를 들어 보니, 새뮤얼 로빈슨이 나를 향해 달려왔다.

때로 완전히 미친 사람 같기는 하지만 그래서 경이로운 사람인 시몬 로드리게스를 만난 것은 커다란 행운이었다. 그는 스페인어를 가르치는 학교를 세우자고 나를 부추겼다. 그리고 학교를 만들었다. 수업은 공원이나 교회에서 했다. 새뮤얼은 그들의 대저택에서 가르친 적이 있는 귀족 출신 학생을 약간 모집했다. 그때가 샤토브리앙 자작의 「아탈라」를 우리가 스페인어로 번역하기로 결심한 때다. 번역 작업은 매우 골치 아픈 일이었는데, 어느 사전에도 없는 식물 이름이 수도 없이 많았기 때문이다. 마침내 번역을 끝내고 첫 번째 책은 때마침 그곳을 지나가던 바로 그 자작에게 팔았다. 내가 파리에서 지낸 가장 좋은 시절은 로드리게스와 우정을 나눈 그 시기였다고 생각한다. 적어도 지금 그 시절을 암울하게 하는 어떤 불쾌한 순간도 떠오르지 않기 때문이다. 처음으로 진정한 친구라고 부를 수 있는 사람을 만났다. 시몬도 나도 아메리카에서 왔고, 둘 다 추방당해서 스페인의 가장 야만적인 감옥에서 지낸 적이 있었다. 우리 둘 다 이상으로 가득 찼고 세상을 바꿀 방법만을 생각하고 있었다. 적어도 야만적이고 무지한 아메리카만이라도 말이다. 나는 수많은 고난을 겪은 후 한 교구의 사제가 되었다. 내 친구는 진정한 학교를 세워 스페인어를 질서 있게 가르치기 시작했다. 내 친구 로빈슨의 강의를 들어야만 했다. 강한 충격을 주는 볼테르의 철학적 연설로 수업을 끝마치곤 했다. 거리에는 그의 수업을 듣기 위해 사람들이 몰려들었다. 대부분의 학생들이 결코 스페인어 동사 변화를 완전히 배우지는 못했지만, 그것은 별로 중요하지 않았다. 시몬의 강의를 들은 사람들은 그들의 스승이 계속해서 그들의 머리에 박히게 한 세상의 새로운 비전에 대해 고뇌함으로써 진정한 인간이 되었다. 이 시절이 내가 가장 흡족하게 기억하는 시기라고 간결하게 말하련다. 또 유일한 시기였다는 것을 덧붙여야한다. 날이 저물면 시몬이 수업을 마치고 나는 교회 문을 닫은 뒤 파리 구석구석을 돌아다녔다. 그는 볼테르와 루소의 작품을 패러디하며 모든 귀족들의 야만성을 언급했고, 나는 성직자들의 일화와 스페인 궁정에서 일어나는 일에 대해 이야기하며 그의 말을 거들었다. 어떤 일화들은 시몬이 내게 해 준 야만적인 일들을 무색하게 했다. 그러면서 우리는 왕궁에 도착했고, 거기서 왕족이 버리던 쓸모없는 사치품 리스트를 만들기 시작했다. 한번은 우리가 다음과 같이 세어 보았다. 열한 개의 부엌, 열네 개의 커피숍, 커다란 극장 열두 개와 작은 극장 세 개 그리고 수백 개의 화장실인데, 책상이나 환전 책상 그리고 향기로운 궁둥이로 나가도록 라벤더 물을 제공하는 가발 쓴 사람을 갖추었을 것이다. 우스꽝스러운 이야기들을 나누며 거의 새벽이 되어서야 산책에서 돌아왔다. 머리에는 항상 수많은 계획과 사소한 것에 너무 신경을 쓰느라 슬픔에 잠겨서⋯⋯. 그러나 좋은 친구와 함께 지내는 평안한 시간은 짧았다(그래서 그토록 기분 좋게 그를 기억하는가 보다). 어느 날 아침 새뮤얼이 프랑스를 즉시 떠나라는 황제의 명령을 받았다. 그는 우화를 꾸며 내기 위해 다시 방랑의 길을 떠났다. 나 자신에게서조차 보지 못한 내 모습을 그에게서 발견한 나는, 그런 내 모습에 다시 적응하기 시작했는데, 그 당시로서는 무척이나 견디기 힘들었다. 시몬은 독일, 오스트리아, 러시아로 갈 것이라고 했다. "항상 선생으로, 철학자로, 모순적이며 풍자적으로 독립에 대한 강한 열정을 품고"* 그는 떠났다.

나는 스스로에게서 벗어나고자 다시 연회장이나 궁전, 귀족들의 지루한 공식 석상에 드나들기 시작했다.


나는 샤토브리앙 자작의 거대한 궁전에 있다. 이 궁전에 오늘 밤 참석하지 않은 사람들이 있을까? 여기저기서 지루하고 장황해서 더 이상 찬동할 수 없는 문학에 대한 유식한 척하는 대화만 들린다. 아메리카에 대해서는 어떤 책이나 어떤 작가도 언급하지 않는다. 마치 존재하지 않는 것처럼……, 마침내 자작이 검정 옷을 입고 멍한 시선을 한 채 느린 걸음으로 나타난다. 미지의 세계에서 선출된 사람 같다. 침묵이 흐른다. 많은 부인들이 이를 위해 준비된 커다란 방석에 몸을 기댄다. 자작의 목소리는 동굴 맨 끝에서 나오는 듯하다. 부드럽고 우수에 잠긴 느린 목소리로, 모든 단어에 힘을 주고, 각 음절마다 각 글자마다 억양을 넣기 위해 멈춘다. 사람들이나 구체적 사건은 말하지 않고, 우울한 날씨와 막연한 슬픔에 대해 말한다. 각 단어와 화려한 억양에 역시 화려하고 거의 웅대한, 그러나 슬픔 어린 동작을 곁들인다. Je reste pour enterrer mon siècle(나는 내 세기를 땅에 묻기 위해 존재한다). 광명이 그득한 예언자처럼 말을 맺는다. 다시 대화가 재개된다. 자작은 대웅변자 같은 동작을 한다. 그러고는 우리에게 인사를 나누러 오고 나에게도 인사를 한다. 나는 그의 얼굴에 대고 내가 그의 책 중 한 권을 번역했고 그가 처음으로 책을 산 사람이라는 것을 상기시켜 준다. 그러나 자작은 기억하지 못한다. 커다란 관용을 베풀며 웃는다. 혼잡한 사람들 사이로 사라진다. 다시 대화가 재개된다. 무엇에 대해 말하는가? 무슨 말들을 하는가? 밤 모임에서 논하는 것은 무엇일까? 이러한 대담들이 왜 중요하지……?

샤토브리앙이 베풀던 야회 모임에 참석하며 그를 개인적으로 가까이 알게 되었다. 그와 우정을 나누지 않았더라면 더 좋을 뻔했다. 그 모임뿐 아니라 내가 자작과 친밀해진 다른 모임에서도 자작이 보여 준 모습은 너무 슬프고, 반항적이고, 우울한 것이었다. 샤토브리앙은 '르네의 슬픔(el mal de René)'이라는 현대적 슬픔을 처음으로 창시했다. "마치 동양의 융단을 펼치는 듯한"* 장엄하고 무게 있어 보이는 말투는 그의 말을 듣는 병약한 사람들에게 많은 영향을 끼쳤음에 틀림없다. 그래서 이 자작이 말을 마칠 때면 방석 위에 앉아 그를 주시하던 모든 여자들이 이미 죽어 있다는 것을 알 수 있었다. 자작의 손짓에 가발을 쓴 하인들이 시체들을 다른 홀로 옮기곤 했다. 그러고 나서는 다시 대화가 시작된다.

이제 우리는 평화의 사제 앙리 B. 그레구아르의 집에 있다. 이 모임을 눈물의 야회라고 부르는데, 이미 큰 성공을 거두었기에 충분히 이해할 수 있었다. 어쨌든 귀족들의 많은 야회 중 하나였다. 무거운 침묵이 흐른다. 사제가 나타난다. 초청된 사람들 앞에 놓여 있는 소박한 의자에 앉는다. 불이 꺼지고 촛불 하나만 켜 놓는다. 희미한 불빛 사이로 사제의 흐느낌이 흘러나온다. 처음에는 억양을 넣을 시점의 노래처럼 매우 온화하다. 그리고 소리가 커지면서 반 시간 동안 높낮이 없는 울부짖음이 계속된다. 두 명의 하인이 때때로 사제의 얼굴에 흘러내리는 눈물을 닦아 준다. 초청객들은 파이프 담배에 불을 붙인다. 여인들은 낮은 소리로 평을 한다.

"오늘은 여느 때보다 더 잘 우시네."

"어느 누구도 따라 할 수 없지."

어떤 여인들은 울기 시작한다. 그러나 사제를 방해할까 봐 낮은 소리로. 그렇게 반 시간이 지난 후 울음소리가 더 커져서 귀를 먹게 할 정도의 오케스트라 소리 같으나, 단지 몇 분간만 지속된다. 그리고 나서 소리는 짧게 끊기며 낮아지다가 거의 들리지 않게 되다가 멈춘다. 야회가 끝난다. 사제의 하인들이 사용한 젖은 손수건들은 인기가 많다. 그것을 서로 가지려고 싸움이 시작된다. 누군가가 입찰에 부치자고 제안한다. 입찰이 시작된다. 그 액수가 수천만의 금화까지 올라간다. 사제는 사라졌다. 나 또한 혼잡을 이용해 사라진다.

그런 모임에서 그레구아르를 알게 되었는데, 이미 아주 평온했고 마지막 순간까지 루이 16세의 생명을 보호했던 격분한 사람의 모습은 엿보이지 않았다. 보수주의자 사제의 이러한 모임에는 대혁명에서 살아남은 모든 귀족들과 프랑스의 주요 인사들이 모여들었다. 번쩍번쩍하고 앞머리를 곤두세운 부인들을 대동한 가장 칭송받는 사람……. 사제는 항상 그러한 모임을, 과거를 회상하고 왕을 단두대에 보낸 일을 회상하며 한바탕 우는 것으로 마무리했다.

  그 당시의 사회로서는 — 지나간 시절을 그리워하는 — 이보다 더 중요하고 감동적인 야회가 없었는데, 나는 한 번 정도는 참을 만했다.

# 제20장
## 수사의 일기에 대하여

나는 르카미에 부인의 연회장에 방금 도착한다. 특별히 다른 점은 없다. 르카미에가 초청객 사이를 돌아다니며 전혀 웃기지 않는 가벼운 농담을 하자 모두들 웃어 준다. 벤자민 콩스탕(약골의 뼈대를 지니고 원한이 많은 사람이며 여러 차례 그와 대화를 나누었지만, 가치 있는 말은 한 번도 듣질 못했다)이 도착하자, 두 사람은 높다란 방으로 사라졌다. 한 시간 뒤에 팔짱을 끼고 다시 나타났는데 르카미에는 만족스러운 암말의 미소를 짓고 있었다. 먼동이 밝아 오고 있었고 매우 지루했다. 밖으로 나가다가 과나후아토 출신의 젊은이를 만났다. 루카스 알라만. 내 것이기도 한 그의 고향과 내 것이기도 한 그의 열정에 대해 이야기를 나누며 연회장의 혼수상태에서 깨어날 수 있었다.

8월 1일, 파리……

나는 청년 알라만과 친분을 맺었고 그는 나를 파니의 유명한

206

연회장에 방문하도록 초청했다. 거기서 거만하고 반항적이고 자존심 강한 청년 시몬 볼리바르(파니와 연회장의 거의 모든 창녀들의 연인)를 만났다. 나에게 시몬 로드리게스의 제자였다고 말했는데, 이것만으로도 그를 친구로 여기기에 충분했다. 나에게 로빈슨 소식을 전해 주었는데, 그 당시 비록 며칠이지만 빈(Wien)에 있었다고 했다. 그리고 가만히 있지 못하는 자기 교수가 어디로 갔을지는 모른다고 했다. 나에게 감동을 준 다른 인물은 스탈 부인이었다 —— 예전의 네커 부인. 매우 매력적이고, 무엇보다도 잘난 척하고 우쭐대는 다른 여인들보다 수수해서 더욱 돋보였다. 알라만에게 그녀를 소개해 달라고 부탁했는데, 때마침 모두가 남작이라고 부르는 청년 알레한드로 데 훔볼트가 들어왔다. 그는 야회장의 주인공이 되었다. 유창하고 정확한 프랑스어로 모든 것에 대해, 그러나 우쭐대지 않고 유식하게 말했다. 대부분의 아메리카 사람들보다 그 지역에 대해 아는 것이 더 많았고, 그의 정치적 이념은 상당히 진보적이었다. 다음과 같은 말을 하자 많은 사람들이 전율을 느꼈다. "스페인의 아메리카는 이제 자유를 얻을 만큼 성숙했다. 그러나 그 일을 착수할 위대한 인물이 없다." 청년 볼리바르는 계속해서 입맞춤을 하며 그를 괴롭히는 파니에게서 계속 떨어지려고 애쓰며, 그의 말을 주의 깊게 듣고 있었는데 흥분한 모습이 역력했다. 마침내 파니가 그의 말을 주의 깊게 듣지 못하게 하자 큰 홀이 떠나갈 정도로 뺨을 세게 때렸다. 그때 스탈 부인이 폭소를 터뜨렸고, 다른 사람들도 그녀를 따라 웃었다. 남작은 말을 이었다.

8월 16일, 파리······

청년 알라만이 나에게 훔볼트라는 특출한 청년을 소개해 주었다. 우리 두 사람은 교회에서 오후 내내 이야기했고, 날이 어두워지자 남작의 차를 타고 산책을 나갔다. 우리는 아메리카로 돌아갔다. 자연과 사람들의 삶에 대한 이야기를 나누면서 너는 거기에 있었다. 손으로 만진다. 남작이 세부적인 사항을 빠뜨리면, 너는 서둘러 그것을 상기시켜 준다. 우리는 그가 기억하는 강에 대해 이야기하고 별로 중요하지 않은 시냇물까지도 이야기한다. 그는 멕시코시티의 거리 이름도 기억하고 있다. 내가 겪은 모욕에 대해서도 알고 있다. 차에서 내려 산책로를 따라 걷기 시작한다. 매 순간 세밀한 부분을 강조하기 위해 걸음을 멈춘다. 논쟁하기 위해서. 서로를 열정으로 가득 채우기 위해서. 그러고는 계속 걷는다. 꽤 춥지만 아직 겨울은 아니다. 남작이 자기의 성으로 나를 초대한다. 그의 성은 수천 그루의 아메리카 식물로 둘러싸여 있다. 정원을 지나가면서 내가 이제 더 이상 듣지 못할 것이라 생각했던 아메리카 새들의 고함 소리, 윙윙 소리, 삐악대는 소리와 까옥까옥 우는 소리를 듣는다. 이제 우리는 성의 테라스에 있다. 남작은 자신이 집필하고 있는 누에바 에스파냐에 대한 에세이를 보여 준다. 나는 그에게 더 많은 자료를 제공해 준다. 새로운 생각과 묘사할 내용들을 제시해 준다. 나는 감정에 젖는다······. 동이 터 오자 우리는 다시 만날 것을 기약하며 작별을 고한다.

.

드디어 스탈 부인과 인사를 나누게 되었다. 예상대로 훌륭한 여자다. 그녀에게 내 소개를 했을 때 "당신은 곧 존재하게 될 곳에서 왔군요"라고 말했다. 이후 우리는 과장이나 위엄이 없는 본연의 모습을 서로 보여 준다. 나는 그녀에게 프랑스 여자들이 개구리처럼 입이 크고 끔찍해서 별로 좋아하지 않는다고 했다. 그녀는 아메리카 사람들을 좋아한다고 했는데, 유럽 사람들에게는 이미 오래전에 꺼진 열정이 그들에게는 가득하기 때문이라고 했다. 그녀에게 왜 그녀의 집이 항상 불평을 많이 하고 경멸스러운 사람들로 가득하냐고 물었다.

"인간을 사회적 동물로 만드는 것은 그들의 약점이지요." 루소의 말을 인용하면서 그녀가 대답했다. "나는 약해요." 장난기와 고백을 담은 어조로 덧붙였다.

"진정으로 행복한 사람은 고독한 사람이오." 나는 '현대 성경'을 인용하면서 응수했다.

"오, '단지 호인만이 혼자 있죠'." 그녀가 이렇게 덧붙이는 바람에 우리는 더 이상 루소의 말을 인용하지 않았다.

우리는 다른 홀로 가서 의자에 앉았다. 그때 그녀가 여송연 갑을 꺼냈다. 중앙 부분에 루이 16세의 몸이 그려져 있고 뚜껑에는 머리가 있어 몸과 연결되어 있는데, 담뱃갑이 열리자 몸이 머리와 분리되었다.

"이 모양이 참 우습지요 ── 웃으면서 말했다 ── 이걸 보는 사람들에게 여기서 왕의 목을 베었다는 것을 상기시키기 위한 것이지요. 그리고 —— 여기서 그녀의 목소리는 거의 열정적으로 커졌다 —— 어떤 경우에라도 그런 일이 재현될 수 있다는 거지요."

"당신은 그런 일이 일어나도록 뭘 하십니까?"

"지금은 —— 아주 자연스럽게 말했다 —— 화약을 만드는 데만 내 재산을 쓰고 있어요. 자, 이제 우리가 어떻게 제국과 함께, 이미 부상하고 있는 부르봉 왕가의 건달 정파와 함께 날아오를지 봅시다."

"논의할 여지가 없는 가문." 내가 콩스탕의 말을 그대로 인용하며 덧붙였다.

"아, 그 창녀." 그녀의 이 말은, 콩스탕과 관련해서, 그들이 한때 연인이었음을 추측하게 했다.

첫 번째 홀에서 오케스트라의 음악이 들려왔는데, 멀찌감치서 들리기에 듣기가 덜 괴로웠다. 스탈은 잠시 여송연을 피웠다. 그리고 큰 의자에 기대 아무 말도 하지 않았다. 우리는 서로를 완전히 이해하고 있었다.

"우리는 커다란 기회를 놓쳤어요. 유일할지도 모르는 —— 그리고 말했다 —— 혁명은 10년 만에 하는 것도 아니고 백 년 만에 하는 것도 아니지요. 시대와 사람들이 쌓여야 해요. 그리고 지금 마침내 최고조에 이르지요. 우리가 그것을 파괴하고 엉망으로 만들었죠, 온 인류에 대한 존경심을 빼앗으면서 말이에요. 그러나 그때 나 자신에게 말하지요. 만약 우리가 그런 입장들을 존중했더라면, 만약 일들이 계획대로 진행되었더라면, 행복을 얻었더라면……. 나 자신을 예로 들어 질문을 해 보지요. 그렇다면 너는 이런 연회장 없이도 살 수 있나, 참기 힘든 이 사람들 없이도 살 수 있나, 이런 파티를 열지 않고도, 경멸적이고 야비한 사람들 중에 너 자신이 중요한 사람인 것처럼 느끼지 않고도……. 그리고 가장 우려되는 점은 다른 사람들, 우리를 증오하고 파괴하려는 사람들이 우리보다 덜 비열한 사람들이라고 할 수 있을까……."

여송연 재를 은으로 된 긴 다리가 달린 재떨이에 떨고는 다시 의자에 기댔다. 거의 소리를 내지 않고 잠시 흐느꼈다. 울음을 그치더니 어디서 감춰 두었는지 매우 정교한 손수건을 꺼내 얼굴을 닦았다.

"그만 가요 ── 마침내 매우 경쾌하게 말했다 ── 아직 내 방들을 다 보여 드리지 않았죠."


우리는 스탈 부인의 방에 있다. 마르세예사라는 글자가 쓰인 빨간 깃발을 나에게 선물했다. 금을 입힌 볼테르의 작품 전집을 보여 주었다. 육중하게 파삭거리는 망사와 레이스를 구겨뜨리며 침대에 벌렁 누우며 그녀가 말했다. "아메리카 사람들에 대한 내 생각이 옳다는 걸 보여 주세요." 그녀에게 내 종교적 입장 때문에 다른 사람들은 기꺼이 할 수 있는 행동을 하는 데 제약을 받는다고 말하자, 나를 반동주의자이고 군주주의자라고 했다. 그러고는 일어나서 예의 바르게 나에게 손을 내밀며 말했다. "괜찮아요. 나의 모든 손님들에게 베푸는 애정 표현일 뿐이니까요…….” 우리는 팔짱을 끼고 첫 번째 발코니까지 내려왔다.

콩스탕과 르카미에는 움직이지 않고 춤을 추고 있었다. 파니와 그의 지칠 줄 모르는 아메리카인은 기둥 뒤로 사라졌다. 저 멀리서 훔볼트와 알라만이 식당으로 향하는 커다란 소파에 앉아 조용히 이야기를 나누고 있었다. 대부분의 여자들이 몸을 숙이고 아양을 떨며 작별했다.

스탈 부인이 그레구아르 사제를 향해 짧게 묵례했다. 그러고는 그의 손을 잡고 사람들 틈으로 사라진다.

11월 21일, 파리……

온종일 교회에 있었다. 조금 전에 스페인 대사관의 비서가 와서 방금 출간된 최악의 책을 가지고 나를 무신론자로 만들려고 노력했다. 그의 주장을 묵살시키자 나에게 금화 다섯 개를 요구하고 가 버렸다.

그 증오스러운 비서 말고는 오늘 교회에 아무도 오지 않았다.

12월 11일, 파리……

훔볼트 남작이 아메리카로 떠나기 전에 나에게 작별 인사를 하러 왔다. 잠깐 얘기를 나누고는 그에게 말했다.

“만약 당신이 거기 오래 머문다면, 우리는 다시 만날 수 있을 거요.”

“그럴 겁니다.” 나에게 대답했다. 우리는 웃었다. 아메리카를 생각하면 너무 사랑하기에 진정으로 존재하는지 의심스러울 정도다. 나 자신에게 가끔 정말 존재하는가 자문한다.

5월 17일, 파리⋯⋯

스탈 부인이 즉시 프랑스를 떠나라는 명령을 받았다. 우리는 작별 인사조차 나누지 못했다. 나에게 열정과 진지함이 담긴 짧은 메시지를 보냈다. 또한 다시 만날 것을 약속했다. "우리가 곧 다시 만날 것을 확신해요." 그러고는 좀 더 아래에 한마디 덧붙였다. "당신에게 어울리는 사제복을 입으세요⋯⋯." 이 말은 할 필요가 없었다.

2월 4일, 파리⋯⋯

파리의 겨울. 주민의 절반가량이 추위와 굶주림으로 죽었다. 며칠 전에는 한 여신도가 성배에 담긴 포도주를 마시는 것을 목격했다. 빈곤이 그 정도로 심하다. 마음이 아파서 그녀를 식사에 초대했다. 교량에서의 자살이 사방으로 전염되는 광기가 되었다. 경찰들이 줄지어 서서 난간에서 꽁꽁 얼어붙은 강으로 몸을 던지려는 사람들을 저지하고 있다. 그러나 경찰들이 때때로 규정을 어기고 자신들이 얼음 위에 떨어져 죽는다. 추위로 인한 자살의 커다란 파고(波高)다.

3월 11일, 파리⋯⋯

도시를 한 바퀴 돌며 산책했다. 극장에 들어갔다. 그리고 또 걸었다. 나는 수사가 사제복 차림으로 거리를 돌아다니고 극장에 들어가는 것을 사람들이 비방하는 것을 알고 있다. 대부분의 프랑스 사람들은 수사가 교회 밖에 나가는 것을 추문으로 여긴다. 숲속에서 '위험한 짐승들'처럼 붙잡힌 뒤로는 비난의 강도가 더 세졌다. 사람들은 내가 거리로 나가자마자 의구심을 갖고 비난하듯 쳐다본다. 한 교량 위를 지날 때 경비병들의 저지선이 바짝 긴장했다. 듣기로는 자살을 기도하는 수사들이 많아서, 거지들이 사제복을 벗겨 카니발 때 변장에 쓰려고 강어귀에 모여든다는 것이었다.

3월 17일, 파리……

겨울이 계속된다. 나는 어찌해야 할지 모르겠다. 교회 문은 닫혀 있고, 거지들이 무력으로 들어오려고 한다. 만약 들어온다면 얼마 안 남은 값나가는 기물들을 부숴 버릴 것이다. 그러나 그들을 밖에 내버려 두면 추워서 죽을 것이다. 교회 문을 열지 군중이 질주해 들어와서 제단 앞에 무릎을 꿇고 기도하기 시작한다. 나는 어수선한 마음으로 미사를 집전하고 그들에게 성모 찬가를 부르게 한다. 미사 용어를 거의 다 잊어버렸다. 내가 여기 계속 남아 있다면, 이성을 잃어버릴 것이다.

6월 3일, 파리……

나는 이성을 잃었다.

여기서 수사의 기록은 끝난다. 그럼에도 그가 나폴레옹이 두 번째 입성할 때까지 파리에 머물렀다고 전해진다. 그리고 그 당시 그의 표현에 의하면, "국가들의 도둑을 피해서" 로마로 떠났다. 로마에서 수사의 사제복을 벗도록 허락해 달라고 요청하고 속세의 성직자가 되고자 했다. 하지만 그의 요청이 거절당하자 교황에게 제소했다. 교황도 그의 요구를 거절하자, 세르반도는 격분했다. 그래서 시칠리아에서 바티칸을 점령하려고, 그의 표현에 의하면, "교황을 기름에 튀기려고" 원정대를 준비했다. 그러나 성령과 두 명의 시칠리아 사람의 활동과 은혜로 원정대가 발각되어 대원들은 파멸되고, 수사는 체포되어 감옥으로 끌려가 화형 선고를 받았다.

그러나 화형식 당일 날 감옥에서 탈출했다(아직도 어떻게 탈출했는지 알려지지 않음). 화형식 광경을 목격하려던 교황은 몹시 기분이 상해서, 이미 달구어진 화롯불에 고해 신부와 사형 집행인을 포함해 그 감옥의 간수와 모든 직원들을 화형에 처했다. 어두워질 무렵까지 지속된 의식이 끝나자 성하(聖下)는 죄인들을 사면하는 표로 성호를 긋고, 그의 '신성한 주거지'의 오른쪽 날개로 향했다. 그리고 어둠 속에서 자신의 기도서를 읽기 시작했다.

# 제21장
## 수사의 반론에 대하여


파리에서 한 시즌을 지냈는데 우울증에 걸린 듯하다(아마 날씨 때문인데, 어느 곳도 기후가 나에게 이처럼 영향을 끼친 곳이 없다). 그때 나폴레옹이 침입해서 큰 소란을 피우며 왕을 제거하고 주교와 귀족들을 몰아냈다. 그 광경을 목격한 나는 무척 열광하며 매우 합당해 보이는 그 체제와 즉시 제휴했다. 나폴레옹은 나의 장점들을 인정하고, 국가 기관에서 높은 지위를 차지하도록 했다. 이후에는 가톨릭 의식을 제정하기 위해 그가 소집한 국가 주교 회의에서 매우 중요한 자리를 차지하게 했다. 그러나 그 좀도둑에게 환멸을 느끼는 데는 많은 시간이 걸리지 않았다. 그의 창녀 옆에서 황제로 즉위했는데, 나는 몹시 두려웠고 프랑스 국민이 통치자를 바꾸는 데는 성공했지만 결국 폭군을 바꾼 결과밖에 안 되었다는 것을 확신했다. 심지어 새로운 정부는 과거 통치자들의 기품이나 자비를 갖추지도 못했다. 전에는 죄수를 족쇄, 음악과 함께 일종의 경의마저 표하면서 교수대까지 데려갔는데, 지금은 발로 차고 욕설을 해 가며 데려간다. 게다가 혁명 전의 똑같은 사람들과 혁명을 이용한 사람들이 요직을 다시 차지했다. 그래서 성직자들 중 가장 사악한 사람들이 교구를 차지하고 주교로 임명되었다. 강물이 다시 휘저어진 때를 이용해 온갖 쓰레기들이 다시 떠오르는 것을 보았다. 그래서 내 목숨에 대해 두려움을 느끼기 시작했고 감시당한다는 것을 알고부터 도주 계획들을 세우기 시작했다. 그중 하나가 파리를 관통해 프랑스를 지나 로마까지 가는 것이었다. 이때가 나폴레옹이 새로운 제국 출범 첫 달을 기념할 때였고, 매우 의기양양하게 도시 전체를 행진하며 군중의 환호성을 받는 혼잡을 이용해 나는 빠져나왔다. 목숨을 부지하기 위해 그렇게 도망쳤다. 정치 세계에서 모든 것이 사기라는 것을 목격했다. 프랑스 사람들에게 동정심을 느꼈다. "불쌍한 국민이여! 확실히 프랑스 국민보다 더 가볍고, 변덕이 심하고, 별 볼일 없는 국민은 보질 못했다. 그들을 매료시키기 위해서는 시적으로 얘기하고 그들이 우상처럼 여기는 예리함과 가장 두려워하는 조소를 섞어 이야기하면 된다. 거기서는 남성들이 여성 같고 여성들은 아이들 같다."*

이탈리아

# 제22장
## 수사의 부정에 대하여

오, 위대한 수사, 이제 네가 로마에 도착한 것과 그 길에서 겪은 굶주림에 대해 이야기할 것이다. 교황과 면담했는데 갑자기 너를 교황청의 명예 고위 성직자로 임명해 드디어 너의 귀찮은 법의를 벗도록 허용했다. 그 나라에서 네가 겪은 어려움에 대해 이야기할 것이다. *Cittá è sancta ma il populo corruto*……. 사륜마차를 타고 산책하는 동안 어떻게 네 신발을 도둑맞았는지를 말할 것이다. 길이 너무 복잡해서 많은 사람들이 자신들의 집을 찾지 못하고 길을 잃는 것에 대해서도 이야기할 것이다. 그런 이유로 대부분의 로마 주민들은 가느다란 끈을 가지고 외출하는데 자기 집 현관에 그것을 붙들어 매 놓고 길을 잃지 않도록 걸어갈 때마다 끈이 풀어지게 한다. 오, 수사, 이 '신성한 도시'를 강타하는 굶주림에 대해 이야기할 것이다. 거기서는 가난한 사람들이 자신들의 신체 일부를 떼어 내서 냄비에 집어넣고, 도둑이 하도 많아서 도둑이 아니면 성인으로 즉시 추대된다. 그럼에도 로마에는 성인이 매우 드물다. 그리고 한 무리의 거지 떼가 너를 약탈했을 때 겨우 천 조각 하나를 뒤집어쓰고 그들 틈을 어떻게 빠져나왔는지에 대해서도. 네가 어떻게 피렌체에 도착했는지도. 네가 한 공원에서 목 모양을 한 잎에 매달아 놓은 분류표와 함께 우리에 갇힌 멕시코산 용설란을 보았을 때 얼마나 감격했는지에 대해서도 얘기할 것이다. 주체할 수 없는 슬픔이 엄습해 너를 얼마나 압도했는지를, 또한 스페인 나귀를 타고 얼마나 너의 고향을 그리워했는지를, 그리고 조국을 해방하기 위해 그곳을 향해 어떻게 출항했는지에 대해서도 말할 것이다. 어떻게 리오르나를 떠나 제노바를 통과했는지를 말할 텐데, 너의 벗은 모습을 사람들이 보지 못하도록 항상 밤에 다녔는데, 나중에는 그 지역에 빈곤이 극심해 모든 사람이 옷을 벗고 다닌다는 것을 알고는 낮에 다니기로 결심했다. 제노바를 지나 어떻게 바르셀로나에 도착해서, 도움을 청하고 해방 원정대를 준비하기 위해 마드리드에 들어가게 되었는지를 이야기할 것이다. 오, 지칠 줄 모르는 교황청의 명예 고위 성직자여, 말해요, 말해, 오, 수사.

나의 로마로의 도주에 대해서는 아무 말도 하지 않겠다. 또한 거기서 어떻게 살았는지도. 왜냐하면 불쾌한 기억들을 다시 떠올리고 싶지 않기 때문이다. 로마 주민들은 내가 아는 한 가장 가난한 사람이 아니라면 가장 얼굴이 두꺼운 사람들이다. 길에서 차를 잡으면 입장료를 내고, 나중에 다시 합산하는데 더워서 창문을 열면 그것에 대해서도 돈을 내고, 만약 공기가 들어온다면 공기까지도 돈을 내야 한다. 때때로 더위가 극심해서 자동차까지도 연기로 변할 정도다. 로마로 향할 때는 신성한 도시를 보러 간다는 기대를 가졌지만, 도시를 두 번 돌고 난 뒤 가톨릭교가 그들의 금고를 채우기 위해 주민들의 무지를 악용해 계속 세금을 걷어서 빈곤밖에 남은 게 없다는 것을 알게 되었다. 그것이 다른 곳과 마찬가지로 내가 로마에서 목격한 것이다.

스페인

# 제23장
## 마드리드에 돌아온 것과 토리비오스에 도착할 때까지 나에게 일어난 일에 대하여

마드리드에 도착하자마자 바르바라 숙모를 찾아갔다. 그녀는 창녀이긴 하지만 매우 고상한 데다 내가 처음 탈출할 때 도와주었고, 고도이의 연인과 친분을 유지해서 도움을 요청할 때 나를 도와줄 수 있을 것이다. 그러나 이미 이 세상 사람이 아니었다. 그래서 나는 굶어 죽지 않으려고 궁정을 샅샅이 뒤져 트라히아 박사(최고의 현인이자 매우 급진적인 진보주의자로 왕의 궁정에서 지냈는데 다른 박사들이 알지 못하는 특별한 약을 왕에게 처방해 그의 성불구를 치료해 주었기 때문이다)를 찾았지만, 그 역시 죽었다. 그런 상황에서 나의 두 친구 코르니데와 필로메노를 찾지 않고 무엇을 하겠는가? 그래서 그들의 집으로 갔고 거기에 도착할 무렵 하늘이 열린 것을 보았다. 그러나 문이 닫혀 있었다. 그들도 이미 죽었다. 그렇게 많은 사람들이 죽은 것을 보고 의심하기 시작했고, 내가 혹시 죽은 사람이 아닌지, 그래서 모든 것을 그처럼 어둡게 보지 않았나 스스로에게 물어보았다.

나 자신을 꼬집어 보고 다시 꼬집어 보면서 나의 다락방에 도착했는데, 다른 장소를 구할 때까지 거기 머물렀다. 마드리드에서 세가 안 나갈 정도로 지저분한 곳이었지만, 그 도시에서는 귀족조차도 집이 없어 다리 밑에서 살 정도였다. 내가 이미 잠이 들었을 때 ── 해충이 우글거리는 바닥에서 매우 힘든 일이었지만 ── 작은 동굴의 여주인이 내 방에 침입해 소란을 피워 깨우고는 이탈리아어로(그 짐승이 이탈리아 사람이다) 돈을 내지 않으려면 당장 나가라고 나를 내쫓았다. 때리고 발로 차며 나를 거리로 내몰았다. 어느 방향으로 가야 좋을지 모른 채 거리를 배회하기 시작했다. 바로 그때 마드리드에 있다고 들은 히혼 공작의 집을 찾아가야겠다는 생각이 갑자기 떠올랐다. 페루 사람을 찾아 온종일 걸어 다닌 끝에 우연히 그의 집을 찾았다. 문을 두드리고 기다리는 동안 제발 죽지 않았기를 하늘에 빌었다.

히혼 공작이 친히 나를 맞으러 나왔다. 나는 기뻐서 안으로 뛰어 들어갔고, 그 뒤에 내 고난과 비참함을 이야기했다. 그는 프랑스 사람들에게 약탈당한 얘기를 해 주었고, 아미앵의 평화 때문에 설탕 가격이 떨어져 먹어 버려야 했고 그래서 가난해졌다며 내 충고를 듣지 못해서 더욱더 빈곤에 처하게 되었다고 했다. 우리는 서로를 위로했다. 그리고 그의 집에 머물렀다.

페루 사람과 마드리드의 다른 주요 인사들과 거실에서 대화를 나누고 있었는데, 극악무도한 레온이 마침 그 거리를 지나가다 내 목소리를 알아챘다. 집 안으로 들어와 우리의 얼굴을 비추고는 우리가 누구냐고 물었다. 그러나 나는 하도 굶주려서 얼굴이 형편없어진 데다, 어두침침한 지하실에서 웅크리고 있어 첫 방문에서는 나를 못 알아보고, 그의 아첨꾼 무리와 그냥 가 버렸다. 하지만 레온이 결코 순순히 물러나지 않는다는 것을 잘 알기에, 즉시 도주를 준비했다. 잠시 후 히혼과 나는 집을 빠져나와 최대한의 평정심을 유지하며 거리를 걸었다.

그러나 악들은 서로 알아보고, 악마처럼(산토 토마스가 말하기를) 서로 사랑하지는 않지만, 악을 도모하기 위해서는 서로 협조한다. 레온은 나를 체포하라는 명령을 집행하기 위해 궁정의 시장, 왕실 대리관이자 마드리드의 사형 집행인인 마르키나를 선택했다. 그는 소란을 잘 피우고 난폭한 사람이었는데, 내가 마드리드에 처음 갔을 때는 솔 광장에서 담배를 피우고 있었다. 얼마나 비굴하게 고도이에게 충성했는지, 궁정의 시장이 되었다. "그럴 만한 가치가 있는 상관들에게 굽실거리는 사람들은 자기보다 밑에 있는 사람들에게는 더 거만하고 잔인하다. 이 야만인에게 횡포와 박해를 요구하는 모든 명령을 수행하라는 임무를 맡겼고 그 임무를 훌륭하게 수행했다. 마드리드의 기회주의적인 사람이어서 고도이가 붕괴했을 때, 주민들이 산산조각을 내면서 그에 걸맞은 형벌을 가했다. 만일 모든 독재자들이 똑같은 성공을 거둔다면, 이 세상에서 그렇게 많이 웃지는 못할 것이다."* 우리가 거리로 나갔을 때 교활한 마르키나는 레온에게 단지 악마만을 잡아오라는 왕명을 전달했는데, 내용인즉 "세르반도 데 미에르가 즉시 체포되어야만 폐하께서 평안을 누릴 수 있을 것이다"였다. 그런 명령은 매우 조용한 사람도 행동하게

만들 것이다. 레온이 얼마나 야단법석을 부렸는지 상상할 수 있
는데 즉시 마드리드 전역에 첩자들을 배치했다. 마요르 거리와
산후안 데 디오스 거리에는 일개 대대의 포박꾼들을 배치해 모
든 사람들을 탐문하고, 산책로마다 배치되어 있어서 마치 황소
나 한 무리의 악당들 아니면 나폴레옹의 침략을 기다리고 있는
듯했다. 그 군대가 우리 때문에 배치되었다고 페루 사람과 내가
어찌 상상이나 했겠는가. 내가 경찰에게 이런 소란을 일으킨 장
본인이 누구냐고 물었는데, 그가 바로 나 자신일 것이라고는 상
상도 못했다.

"세르반도 데 미에르를 찾고 있습니다"라며 경찰이 나에게
대답했고, 히혼 공작과 나는 더 이상 물어보지 못하고 유유히 걸
어갔다. 날개가 있다면 날아서라도 가고 싶은 심정이었다. 그리
고 우리가 모퉁이를 돌려고 할 때 우리에게 돌진하는 포박꾼과
집행관 부대와 마주쳤다. 뛰기 시작했으나 길의 반대편 끝에서
통로를 막으며 다른 집행관 부대가 다가왔다. 우리는 단숨에 포
위되었다. 히혼 공작은 크게 소리를 질러 추적자들을 잠시 놀라
게 하고는 그들 틈으로 사라졌다. 나는 그 바리새인 무리에게 포
위되어 공공 감옥으로 끌려갔다.

감옥 천장이 너무 낮아서 앉아서도 손을 뻗으면 천장이 닿을
정도였고, 빈대가 너무 많아서 감방에 들어갔을 때 짚방석이 보
이지 않고 그것을 뒤덮은 수북한 빈대만 볼 수 있었다. 창문도
없고, 어디서 오는지 모를 고막을 찌르는 듯한 큰 소리가 들렸는
데, 직업 도둑들처럼 그러한 존경할 만한 곳에 투숙하는 집시들

의 소리였다. 첫날 밤, 빈대를 따돌릴 수 있을 것이라 생각하며 맨바닥에 누워 잠을 자려고 했다. 그러나 빈대들이 냄새를 맡고, 내가 있는 곳까지 일렬종대로 내려와서 내 몸을 물어뜯기 시작했다. 나는 너무 가려워서 천장에 머리를 짓이기기도 했고, 독방의 한쪽 끝에서 다른 쪽 끝으로 몸을 질질 끌고 다니기도 하고, 벽에 손을 댈 때마다 빈대들을 짓눌러 죽여야 했다. 새벽에 방문하는 집행관조차도 그것들을 발로 밟아 죽이곤 했다. 그러나 어느 날 빈대들이 짓눌릴 때 너무 화가 났던지, 집행관에게 반항하며 그의 머리까지 올라가서 눈을 뽑아 버렸다. 화가 난 집행관이 소리를 지르고 나가면서, 내가 그의 눈을 뽑았다고 말했다. 그러나 감옥의 총책임자는 그것이 불가능하다고 했는데 얼굴 전체에 빈대 구멍이 있는 것을 보았기 때문이다. 그러자 집행관이 나에게는 아무 짓도 안 한 것을 볼 때, 내가 마법을 써서 빈대들에게 자기 눈을 뽑으라고 부추겼다고 했다. 그에 대한 벌로서 나를 더 좁은 감방으로 보냈고, 천장이 낮아서 앉아 있을 수도 없었다. 모로 누워서 긁지도 못하고 꼼짝 않고 있어야 했다. 그곳은 한 여자가 고문을 당하다 목숨까지 잃은 곳으로, 집시들이 배가 하도 고파서 다 잡아먹은 바람에 빈대는 보이지 않았다. 집시들은 좀 더 크지만 내 방과 유사한 지하 감옥에 머물면서 온종일 따분해하고 욕설을 해 댄다. 끊임없이 노래를 불러 댔고, 아침 인사를 하기 위해 다음과 같이 시작하는 노래를 질질 끌면서 불렀다.

"너에게 인사한다, 어여쁜 집시여……."

이 노래가 끝날 때쯤이면 이미 어두워지고, 다시 작별 인사의 노래를 부르기 시작해 동틀 녘쯤 되어서야 끝난다. 때때로 오후쯤에, 감방 문이 열리고 썩은 소고기로 만든 국이 담긴 그릇을 두고 가는데 굶어 죽지 않기 위해 그것을 먹었다. 그때 집시들 간에 와자지껄하는 소리가 들린다. 음식 때문에 싸우고 있는 것이다. 항상 한 사람이 가슴 아니면 다른 급소에 칼이 찔려야 싸움이 끝난다.

집시의 이들이 살금살금 나의 감방으로 기어 들어왔고, 시간이 지나면서 내 몸은 이로 가득해 마치 내 몸에서 이가 만들어지고 이 때문에 내가 녹아 버린다는 생각이 들 정도였다. 담요는 혼자 걸어 다녔고, 짚방석도 마찬가지였다. 나는 물이 담긴 작은 통을 달라고 해서 인정사정없이 이들을 담았는데, 얼마 가지 않아 물통이 이로 가득했고, 내 머리도 다시 이로 가득했다.

겨울이 왔다. 옷이 썩어서, 그 담요를 덮을 수밖에 없었다. 그때 모든 이들이 나를 완전히 감싸는 것을 느꼈고, 그들이 내 몸을 걸어 다니고 입술 위를 산책하고, 귀가 파열될 정도로 몰려 들어가는 것을 느꼈다. 그러고는 담요를 다 먹어 치웠다. 추위도 나를 먹기 시작했다. 감방이 아니라 살아 있는 무덤 같은 곳에 혼자 갇혀서 시간이 흐르는 것조차 느끼지 못했다. 옷이라고는 죽지 않기 위해 머리를 덮을 정도의 천 조각 하나밖에 없었는데, 어떻게 하면 살아남을 수 있을까 하고 궁리했다. 사람이 불행에 처해 있을 때, 불행이 혹독하면 할수록 그것에 맞서기 위해 더 강인해진다는 것을 깨달았고, 또한 우리에 대한 처사가 야비하면 할수록 그에 대항하려는 의지가 더 강력하고 완강하다는 사실에 놀라움을 금치 못했다. 나를 가장 힘들게 하는 것은 내 몸을 초토화시키는 이도 아니고, 집시들의 속어나 아우성 소리도 아니며, 뼈를 에는 추위도 아니고, 나를 압사시키기 위해 곧 붙어 버릴 것 같은 벽도 아니고, 거의 없는 것이나 마찬가지인 음식이나 간수들의 학대도 아니었다. 이들을 가장 최악의 짐승으로 간주하자 나에게 모욕을 주지 않았다. 나를 가장 슬프게 하는 것은 천 번이라도 읽을 좋은 책이 없다는 것이고, 내 속에서 끓어오르는 생각들을 여백에까지 적을 펜과 종이가 없다는 것이었다. 그것이 나의 고뇌였고, 이 고뇌가 다른 고통들을 일깨워 주었다. 나는 이들과 추위에 저항했고, 퇴폐적인 무리를 향해 조용히 하라고 소리쳤고, 간수들에게 욕을 하며 국그릇을 바닥에 던지곤 했다…… 그리고 여러 차례 죽고 싶은 생각이 들었다. 그러나 거기서 죽음을 맞고 싶지는 않았다. 그러고 있을 때 새로 부임한 집행관이 나를 찾아와서 말했다.

"진술하러 나오시오."

나는 그에게 대답했다:

"진술할 게 없는데요, 잘못한 일이 아무것도 없으니까요."

그가 말했다.

"어찌 됐든 나오시오. 그러는 것이 신상에 좋을 테니……."

나는 나를 고문하는 감옥에서 잠시라도 해방된다는 생각에 진술하러 가기로 했다. 그러나 밖으로 나서자 일어설 수가 있었다. 이들이 내 피를 다 빨아 먹어 기운이 하나도 없었다. 나는 어떻게 걷는지조차 기억나지 않았다. 가슴까지 내려온 턱수염과 해

골만 보여 줄 수 있었기에 사탄에게조차도 동정심을 불러일으켰을 것이다. 정말 그랬다. 집행관이 나에게 낡은 옷을 덮어 주었고, 보초 두 명이 내 팔을 부축해 나를 질질 끌고 재판관의 방까지 데려갔다.

재판관들은 매우 길고 높다란 탁자 주변에 앉아 있었다.

그들은 약 스무 명인가 마흔 명 정도 되었는데, 흰 수염을 하고 검은 법복을 입고 있어서, 내가 아니었더라면 그리고 나처럼 고통을 겪어 보지 못한 사람들에게는 무척 인상적이었을 것이다.

"피고인은 이름을 대시오." 판사들이 울려 퍼지는 목소리로 말했다.

"내 이름이 무엇인지는 당신들이 잘 알고 있잖소, 만약 레온 관리로부터 그것을 바꾸라는 명령을 받지 않았다면 말이오."

"진실만을 말하기로 맹세하시오." 우스꽝스러운 판사들이 말했다.

"당신들은 그렇게 맹세하셨소? 더 이상 시간 낭비하지 말고 본론으로 들어갑시다."

"당신이 계속 무례하게 굴면 더 나쁜 독방으로 보내겠소."

"나는 당신들에게 예의에 벗어난 행동을 할 수 없다고 생각하는데, 당신들은 예의가 뭔지도 모르는 사람들이기 때문이오. 그렇지 않다면 이런 광대 짓을 하고 있지도 않을 것이고, 나에게 자행하고 있는 범죄에 동참하지도 않을 것이오. 더 나쁜 감방에 보내려면, 그런 것을 만들라고 명령해야 할 것이오."

"당신은 사제입니까?"

"타의에 의해 그렇게 됐소. 내 부모님을 기쁘게 해 드리기 위해서였는데, 그들은 이 직무가 남자가 가질 수 있는 직업 중 가장 고상한 것이라고 생각했소. 그분들은 시골 사람들이어서, 세상이 뭔지 모르지요……"

"주기도문을 낭독해 보시오."

"그건 무식한 선교사들한테나 외워 보라고 하시오. 신학 박사인 나 같은 사람한테 말고 말이오."

"세르반도 테레사 데 미에르. 당신에게 폐하의 신성한 생명에 대해 음모를 꾀한 혐의로 기소한다. 도주를 일삼는 것과 당신의 가장 큰 열정이 아메리카를 독립시키는 것이라는 데 대해 기소한다 —— 그리고 여기서부터 판사들의 목소리가 양철 북처럼 울렸다 —— 이 감옥의 간수들에게 8음절 10행시를 지으며 그들을 당나귀로 묘사한 것에 대해 기소한다. 마술과 검은 의식을 통해 빈대들에게 전 집행관에게 치명적인 증오심을 불어넣어 그를 장님으로 만들거나 목숨을 잃게 한 것에 대해 기소한다. 또한 값이 4레알인데 6레알에 미사를 집전한 것에 대해서도 기소한다. 한쪽 다리가 진흙 범벅인 채 교회에 들어간 것에 대해서도 기소한다. 고도이와 신성한 폐하를 주인공으로 삼은 음흉한 풍자시를 지은 것에 대해 기소한다. 왕의 어머니를 증오한 것에 대해. 마드리드의 극심한 더위를 불평한 것에 대해. 추위를 불평한 것에 대해서도. 대주교 앞에서 한쪽 귀를 긁은 것에 대해. 두 부왕 브란시포르테와 레비야히헤도에 의해 기소된 것에 대해서도, 마리아 루이사 왕후를 유럽 왕실의 세 암말 중에 포함시킨 것에 대해. 라스 칼다스의 교단 회원들 벨트에 입을 맞추지 않은 것으로 보아 신앙심을 소유하지 않은 것에 대하여. 수도원에서 준수해야 할 신성한 규율을 거부한 것에 대하여. 수련 수사와 수사들 간의 신성한 관계를 비난한 것에 대하여. 레온 황태자에게 항복하지 않은 것에 대하여. 『문학 관보』를 너무 두꺼운 종이에 인쇄해 주민들이 아무런 용도로도 사용하지 못한다고 비난한 것에 대하여. 당신의 박사 학위를 찾지 못한 것에 대하여. 스페인 전역의 신성한 감옥에서 수감자들에게 푸대접했다고 불평한 것에 대하여…… 아, 또한 당신이 30년 전에 과달루페 성모의 출현을 의심하는 연설을 한 것에 대해서도 기소한다…… 이 모든 것이 폐하의 삶과 안녕에 지대한 영향을 끼치는 것이다. 그런 이유로 너를 왕정 공공 감옥에 감금한다. 너의 유죄를 선고하고, 사제직을 박탈하고, 종신형에 처해 세비아에 있는 로스 토리비오스 감옥에 보낸다." 재판관들이 그렇게 말했다.

그리고 내가 말했다.

"당신들이 나를 유죄라고 선고한 사실보다 더 명확하게 나의 무죄를 증명하는 것은 없습니다. 나는 여러분에게 과달루페 성모의 출현에 대한 내 이론을 설명하지 않을 겁니다. 설명해도 여러분이 이해하지 못할 것이 분명하기 때문입니다. 합리적인 의견으로 여러분을 설득하기 위해 시간을 허비하고 싶지 않습니다. 왜냐하면 당신들은 그러한 의견을 갖고 있는 사람들을 처벌

하라고 고용된 사람들이기 때문입니다. 내가 폐하의 생명에 대해 음모를 꾸미지 않았다고 말하는 것으로 충분합니다. 스페인 사람들에게 행운이라 할 그의 죽음을 원치 않아서가 아니라, 당신들과 왕정을 지지하는 기회주의자들이나 건달들이 계속 존재하는 한, 왕의 목숨에 대해 음모를 꾀해 봤자, 아무 의미가 없다고 판단하기 때문입니다. 나는 그런 것을 도모할 힘도 없고, 설사 있다 해도 좀 더 의미 있는 다른 일을 할 것이오. 이 감옥에 젊어서 들어와, 이제 늙고 거의 다 죽게 되어서야 나갑니다. 온갖 질병에 걸려서. 내 죄는 아메리카 사람이라는 것이고, 그 얘기를 꾸며 낸 사람들조차 믿지 않는 종교적 거짓말에 동조하지 않는다는 것이지요. 이제는 그런 속임수엔 별로 관심이 없고, 그런 것을 날조해 내는 사람들과 어떻게 투쟁하느냐에 더 관심이 있소. 그것이 당신들이 감금한 이상주의 수사와 — 여기서 그의 목소리는 격앙되고, 많은 이를 죽이려고 가슴을 세게 내리쳤다 — 유럽인들로 인해 겪는 모든 재앙으로부터 아메리카를 해방시키기만을 원하고, 그것은 완전한 독립을 통해서만 가능하다고 믿는 이 사람의 차이점이오."

결론적으로, 1월 말경 나를 세비야의 로스 토리비오스 감옥에 감금하라는 악당 레온의 명령이 하달되었다. 떠나기 5~6일 전에 종교 재판관이, 로마 교황의 소칙서를 받기 위해 의무실로 내려갈 수 있는 허락을 받아 냈다. 내려가기 위해 옷을 다 벗고 마드리드의 부사제가 만들어 준 옷을 입었다. 이들이 내 몸에서 사라졌고, 그 대신 내가 벗어 놓은 옷과 침대에 가득했다. "의무실에서 수염을 깎아 주자, 곰 같은 모습이 차차 사라지고 사람다워졌다. 건강이 몹시 안 좋았다. 그럼에도 어느 날 이른 새벽에 집행관과 함께 사륜마차에 올라타게 했다."* 포병 부대와 기마 부대가 감시를 했고, 얼마 가지 않아 태양이 너무 강렬해 고막이 터져 버릴 것만 같았다. "나는 아파서 죽는 줄 알았고, 나에게 처치해 준 유일한 약인 아욱 물이 미지근해지는 걸 참지 못하고 끓는 물에 내 머리를 집어넣어 오늘날까지 냄비에 담갔던 부분에는 머리가 나지 않는다. 아두하르에 도착했고 회복되었다."* 세비야의 로스 토리비오스 감옥까지 행진을 했다. "눈 속을 걸었는데 16일이 걸렸고"* 군인들의 상당수가 얼어 죽었다.

# 제24장
# 로스 토리비오스 감옥에 대해. 수사의 쇠사슬

일개 부대의 호송을 받으며 수사는 두 마리의 말이 끄는 사륜
마차를 타고 가고 있다. 태양은 돌을 부숴뜨릴 정도였고, 때때로
죽어 가는 군인들의 외마디 소리가 들렸다. 케케묵은 뼈로 국을
준비한 두 개의 카스티야 지역을 지나갔다. 그리고 눈 덮인 들
판을 지나갔고, 걸어갈 때마다 눈이 녹아 버렸다. 세비야를 지나
로스 토리비오스 감옥에 도착했다.

"종신형을 받은 죄수요." 집행관이 말했다.

수사는 감옥의 맨 꼭대기 감방으로 올라갔다. 거기서 그를 쇠
사슬로 묶기 시작했다. 목을 굵은 쇠사슬로 묶었다. '중심축을
이루는 쇠사슬.' 그러고는 허리를 두 번 감고 발을 다시 묶은 뒤,
다시 목의 같은 자리로 되돌아왔다. 이 사슬은 '돌 말뚝' 형태로
수사를 호위하는 강철로 된 두 개의 쇠 버팀대를 통과하고, 이
'버팀대'들은 땅에 박힌 쇠 받침대에 고정되어 있었다. 그래서
수사는 일어나지 못하고 누워 있어야 했다. 좀 더 가느다란 다른

사슬은 수사의 허리춤에서 중심축을 이루는 쇠사슬에 묶여 있었고, 여러 번 둘둘 감은 뒤 곧장 머리로 가서 왕관처럼 이마에 둘려 있었고, 그 쇠사슬이 발까지 내려가서 그곳을 강철로 둘둘 감았다. 그 때문에 수사는 머리를 조금도 돌릴 수가 없었다. 바로 이 쇠사슬이 이마를 두르고 있는 곳에 다른 쇠사슬을 꿰었는데 그것은 몸을 쭉 따라 내려가 무릎에서 둘둘 말았다. 무릎마다 여덟 번을 감고 목덜미로 가서 목을 감고는 신부의 허리 부분까지 다시 내려가 커다란 매듭을 지어서 신부는 무릎을 움직일 수도 없고 호흡도 짧아졌는데, 뱃가죽이 무쇠로 된 성벽으로 둘러싸여 있기 때문이다. 이 쇠 벽에 열 개의 굵기가 같은 쇠사슬(가늘지만 매우 강력한)이 연결되어 있다. 이 쇠사슬 망의 첫째 줄은 신부의 코로 가서 세 번을 휘감았는데 충분히 길어서 그렇게 묶을 수 있었고, 한쪽 귀로 가서 귀걸이처럼 열 번 정도 둘렀다 (더 많이 감았는데 간수들이 셀 줄 몰랐기 때문이다). 그리고 다른 쪽 귀로 가서 사람들의 말에 따르면 아홉 번 수를 놓고는, 거기서 다시 신부의 어금니 두 개에 수를 놓고, 이 사이사이를 지나가서 혀를 일곱 부분으로 나누어 압력을 가하고 목젖으로 가서 매듭을 지었다. 수사는 말을 할 수도, 코로 숨을 쉴 수도, 냄새를 맡을 수도 없었다. 두 번째 사슬은 수사의 엄지발가락으로 곧장 내려가 그것을 눌러 비틀고는 그 발의 나머지 발가락들을 묶기 시작했다. 포박이 끝나자, 쇠사슬은 그 성벽 위에 와서 한 바퀴 돌았고, 그 발은 완전히 금속에 둘려 살점이 하나도 보이지 않았다. 그 때문에 수사는 이 발의 어떤 발가락도 움직일 수 없었고 갑옷을 두른 발은 말할 나위도 없었다. 다른 쇠사슬은 다른 발로 내려가서 똑같은 작업을 했다. 그래서 수사는 두 발을 움직일 수 없게 되었다. 네 번째 사슬은 죄수의 다리까지 내려가 두 다리를 함께 여러 번 감아서 마치 금속으로 땋은 머리 같았고, 다리 혈관이 눌려 혈액 순환을 어렵게 했다. 그러나 쇠사슬들은 곧장 얼마 안 되는 머리카락으로 올라와 거의 보이지 않는 수많은 사슬로 갈라지고, 머리의 각 모낭(毛囊)을 누르고 있었다. 이렇게 해서 수감자는 머리카락까지 묶여 있었고, 그로 하여금 초자연적이고 끔찍한 형상을 갖게 해서 간수들까지도 그를 보고 놀랄 정도였다. 다른 쇠사슬은 이미 묶인 다른 네 개의 사슬이 지나간 곳을 따라가서 이미 포박된 곳을 다시 두르며 강하게 했다. 그래서 수사는 스스로 포박을 풀 최소한의 가능성도 보이지 않았다. 이제 여섯 번째 쇠사슬에 대해 얘기할 텐데, 그것은 매우 특별한 임무를 수행했다. 곧장 뻗어서 죄수의 이마를 지나 아래로 내려가 고환을 휘감았는데, 먼저 한쪽을 묶어 여러 번 둘둘 만 뒤 나중에 다른 쪽을 감기 시작했다. 이 사슬은 수사의 엉덩이 틈새를 지나 중심 사슬로 가서 마무리를 지어, 수형자는 대소변조차 해결할 수 없었다. 그러나 다행히도 식사량이 적어서 그의 불편을 덜어 주었다. 다른 사슬은 누르지는 않고 다시 고환을 감고 수사의 성기를 휘감았는데, 이 기관을 다 묶자 이 부분이 여러 개의 나선 또는 튀어나온 고리가 많은 번쩍이는 뱀 같았다. 그렇게 묶여 있는 바람에 그 부분이 계속 쏠려서 수사는 움직일 때마다 고통이 이루 다 말할 수 없었다. 여덟 번째 사슬은 직선으로 그곳까지 가서 그 기관을 묶고 넓적다리의 사슬 중의 하나에 연결해 어떤 경우에도 신부가 그 기관을 움직이려면 넓적다리를 움직여야 했고, 동시에 '버팀대'도 움직였다. 그리고 이것들은 바닥에 고정된 쇠로 된 철책을 움직여서 감옥 전체를 움직이게 했다. 다음 사슬은 수감자의 복부를 따라 지그재그로 묶고 배를 세밀하게 두른 뒤 넓적다리에서 마무리하고 이것들이 꿰뚫을 수 없는 조각이 되도록 연결했다. 거기서 다시 발가락까지 연결되고, 거기서 다섯 개의 얇은 사슬이 나와서 각 손의 다섯 손가락에 연결되었다. 그렇게 손과 발이 묶여 있어서 수사는 조금이라도 움직이거나 손짓을 할 수 없었다. 그리고 이 사슬은 부록 같은 게 있는데 수많은 가느다란 줄로 분리하여 다시 수형자의 눈으로 가서 속눈썹과 눈썹 하나하나를 묶고는 합쳐져서, 이미 사슬로 묶인 코의 털을 묶으면서 마무리했다. 수사는 눈도 깜빡거릴 수가 없었다. 열 번째 마지막 사슬은 묶이지 않고 자유롭게 있었다. 다른 사슬들과 같은 곳에서 나온 듯했으나 공중에 매달려 있었다. 그것의 기능은 죄수의 기관들이 대충 어디에 있는지 간수들에게 알려 주기 위한 것이었다. 음식을 주기 위해 입이 어디에 있는지……. 그럼에도 얼굴 전체가 금속 실 망으로 덮여 있어서 어디가 어딘지 구별하기가 힘들었다. 그래서 집행관은 수사에게 수프만 줄 것을 명령했고, 쇠사슬 위에 대충 얼굴이 있을 거라고 짐작되는 곳에 수프를 부어 주었다. 그래서 국이 뒤엉킨 망을 지나 입까지 도달하려 했지만 그런 일은 거의 일어나지 않았다. 수사는 콧구멍으로 음식을 섭취하는 방법을 터득하기 시작했다. 마지막으로 수사를 죽도록 증오한 간수가 있었는데, 수사가 감옥에 들어와 쇠사슬에 묶이기 전에 그에게 이런 말을 했기 때문이다. "토리비오스에는 황소들만 있을 거라 생각했는데, 당신은 암소로군요." 그 간수는 묶어 놓은 쇠사슬이 너무 가볍다고 고집을 부려 새로운 사슬 망을 이미 덮여 있는 망에 다시 씌워 온 방이 납과 무쇠로 된 커다란 공처럼 되었고 너무 두툼해서 거의 천장에 닿았다. 커다란 금속 덩이에 집행관의 명령으로 수사가 묻혀 있는 갑옷에 부착된 네 줄의 쇠사슬을 묶은 뒤 천장의 네 귀퉁이에 연결해서, 창도 문도 없는 어두컴컴한 감방에서 수사는 마치 끈적끈적하고 번쩍이는 기름에 덮여 누워 있는 거대한 거미 같았다. 그렇게 질식할 듯한 망 속에 있는 사람의 삶이 어떠했겠는가? 그러나 세르반도 수사는 차츰 감옥에 적응하기 시작했다. 비록 이곳이 그에겐 힘든 곳이었지만 죽고 싶을 정도는 아니었다. 사슬 망을 통해 공기를 흡입하는 법을 배웠고, 얼굴을 덮어 버린 금속 원통으로 던져지는 썩은 물을 흡수하는 법을 배웠다. 그래서 항상 월요일 오후에 던져 준 수프가 토요일 아침에야 그의 얼굴을 적셨다. 철로 만들어진 우리 안에서 관찰되는 기온의 변화와 쇠창살의 따뜻하고 차가운 감촉으로 날이 밝았다 지고 밤이 되었다 동이 트는 것을 감지했다. 그렇게 감금된 채 해를 거듭한다 해도 시각을 통해 쇠와 천장을 뚫고 하늘과 해 그리고 감옥 위를 날고 있는 콘도르들을 볼 수 있을 것이다. 뼈의 부피가 줄어들 정도로 몸이 말라서 묶여 있는 상태가 좀 더 견딜 만했고, 때때로 배를 움직이거나 숨을 쉴 수도 있었다. 좌

초한 거북이 같은 힘겨운 처지와 간수들의 감시에도 불구하고, 그리고 쇠막대기를 가득 싣고 온 배가 이미 해골 같은 육체 위에 쌓여 그를 철저히 감금할지라도 그 지옥 같은 세리머니에 실패하는 게 있었다. 무언가 감옥을 항상 불완전하게 하는 것이 있었고, 사슬 망에 대항하여 그것을 무력화시키고 보잘것없게 하는 것이 있었다. '가둘 수 없는 것……' 수사의 생각은 자유로웠다. 쇠사슬을 뛰어넘고 벽을 넘어서 아무런 구애도 받지 않고 밖으로 나가, 도주와 보복 그리고 자유를 꿈꾸는 것을 잠시도 멈추지 않는다. 생각은 쇠막대기 사이를 가볍게 뚫고 나와 간수들의 코 위를 날아서 과거로 돌아가 고향의 모래밭이나 흰색으로 칠한 듯한 바위 언덕까지 이르곤 한다. 다음엔 싱싱한 '노팔 선인장'과 복잡하게 얽힌 '떡갈나무 숲'을 지나 지치지 않는 평원의 도시까지 간다. 이제 벤치 밑에 들어가 빵이나 조잡한 가죽 샌들을 팔러 다니는 폰초를 걸친 장사꾼이 지나가는 것을 보았다. 모든 것이 소용없었다. 수사는 그 어느 때보다도 더 자신이 좋아하는 곳을 왔다 갔다 하고 더 많은 회상을 하고 자유롭게 과거의 시간 속으로 들어갔다가 나오곤 했다. 매일 그랬지만 더 괴로운 날에는 더 많은 회상을 했다. 이의 틈새로 들어와 혀를 묶고 그의 입술 가를 누르는 증오스러운 쇠사슬만 아니었더라면, 그 뼈대 속에서 환상의 새와 같은 온화하고 침착한 부드러움이 어리는 수사의 미소를 볼 수 있을 텐데……. 그사이 간수들은 그들 나름대로 억측을 하며 겁먹고 있었다. 어둠 속에서 그 큰 덩이를 보았다. 그것이 불꽃을 튀겼다. 두려웠다. 두려움은 새로운 두려움을 불러일으켰다. 그래서 쇠사슬 위에 더 많은 쇠사슬을 올려놓았고, 더 많은 사슬 위에 새로운 사슬 망을 설치했다. 그러나 간수들은 수사의 대담성을 계속 두려워했고, 자신들이 저지른 만행에 대해서도 겁을 먹고 있었다. 그래서 다른 사슬들을 보내 달라고 요청하여, 영국에서 두 척의 쌍돛대 범선이 도착했다. 그 화물은 벽을 뚫기 시작한 곰팡이가 낀 고철 위에 놓였다. 그 무게 때문에 감옥이 흔들릴 정도였다. 그러나 간수들은 계속 두려워했고, 두려워서 복도에 모이곤 했다. 자신들의 두려움에 대해 겁먹기 시작했다. 구석에 웅크려 수사의 감방을 향해 손짓하곤 한다. 밤마다 누군가 미치광이가 되었고, 수형자의 감방에서 고함소리와 쇠사슬 풀리는 소리가 들렸다고 했고 벽에선 삐걱거리는 소리(이것은 사실이었다)가 들렸다는 것이다. 또 다른 쌍돛대 범선이 쇠사슬을 가득 싣고 오다가 심한 태풍과 화물의 무게를 못 이겨 해협 바닥에 빠져 버렸다. 이것이 신부의 마법과 무서운 악마의 협약에 의한 것이라고 고소했는데, 바로 이 점이 간수들이 두려워하는 것이었다. 그러나 다른 배들은 육지에 도착했다. 수많은 '신자'들이 '저주받은' 꽁꽁 묶인 사람이 누워 있는 '신성한' 감옥으로 사슬을 끌고 갔다. 새로운 사슬들이 사슬들 위에 포개졌다. 그리고 급기야는 수사에게 식사를 중단하고, 쇠사슬만을 공급했다. 그 일은 더욱더 고조되었다. 밤낮으로 이미 저 멀리 있는 육체에 쇠사슬 던지는 소리만 들린다. 간수들은 계속 무서워한다. 급기야 이런 순간이 왔다. 삐걱거리는 소리를 듣고 겁먹은 감시병들이 서로 부둥켜안고 가장 낮은 곳에 있는 감옥에 숨었다. 그리고 다시 또 다른 삐걱거리는 소리를 듣고 계속 숨어 있었다. 곧이어 벽이 폭발하는 소리, 바닥과 감옥 전체의 폭발 소리를 들었다. 쇠사슬의 무게가 너무 많이 나가서 더 이상 지탱하지 못하고 감옥 전체가 밑으로 내려앉았다. 철창의 잔해들이 다른 잔해들을 통해 통로를 열었다. 꼬이고 느슨해진 족쇄들이 삐걱거리는 가운데 쇠사슬에 묶인 수사도 아래로 떨어졌다. 커다란 무쇠 덩이가 굴러 내려오며 모든 통로를 가루로 만들고 지옥과도 같은 감방들을 다 쓰러뜨리고, 아래층까지 떨어지면서 무서워 떨고 있는 간수들을 단번에 납작하게 눌러 버렸다. 귀뚜라미의 번쩍임을 느낀 집행관이 들판 아래쪽으로 뛰기 시작했다. 돌무더기가 그의 목까지 다다라 그의 길목을 막았고, 빠르게 회전하는 수사가 그 위를 지나갔다. 그렇게 해서 감옥은 부서진 돌무더기로 변했다. 그러나 세르반도 수사는 계속 쇠사슬에 묶여 있고, 감옥이 비탈길에 위치해 있어 쇠 덩이 속에서 계속 회전하며, 지나가는 마을들을 파괴하고 마을들을 땅에 묻어 버렸다. 이렇게 세비야를 지나 과달키비르강을 범람시켰고 등심초, 개구리, 새 그리고 늪지를 초토화시켰다. 계속해서 마드리드까지 가서 그곳을 쑥대밭으로 만들었다. 거기서 후퇴하여 엘 에스코리알을 지나면서 그곳을 돌무더기로 만들고 나무 한 그루 남겨 놓지 않았다. 두 개의 카스티야 지역을 파괴하고 다시 카디스로 내려가 항구를 바다에 가라앉혔다. 수사는 쇠사슬 안에서 회전하며 다녔는데, 이미 균열이 생기고 많이 느슨해져 있었다. 그런 상태로 단숨에 레온산맥을 지나고 흔들거리며 바다까지 갔다. 중심축을 이루는 쇠사슬에만 묶여 흔들거리며 바다에 도달했는데 그전에 벼랑에 부딪혀 그것마저 풀어지고 '버팀대'도 풀어졌다. 수사는 자유의 몸으로 파도에 떨어졌는데, 거품이 부글거리는 파도가 해안의 높고 깎아지른 냉정한 바위에 게들을 계속 밀쳐 내며 산산조각 냈다.

# 제25장
## 포르투갈로의 출발에 대하여


그리고 나는 물에 빠졌다. 모자 달린 코트와 가죽 망토가 물에 젖으며 나를 잠기게 하기에 재빨리 옷을 벗고 알몸이 된 채 마땅히 잡을 만한 것이 없어서 파도라도 잡으려고 노력했다. 목숨을 부지할 널빤지 조각 하나를 찾고 있는데, 사자의 포효 같은 것이 바다 위에서 들려왔다. 격노한 파도는 진홍빛을 띠었다. 잠시 동안 그때까지 내가 들어 보지 못한, 다른 지옥에서 도착한 것 같은 커다란 울림만 들렸다. 큰 소동 가운데 다시 물 위로 올라갔을 때, 역사상 초유의 해상 전투가 벌어지고 있었는데, 내가 표류하는 곳에서 얼마 떨어지지 않은 곳이었다. 일직선상으로 늘어선, 끝이 없어 보이는 함대들이었다. 영국 왕실의 함대와 스페인 그리고 프랑스 함대. 마지막 이 두 함대가 영국 함대를 향해 기관총을 쏘기 시작했다. 그러나 영국 전함이 총탄이 날아오는 곳을 향해 대포를 발사해 스페인 배가 완전히 파괴되었고, 항복의 표시로 재빠르게 기를 내리려고 먼저 국기를 게양했다(이렇듯 스페인 사람들은 전쟁에서 속임수에 능하고 비겁했다). 이제 프랑스와 영국 선원들 간의 전투가 이어졌는데 프랑스 배에서 불길이 높게 솟아오르고 무서운 폭음이 들리고 상어 밥이 되기 위해 사라졌다. 그 광경이 나에게는 악몽과도 같았다. 바닷속으로 잠기기 전에 선원이 외치는 소리를 듣지 않았으면 하고 바랐다. 넬슨 제독이 죽기 전에 큰 고양이 울음소리를 내는 것을 아예 듣지 않았다고 믿고 싶었다. 나는 그 소리를 듣고 즉시 패배자들의 총에 맞은 대제독일 것이라고 추측했는데, 영국 왕실 함대에서는 소리 지르는 것이 금지되어 있어 그런 명령을 한 장본인이 아니고서는 그렇게 소리 지를 사람이 없었기 때문이다. 그래서 모든 선원들이 조용히 죽어 갔고, 상어들이 도끼로 된 입을 들이밀면 "신이여, 왕을 구해 주소서"라는 말만 하고(그는 아무런 위험도 없다) 맹수들은 그들을 잡아먹는다. 그러나 나에게 중요한 것은 두 나라 군함의 폭발도 아니고, 수백 척의 배가 바다로 가라앉은 것도 아니고, 죽을 운명에 처한 선원들이 "신이여, 왕을 구해 주소서"라고 비는 간구도 아니었다. 나에게 무엇보다도 중요한 것은 방금 가라앉은 번쩍이는 배에서 떨어져 나온 통나무 하나를 붙잡을 수 있다는 것이었다. 그래서 다행히 손으로 밀며 깊은 곳의 짐승들이 포화 상태로 죽어 가는 불그스레한 그 바다를 빠져나오려고 노력했다. 주검으로 가득한 바다 위를 항해했는데 그 수가 너무 많아서 바닷물이 잘 보이지 않았지만 나는 헤쳐 나갔다. 날이 밝아 오자 포르투갈의 높은 해안이 눈에 들어왔다.

포르투갈

# 제26장
## 포르투갈에 대하여

이 도시에는 침묵만 흐른다. 고요와 굶주림. 방금 아우레아 거리를 산책했고, 아우구스타 거리를 걸어 다녔지만 말하는 사람을 보지 못했다. 사람들은 말없이 지나가고, 서로 아는 사이인데도 인사조차 하지 않는다. 가장 붐비는 상업 중심지인 델라레스 라스에서도 사람 소리를 듣지 못했다. 대단한 침묵이다. 시끌벅적한 마드리드와 리스본은 큰 차이가 있다. 그러나 둘 다 친절하지 않기는 마찬가지다. 마드리드에서는 사람들이 소리 지르는 것으로 사는데, 여기서는 빈곤이 소리조차 못 지르게 한다. 굶는 일이 허다해서 말하는 사람을 부자로 여긴다. 그래서 내가 도착하자마자 한 교구 신자에게 길을 물었을 때 대답하는 대신 나에게 손을 뻗었고, 즉시 누더기를 걸친 거지 떼가 내 뒤로 조용히 몰려들었다. 나는 잠시 이 모든 것이 환각 상태 때문이 아닌가 하고 생각했는데, 그도 그럴 것이 아주 작은 통나무에 매달려 비스카야를 횡단했기 때문이다.

재산 낭비라고 여겨 큰 소리로 동냥도 못하는 곳에서 살아남기 위해 무엇을 할 것인가, 무엇을 할 것인가……. 이런 생각을 하며 걷고 있을 때 트럼펫과 큰북이 울려 퍼지는 소리를 듣고 처음에는 내 귀를 의심했다. 타호강(江) 다리 위에서 대규모의 기병 중대가 신성을 모독하듯 북을 치며 시내로 들어오는 것을 보고서야 믿을 수 있었다. 갑자기 어린아이들을 깨웠다. 갑자기 전쟁이다. 목소리가 돌아온다. 여자들은 마지막 사치를 부리며 소리를 지르고, 남자들은 마지막 사치를 부리며 거리로 뛰쳐나가 침략을 저지하려 한다. 프랑스 군대가 포르투갈에 입성한다. 좀도둑 나폴레옹이 세계 정복 계획을 세웠고, 리스본 너는 세계 속에 낄 수 있다는 것만으로도 자부심을 느낄 것이다.

나는 살아남기 위해 다른 방도가 없었다. 나는(고백한다) 식량을 따라갔고, 빈약한 끼니를 따라갔다. 포르투갈군에 입대한 것이다. 우리는 사라고사까지 갔다. 왕실 주임 사제로 호전적인 프랑스군에 대항해 싸우면서. 우리와 마주치는 병사들을 인정사정없이 타도하면서……. 그러다 포로가 되어 끼니에 대한 강박 관념은 사라지고, 더 끈질긴 것으로 대체했다. 탈출.

그리고 탈출하여 영국으로 왔다. 여기서는 건물이나 사람들과 계속해서 부딪친다. 뿌연 런던을 감싸는 안개 때문인데 나는 결국 그것에 적응하지 못한다.

영국

# 제27장
## 수사의 새로운 우정과 아메리카로의 탈출에 대하여

기이한 여자 올랜도가 나를 왕실 연회장으로 데려가서 모든 귀족(오래전부터 내려오는 귀족들인데, 냄새로 식별할 수 있다)들을 알게 되었다.

저기 꼿꼿하게 머리를 세운 스컹크가 여왕이다.

"여왕이세요." 기이한 여자 올랜도가 나에게 말했다. 나는 그녀에게 경의를 표했다.

우리는 일렬종대로 서 있는 공작과 백작들 틈에 끼여 있었고 나는 그들에게 개별적으로 인사했다. 그리고 우리는 위대한 부인들 틈에 끼게 되었다.

"올랜도가 데려온 저 사람은 누굴까?" 부인들이 말했다.

"뜨거운 땅에서 온 사람." 서로 대답하고는 폭소를 터뜨렸다.

"오! 저 여자는 태양의 나라에 매력을 많이 느끼지. 정확히 말해서 이집트였나, 교환이 이루어지는 그 사막 말이야?"

"맞아, 소문에 의하면 거기는 낙타밖에 없다던데."

"어머나, 세상에……!"

기이한 여자 올랜도가 내 손을 잡아끌고 백여 개의 방을 지나갔다.

"궁전이 이렇게 클 거라고는 생각지도 못했소."

"대영 제국의 절반을 차지하지요. 전에는 이곳이 다 경작지였어요."

"나를 어디로 데려갑니까?"

"여자의 팔이 아니면 어디겠어요?"

기이한 여자 올랜도는 나를 인도하며 모든 방을 지나게 했다. 커다란 창문, 많은 방. 그리고 이제 여인 옆에 있다.

"물러가, 올랜도." 여인이 말했다. 올랜도는 커튼 사이로 사라진다.

"당신, 나를 모르세요?" 검은 옷으로 몸을 감싸고 얼굴만 빼꼼히 보이는 여인이 나에게 묻는다.

유명한 부인이라는 것은 의심할 바 없다. 앉아 있는 모습에서도 역력히 드러난다. 두 팔과 목이 다이아몬드로 둘러싸여 있어 계속해서 번쩍거렸고, 검은 커튼, 검은 의자 그리고 검은 옷을 입고 앉아 있는 모습이 영락없는 안개 속의 등대 같다.

"아니요." 내가 답했다.

"해밀턴 부인이에요."

"만나서 반갑습니다."

"당신이 내 남편이 전사한 전투를 목격했다는 얘길 들었어요. 그래서 당신을 부른 거예요. 나에게 자세히 얘기해 주세요.

그가 어떻게 죽었는지 말이에요. 그가 소리 질렀다는 게 사실인지. 그리고 내 이름을 불렀는지도. 그를 바다에 던졌는지. 상어들이 그를 먹어 버렸는지도. 아! 그를 먹어 버린 상어들이 어땠는지 말해 주세요…… 얘길 좀 해 주세요. 그러면 당신이 한마디 할 때마다 금화 1온스씩 드릴게요."

해밀턴 부인이 손뼉을 두 번 치자, 옷을 잘 차려입은 남성이 책 한 권과 펜을 들고 나타났다.

"이제 시작하시지요." 부인이 말했다.

"글쎄요, 부인……."

"둘이오." 그 남자가 말하고는 책에 그것을 기록했다.

"저는 어떻게 시작할지 모르겠군요."

"넷이오."

"오, 당신, 나에게 돈을 낭비하게 하시는군요. 본론으로 들어가세요."

"저는 거기 있었어요. 확실해요. 조금 멀리 떨어지긴 했지만."

"여덟이오."

"계속해요! 계속!"

수사는 매우 자세히 이야기하기 시작했다. 그렇게 오후 내내, 밤을 새우고 새벽녘까지 이어졌다. 해밀턴 부인은 황홀한 표정으로 듣고 있었는데, 이야기를 시작한 지 두세 시간쯤 지나 손뼉을 두 번 치자 잘생긴 청년 셋이 커튼 사이로 나타났다. 부인의 세련된 손이 그들을 동시에 어루만졌다. 수사는 환상의 날개를 펴고 속도를 더 내면서 계속 말했다.

"……배들은 파도 위에 줄지어 서 있는 독수리 같았죠. 그때 불을 내뿜기 시작했습니다. 하늘까지 닿는 붉은 화염이었죠."

"오, 계속, 계속해요!"

그리고 세 명의 젊은이는 섬세한 부인의 손에 의해 동시에 발가벗겨졌다.

"……세 척의 전투 함대가 서로 가까워졌죠. 넬슨 제독이 배의 뒷부분으로 나와서 팔을 번쩍 들었고 그때 총을 맞아 팔이 절단되고 전투 명령을 내렸죠."

"계속해요! 계속!"

"……제독은 이쪽저쪽 왔다 갔다 하셨죠. 제독이, 제독이, 제독이……."

"오, 그런 식으로 내 돈을 낭비하지 마세요!"

"만 삼천이백." 비서의 목소리.

"……그때 제독이 외치는 소리가 들렸죠." 수사의 목소리.

"가까이 와! 더 가까이!" 해밀턴 부인의 목소리.

"만 삼천이백팔."

"……번갯불에 부상당한 사자의 외침 같은 괴상한 소리였죠. 그리고 나는 천 개의 번갯불이라고 말했으니 천 개의 다른 단어로 기록해야 합니다. 번갯불은 제각각 다르니까요."

"만 사천이백사십. 천 개의 번갯불을 포함해서." 비서의 목소리.

"셋 다 동시에!" 해밀턴 부인의 목소리.

"오! 우후! 아이!" 세 청년의 목소리.

"계속해요! 계속!" 해밀턴 부인의 목소리.

이미 날이 밝았다.


기이한 여자 올랜도와 나는 대저택의 테라스에서 이야기를 나누고 있다. 이상한 여자 올랜도는 내가 안개 자욱한 이 머나먼 나라에서 굶어 죽지 않도록 도와준 사람이다. 이상한 여자 올랜도는 어느 날 내가 안개만 먹고 있을 때 나를 만나 자신의 궁전으로 데려갔다. 자기 침실로 데려가 나를 쉬게 하고는 사랑의 속삭임으로 나를 화나게 했다. 나는 계속 거부했는데, 이 것이 나에 대한 올랜도의 관심을 더 자극했다. 자신이 왕가에 속하고 왕의 후손이며 이미 3백 년 전에 태어났다고 말했다.

"보존을 잘하는군요."

"나는 남자로 태어났지만…… 그중에 단지 이름만 간직하고 있지요."

"그 사실을 알게 되어 기뻐요."

"스무 살이 되기 전에 난 이미 여자가 되었어요. 그건 영국 사회에서는 흔한 일이죠."

"내 삶은 결국 한 번도 적중하지 못한, 계속되는 추구의 연속이었죠."

"그래서 당신은 그렇게 오래 살았군요."

"그런데 당신은 누구세요? 말하지 마세요, 이미 알고 있으니까. 당신이 벽에 자주 부딪히는 걸 보면 가슴이 아파요. 이렇게 계속되는 안개에 적응한다는 것은 어렵지요. 하지만 기뻐하세요. 그것에 적응할 때쯤이면, 지루해질 테니까요."


"그런데 참, 당신은 큰돈을 벌었군요."

"부인이 섭섭잖게 해 주셨죠."

"그렇다면 내가 더 이상 필요 없겠네요."

"당신은 지나치게 현실적이군요."

"3백 년을 살았더니 그렇게 됐어요."

"물론 당신의 도움이 필요해요. 이 돈으로 원정대를 꾸려 멕시코를 공격하려고 합니다. 이런 일에 준비된 전문 인력들과 관계를 맺어야 해요. 당신이 나를 도와줄 수 있어요."

"나를 현실적이라고 평하는데, 당신은 어떠세요?"

"나는 그런 걸 생각할 겨를이 없었소. 내 삶은 한 감옥에서 다른 감옥으로 옮겨 다니는 것의 반복이었으니까요."

"그렇다면 생각할 시간을 충분히 가졌을 텐데요."

"대부분 탈출에 대한 생각만 했지요."

"나에게 매우 친절하세요, 세르반도. 내일 당장 당대의 모든 반란자들을 소개해 드릴게요. 불만스럽고 혁명적인 사람들을. 정말 나에게 매우 친절하시군요……. 아이, 라이언을 다시 방문하는 걸 잊지 마세요. 남편이 죽은 이후로 낙담이 크시죠. 남편의 죽음에 대한 이야기 말고는 그녀를 즐겁게 해 드릴 것이 없어요. 쾌락조차도 그 이야기를 들어야만 얻을 수 있다니까요. 이것이 신실하다는 증거가 아니고 무엇이겠어요. 누구라도 잘 모르는 일이나 이해하지 못하는 것을 가지고 비난해

선 안 되지요. 내일 만나요."


"화이트 신부입니다."

"만나서 반갑습니다."

"정작 반가운 사람은 바로 접니다, 세르반도 수사님! 당신이 누군지, 어디서 오셨는지, 당신이 주장하는 바가 무엇인지 이미 다 알고 있습니다. 나는 스페인 사람이었지만, 내 성까지 영어로 바꿨소. 전에는 내 이름이 호세 블랑코였소. 나는 작금의 진흙탕 같은 스페인에 대해 아무 관심도 없소! 나는 가톨릭교나 그들의 음흉한 의식에 대해서도 이제 더 이상 관심이 없소! 가톨릭 종교는 그리스도에 대한 범죄지요! 그리스도는 그들의 신성 모독을 상상할 수 없었어요. 어찌나 짐승 같은지! 얼마나 타락했는지……! 그러나 이제 그 모두를 쓸어버릴 수 있을 거요. 당신을 알게 되어 매우 기쁩니다! 당신은 내 신문『엘 에스파뇰』의 협조자가 되셔야 합니다. 그 신문에는 스페인에는 살지 않지만, 스페인의 가장 훌륭한 사람들이 글을 쓰고 있지요. 이리 오시오! 오시라고요! 당신에게 가장 격분한 반란자 한 명을 소개해 드리지요! 나보다 한술 더 뜬다고들 합니다! 하! 하! 하! 여기 믿을 만한 사람이 있습니다! 미나 씨. 미에르 수사님은 저기 아메리카 왕족의 후손이신데, 모든 성모들과 마찬가지로 스페인 사람들이 꾸며 낸 과달루페 성모에 대해 엉터리 같은 주장을 했다는 이유로 스페인으로 추방당하고 화형을 선고받았소. 미에르 수사님은 강인한 사람입니다, 하비에르 미나 씨! 그가 왕에게 덤벼

들려고 할 때 그를 붙잡았죠. 그러나 다시 뛰어들었죠. 자, 여기 계십니다!"

"돈 세르반도, 당신을 알게 된 것을 매우 영광스럽게 생각합니다. 당신에 대해서는 이미 들어 알고 있는데, 교황의 예배당에서 화약이 가득 담긴 촛불을 켜서 하마터면 성하께서 사라져 버릴 뻔했다죠. 하! 하! 당신은 역시 우리 같은 무리 중 한 사람이로군요. 좋아요, 이제 누구를 몰아내려고 하십니까? 왜냐하면 당신이 시간을 낭비하고 있다고 믿지는 않으니까요. 아, 지금 시대가 어떤지…… 생각해 봐요. 멕시코에서 이달고 신부가 네 명을 데리고 막 봉기를 시작했는데, 어느새 4만 명이 되었어요. 나는 그쪽으로 갑니다. 그게 내 목표예요. 나는 천 명이 넘는 사람들과 계약을 했고, 이제 남은 일은 그들에게 경고를 하는 거죠. 나에게 필요한 것은 돈입니다. 금화 2천 냥이 없어서 멕시코는 요즘 자유롭지 못하고, 부왕은 아름다운 머리를 보존하지요. 그러나 걱정하지 마세요. 금화를 구할 테니까. 그럴 만한 가치가 있다고 믿습니다……. 그러니 말해 보시오. 여왕에 대해 무슨 음모라도 꾀하고 계십니까? 아직도 전하의 목을 베는 것을 꿈꾸십니까? 얘기해 보세요! 얘길 좀! 나는 당신이 훌륭한 기획가라는 것을 잘 알고 있습니다."

"우리는 같은 계획을 갖고 있다고 믿습니다, 돈 미나 씨. 사실은 내가 런던에 있을 때 책을 한 권 썼습니다. 그 책의 제목을 '누에바 에스파냐에서의 혁명의 역사'라고 했죠. 그것으로 아메리카 전역을 침략할 생각입니다."

"종이요! 종이! 지금 필요한 건 돈이고 탄환입니다."

"네, 그러나 총알이 효력을 발생하려면 터를 잘 닦아 놓아야 합니다. 아메리카인들은 천성적으로 그런 것이 아니라, 계발할 기회를 갖지 못해서 매우 무지합니다. 여기서는 모두 『사회 계약』을 읽는데 거기서는 교리 문답만 알고 있어요. 먼저 토착민의 두뇌를 명석하게 한 다음에 스페인 사람들에게 발포하도록 해야 합니다."

"총을 쏘는 것은 내가 맡겠소!"

"나도요. 필요한 게 돈이라고 하셨죠?"

"그것만 있으면 우리는 이미 바다에 있지요."

"그렇다면 제가 그 돈을 구해서 우리 둘이 아메리카를 침략하러 갑시다."

"난 당신이 그렇게 발이 넓다고는 생각하질 않는데요."

"나는 달변가인데 그것이 항상 나를 도와주었죠. 기한을 정하시면 금화 2천 냥을 가져오겠소. 사람들을 준비하시오. 무엇보다도 확실한 것은 단지 말만으로는 전쟁을 이기지 못한다는 겁니다."

"다음 주면 준비를 마칠 수 있습니다."

"다음 주에 만납시다."


"……그때 위대한 제독이 펄쩍 뛰자 바닷물이 반짝거렸어요." 수사의 목소리.

"아이, 계속, 계속! 지금! 지금……!" 해밀턴 부인의 목소리.

"그러고는 말했습니다. '돌격, 우리는 영국군이다!' 그리고 영국이라는 단어를 2백만 번 반복했습니다.(반복했다고 간주하여 계산에 넣으시오.)"

"그건 사기예요!" 해밀턴 부인의 목소리.

"좋아요. 더 이상 따지지 맙시다." 수사의 목소리.


우리는 쌍돛대 범선을 타고 이빨까지 무장을 하고 아메리카를 향해 떠났다. 미나가 외치자 돛들이 올라갔다. 2천 명의 소집병과 함께 갔는데, 모두 대단한 사람들이었다. 퇴역한 보병이거나 휴가 중인 병사들. 미나는 항구를 출발하면서 사기를 북돋우려고 일장 연설을 토했다. 나는 한 여인의 매우 흰 두 손과 예의 바르게 나에게 작별을 고하는 얼굴을 보았다. 성공! 성공! 그녀가 말했다. 그러고는 안개 속으로 사라졌다. 특이한 여자인 올랜도였다.

# 제27장
## 수사의 새로운 우정과 아메리카로의 탈출에 대하여

드디어 영국에 도착해 아직도 나에게는 생소한 자유로운 공기를 한껏 들이켰다. 영국은 유럽의 모든 혁명가들 그리고 영국인들까지도 음모를 꾀하는 장소였다. 저 다리에 대해 평온하게 대화를 나누던 저 두 여인이 바로 여왕의 목을 베는 음모를 꾀하고 있을 수 있다. 눈덩이 두 개를 들고 다가가는 저 소년은 의회를 날려 버리려 가는 것이 분명하다.

이곳에서 살아가기 위해 아메리카의 망명자들을 만났고, 그들은 침략 계획을 세우는 것을 잠시도 멈추지 않았다. 그들을 통해 이달고 신부가 멕시코에서 봉기를 일으켰다는 사실을 알았다. 열다섯 명의 남성과 한 명의 여성으로 시작해 이미 1만 5천 명의 추종자가 있다는 소식을 들었다. 사실 이것이 나를 흥분시켰고, 나의 침략에 대한 생각을 더 일깨워 주었다. 이후에 이달고 신부가 스페인 사람들에게 총살당했다는 소식을 들었으나 그다지 중요하지 않았다.

매우 유명한 두 사람이 이 안개 자욱한 도시에서 내가 잘 지낼 수 있도록 도와주었는데, 도가 너무 지나쳐 견디기 힘들 정도였다. 첫 번째 보호자는, 내가 그녀를 처음 만났을 때 무두질하지 않은 곰 가죽을 입고 다니는 유별난 사람이었는데, 나중에 사포처럼 바다에 뛰어들었다는 소식을 들었다. 이름이 올랜도인데 매우 오래된 귀족의 후손이라고 했다(이것은 그녀가 사용하는 곰 가죽 냄새로 확인할 수 있다). 또한 3백 년 전에 남작으로 태어났다고 주장했다. 나는 그녀의 말을 인내심을 가지고 들어주었는데, 어쨌든 내 보호자였기 때문이다. 그런 황당한 이야기를 듣고, 모든 것이 그럴싸해 보이고 영국 옛날 귀족의 후손이라는 것도 그럴듯하다고 응수했다. 그러면 그녀는 미소를 짓고 거드름을 피우며 나에게 다가왔고, 그녀의 맨 처음 조상의 어떤 자취도 남아 있지 않으니(그것은 분명해 보였다) 걱정할 필요가 없다고 했다. 나는 아무것도 모르는 시늉을 했다. (나를 계속해서 괴롭히는 이러한 암시에 대해 나는 항상 이해를 못하는 사람인 척했다. 그 점에 있어서는 항상 바보이거나 아니면 청렴한 척했다.) 그럴 때면 그녀는 내게 등을 돌리고 홀 문에 기대 나에게 미소를 짓고, 화가 잔뜩 나서 자기 방으로 향한다. 거기에 갇혀서 '라 엔시나'*라고 제목을 붙인 노란색 사본에 글을 쓰기 시작했다. 우리가 처음 만났을 때 거기에 그녀의 제일 좋은 시가 2천 편 이상 실려 있다고 했다. 어느 날 오후에는 그녀가 무섭게 원고를 쓰고 있는 것을 보았는데, 저주를 하며 강렬한 언어들을 내뱉고 있었다. 나는 그녀의 말을 의심했고, 나에게 정말 진실을 말했을지 생각했다. 그녀가 나를 궁전으로 데려갔고, 거기서 두 번째 보호자를 만났는데, 그녀는 동정심을 불러일으켰고, 그럼으로써 혐오감도 느끼게 했다. 에마 라이언으로 레이디 해밀턴으로 더 잘 알려져 있다. 왕후가 베푼 파티에서 여왕이 친히 나를 그녀에게 소개시켜 주었다. 그녀는 계속 구애하는 바보 같은 백여 명의 구혼자들에 둘러싸여 있었다. 그녀는 존경심이 사라질 때까지 인사하며 경의를 표하는 일개 부대의 후작들을 건성으로 쳐다본다(절대 죽을 것 같지 않은 낡은 유물들). 여러 차례에 걸쳐 그들이 머리를 계속 수그리다가 부딪혀 죽기도 했다. 그러면 품위 있게 격식을 차린 하인 두 명이 시체를 정원으로 옮긴다. 그들은 계속 인사한다. 그 광경을 보면서, 저 양반들이 머리 부딪히거나 아니면 그와 유사한 대결을 벌이고 있는 게 아닌가 하는 생각이 들 정도였다. 하지만 그녀는 그러한 구애에는 관심도 없어 보였다. 남편이 죽은 이래로 정신이 좀 나간 사람 같았다. 그러나 궁정의 모든 파티나 야회에는 빠지지 않았는데, 그것은 여왕의 심기를 건드리지 않기 위해서라고들 했다. 그때 여왕이 맥베스의 마녀 중 하나와 들어왔는데 그녀와 친밀하게 얘기를 나누고 있었다. 그래서 나는 큰 홀에서 그 비극을 정말 공연할 것이냐고 물었다. 하지만 나의 질문에 격분한 공작과 후작들은 여왕을 향해 머리를 숙이고 있었다. 여왕은 이미 내려와서 호기심 있게 나를 바라보았다. 머리들이 부딪치고 시체들이 바닥에 떨어졌다. 여왕은 굼뜨고 바보 같은 걸음걸이로 그들 위를 미끄러져 갔다.

"많은 의례들이 혼을 다 빼 놓는군 — 여왕이 말했다 — 무엇 때문에 아직도 쓸모가 많아 보이는 이 기사들이 모두 죽어야 하는 거지?"

느닷없이 머리를 숙일 생각이 나지 않아 꼿꼿이 서 있는 나에게 다가왔다.

"그런데 당신은 누구요?" 여왕이 물었다.

"저는 세르반도 테레사 데 미에르입니다."

"하는 일이 뭐요?" 방금 잠이 깬 쥐의 눈을 껌뻑이며 나에게 물었다.

"수사입니다……."

"당신은 궁정 연회에 새로운 기여를 하는군. 친애하는 에마가 수사와 친분을 가져 본 적이 있는지 모르겠군. 그러니 이리 오시오. 어디 한번 그녀를 구원하고, 또한 당신을 구원할 방법이 있는지 봅시다." 매우 경쾌하게 말하고는 내 팔을 잡아 포위된 부인이 있는 곳까지 데려갔다.

그렇게 되었다……. 나머지 이야기는 이미 알고 있는 것이다. 위대한 넬슨 제독의 미망인이라고 말하자마자, 내가 있던 곳으로부터 2미터가량 떨어진 거리에서 그가 죽는 것을 보았다고 대답했다. 시대에 조금 뒤떨어졌으나 용감한 사람 같았다고 말했다. 죽기 전의 그의 외침이 내 피를 얼어붙게 했다는 것도……. 계속해요! 계속! 그녀가 말했다. 그리고 나는 밤새 얘기했고 동이 터 오자 호화로운 차를 타고 그녀의 대저택으로 갔다. 거기서 그녀와 한 단어마다 금화 한 닢을 지불한다는 계약을 맺은 뒤 더 열심히 이야기를 계속했다. 목소리는 안 나오지만 그다음 주에 돈을 가득 실은 마차를 타고 내 첫 번째 보호자의 저택으로 돌아왔다. 그녀는 격분해서 발코니를 거닐다가 다시 펜을 쥐고 광대한 『엔시나』를 쓰는 데 몰두했다.

그런 연회장에 드나들면서 호세 마리아 블랑코를 알게 되었는데, 그때 그는 여왕의 등에 30센티가량의 핀을 꽂으려 했다가 성공을 거두지 못했다. 저명한 여왕은 그런 경우에 대비해 치장을 한 터라 핀이 뚫고 들어갈 수가 없었다. 여러 번 시도한 뒤에 포기하고 그를 주시하고 있는 나를 바라보았다. 나에게 다가와서 단숨에 바보 같은 소리와 다른 얘기들을 했는데 가톨릭교회와 무신론자들이지만 모든 왕들에 대한 그의 강한 증오처럼 분별 있는 얘기들도 있었다. 조국에 대해 너무 환멸을 느껴, 블랑코에서 화이트로 성을 바꾸었고, 가톨릭에서 신교도로 개종했다. 그는 『엘 에스파뇰』이라는 신문을 발행하고 있었는데, 그 신문에는 각 난마다 카를로스 4세에게 모국을 상기시켰고, 스페인이란 단어를 대문자로 쓰는 것을 금지하고 있었다(인쇄상의 결함이라는 것을 나중에 알았지만, 블랑코 화이트는 그것을 애국적으로 활용할 줄 알았다). 신문을 편집하면서 하비에르 미나를 알게 되었는데, 화이트 신부보다는 정신이 온전한 사람 같아 보였다. 그는 나에게 아메리카로 가기 위해 대규모 원정대를 준비해 놓았다고 했고 거기에 도착하면 스페인 사람들이나 아니면 단순히 유럽 사람일지라도 모두 파괴해 버리겠다고 했다. 이 생각은 나에게 괜찮아 보였다. 그는 나에게 자원자 명단에 들어가라고 했다. 나는 그의 제의를 수락했고, 내가 수락도 하기 전에 이미 내가 그 명단에 포함되어 있다고 했다. 그리고 계획이 지체되는 유일한 장애물은 돈이 부족해서라고 했는데, 영국 사람들이 자신들의 관할 지역 내에서 배가 통과하는 파도마다 세금을 받기 때문이었다.

"돈이 문제라면 내가 구해 보겠소." 내가 말했다.

다음 날 해밀턴의 집으로 가서 제독의 죽음에 대해 즉흥적으로 일장 연설을 하고 금이 가득 실린 두 대의 마차를 끌고 그 집을 나섰다.

"당신은 광산 하나를 구해 왔군요." 미나가 나를 얼싸안으며 말했다.

"내가 말이 많은 덕분이지요." 그렇게 말하고는 더 세세한 얘기는 안 했는데, 내 이야기에 대해 관대하게 대가를 지불한 부인의 비밀을 지켜 주어야 했기 때문이다.

배는 영국을 출발했다. 나는 매우 흡족하고 열의에 가득 차서 배의 뒷부분으로 가 안개와 부패한 유럽에 작별을 고했다. 그러나 두 여인이 나를 보호하고 있으며, 계속 나를 도와주려 한다는 사실을 잊고 있었다. 우리가 항구를 완전히 통과하기 전에 올랜도는 배를 타고 다가와 제발 자기에게 돌아오라고 애원했다. 내가 서둘러 떠나는 이유와 곧 돌아올 것에 대해 설명하고 있을 때 다른 배가 항구의 다른 쪽에서 나타났다. 레이디 해밀턴으로 자기 남편의 기억을 자랑하면서, 바다의 한 측면으로부터 나에게 소리치며, 내가 그녀의 유일한 위안이므로 궁정에서 떠나지 못

하게 할 것이라고 했다. 어찌해야 할지 몰라 뱃전을 통해 나의
지칠 줄 모르는 올랜도에게 달려가자, '청취자' 해밀턴은 그녀의
선원들에게 나를 향해 돌진하라는 신호를 보냈다. 그러한 공격
에서 살아남기 위해 어떻게 할 것인가? 바다로 뛰어드는 것 말
고는 생각나는 것이 없었다. 그리고 나는 뛰어들었다. 변덕스러
운 두 여자에게 봉사하느니 물고기 밥이 되는 게 나을 것 같았
다. 이제 모두에게 작별 인사를 하고 물속에서 바닷속 짐승들에
게 몸을 맡기자, 검은 옷을 입고 내려오는 나를 본 그들이 놀라
도망가다 바닥에 부딪혀 죽어 버렸다. 그러고 있을 때 누군가
물에 빠지는 것을 느꼈는데, 나에게 다가오는 올랜도의 머리와
얼굴이 보였다. 하지만 나의 놀라움은 그녀의 벗은 몸을 보았
을 때 극도에 달했다. 형태로 볼 때 다른 여자의 몸과 별 차이가
없었지만, 성기에 관한 한 확연하게 차이가 났다. 그녀가 웃으
며 자신의 거대한 결정적 분류표를 나에게 조준하면서 다가오
고 있을 때 그것이 줄곧 커지며 좌우로, 위아래도 흔들거렸다.
내 고뇌는 끔찍했다. 그녀가 웃으며 내 손을 끌어당겼지만 그녀
를 밀쳐 냈다. 그리고 최대한 빨리 수영하기 시작했다(항상 대
양 바닥으로). 올랜도는 가까이서 나를 계속 겨냥하고 있었다.
마침내 내가 머리를 들고 올라왔을 때, 아메리카 해안 앞에 당도
해 있었다.

　나의 모든 항해 중에 가장 괴로운 것이었고, 경악과 두려움이
가득한 항해였다.

미국

# 제28장
## 새로운 우여곡절들. 첫 번째 원정

　우리가 미국에 도착했을 때는 이미 자정이었다. 세관 직원들의 눈에 안 띄게 닻을 내리려고 했다. 왜냐하면 거기서는 정부를 유지하기 위해 필요하다면서, 세금을 철저하게 걷는다는 사실을 익히 알고 있기 때문이었다. 그러나 우리는 목적을 달성하지 못했고, 세관원들은 발화성 막대기로 만든 등불을 우리에게 비추면서 세금 목록을 읽어 주기 시작했다. 하비에르 미나, 나 그리고 모든 이들이 배를 포기하고 걸어서 나왔다. 이렇게 우리는 아메리카 땅에 들어가고 있었다. 배는 그들의 바다에 접근함으로써 지게 된 빚의 일부를 지불할 명목으로 남아 있었고, 부두 접근에 대한 나머지 세금은 남부의 목화밭에서 노역함으로써 갚아 나가야 했다. 우리가 딴생각을 하거나 방향을 바꾸지 못하도록 양키 군사의 일개 부대가 발가락까지 무장하고(거기에 날이 두 개인 영국제 면도칼을 붙여 놨는데, 발가락이 갈가리 찢어졌다) 우리를 따라왔다. 우리는 기다란 쇠창살로 둘러싸인 대평원에 도착해 기차를 기다렸다.

기차는 전 속력으로 달리며 하늘을 오염시키는 불그레한 연기를 내뿜고 있다. 서른 칸의 객차 중 스물아홉 칸은 흑인들이 타고 있었는데, 멍석에 쌓아 놓은 자루처럼 포개져 있다. 단 한 칸만 백인 승객들의 운송 수단으로 사용된다. 그 객차에 우리가 타고 있고, 이미 남부의 붉은 땅에 진입하고 있다. 나는 한 번도 서지 않고 계속 야옹야옹 울며 꿈틀대는 끔찍한 기차에서 탈출할 방법만을 생각하고 있다. 거기서 우리는 계속 다른 사람들 위에 쓰러지면서 머리가 깨지고 있다. 침착하게 담뱃불을 붙이려던 한 신사는 지옥 같은 차량이 흔들리는 바람에 담배가 그의 배를 관통해 죽어 버린다. 그와 동시에 꾸벅꾸벅 졸던 교만한 부인들은 대수롭지 않게 바라보는 몇몇 사람들이 지켜보는 가운데 창문으로 튕겨 나가 사라져 버린다. 어떤 부인들은 창문을 통해 나갔다가 공기의 압력에 밀려 다른 창문으로 다시 들어와서 대개는 다시 자기 자리에 떨어지거나 아니면 냉담한 신사의 무릎에 떨어지는데, 그때 신사는 그 부인을 한쪽으로 밀어붙이고 계속 신문을 읽는다. 그러한 행동은 이 노선을 통해 여행한 경험이 있다거나 그런 사건에 대해 이미 잘 알고 있다는 것을 보여 준다. 그런 광경을 처음 보는 나로서는 계속 놀라 두 손으로 앞 의자를 꽉 붙들고 이러한 기상 현상에서 목숨을 부지할 방법만을 생각하고 있었다. 이렇게 우리는 계속 가고 있고, 흑인들의 객차에서 큰 아우성 소리가 들린다.

"연료 — 기관사가 외친다 — 연료가 없으면 도착할 수 없습니다." 그리고 스물아홉 칸의 객차 한 칸이 텅텅 빈다.

"그들이 석탄과 가장 비슷하기 때문이죠." 당황하는 내 모습을 본 부인이 아부하듯 나에게 말하면서, 그 지역에는 그 연료가 없는데 금만 생산된다고 덧붙인다.

"그래서 흑인들을 사용하죠, 그들은 풍부하니까요. 이미 말씀드렸듯이 석탄과 가장 많이 닮았기 때문이죠……."

그리고 두 번째 객차가 텅 빈다. 그래서 스물일곱 칸의 연료 차량만 남게 되었다. 겁에 질려 창문을 바라보자, 눈에 보이는 유일한 것은 굴뚝에서 나오는 검은 연기의 거대한 흔적뿐이고, 그것은 다시 색을 칠하며 하늘을 점령해 버린다. 우리는 드디어 남부에 다다르고 연료 객차 중 한 칸만 온전히 도착한다. 미나는 잔뜩 겁에 질려 있다.

"그러니까 여기가 자유의 나라군요." 굵은 쇠사슬을 그의 목에 묶는 동안 나에게 말한다.

"나도 잘 모르겠소…… 여기는 돈이 없으면 공기도 구할 수 없지요." 내가 대답한다.

또 다른 굵은 사슬이 내 목덜미를 휘감고는 우리 두 사람을 같이 묶는다. 그런 상태로 채찍 소리를 들으며 목화 농장에 이르렀다. 우리는 이 거대한 집단에서 일하고 있다. 새벽부터 황혼 녘까지 목화를 딴다(미국 사람들은 생산량을 늘리기 위해 거울이나 공중 발포를 이용해 해 지는 것을 지연시킨다). 나는 완전히 지쳤다.

그러나 너는 무엇 때문에 그 옛날 재난에 대한 얘기를 하려고 하지. 오, 수사, 아, 수사. 그 고난이라는 것이 하나도 새로운 게 없지, 아직도 계속 반복되니까. 에, 수사, 새로운 세대를 위해 무언가를 남겨 두고 너의 행보를 계속해. 영차, 수사. 자, 어서! 수사. 철썩! 수사. 이제 그 지옥 같은 곳에서 어떻게 탈출했는지 얘기 좀 하구려. 어떻게 해서 12만 달러를 구해 드디어, 까! 수사, 멕시코 땅에 들어갔는지 말요. 닻을 내리지, 수사! 에아! 수사. 만세! 수사. 야우! 수사. 에우! 수사.

수사, 어느 날 오후, 꽤 느지막한 오후에 자그마한 노인이 불룩한 짐 꾸러미를 들고 야영지에 도착해서 세상이 떠나갈 것 같은 소리를 지른 얘기 좀 하시지. 너는 잠에서 깨어 소리가 들리는 곳으로 갔지. 어디가 아파서 그러는지 보려고 그의 굽은 허리에 손을 얹었었지.

"내 고통은 단 한 가지요 — 노인이 말했다 — 그러나 그 어느 것보다 큰 것이라오. 나는 거구의 여자와 10년을 살았는데, 나는 정말 싫지만 자기가 원하는 것을 하라고 강요했소. 당신은 상상하실 수 있지요……. 이제 막 죽은 그 사나운 여자가 나에게 형벌로 전 재산을 물려주었소, 아, 내가 이 금을 가지고 어찌해야 할지 말 좀 해 보시구려. 아아, 말 좀 해 봐요. 나는 그 여자가 죽어서 드디어 자유를 얻었다고 생각했는데, 그 빌어먹을 여자가 백만장자가 되는 벌을 내려 줬지 뭐요. 아아, 이보다 더한 형벌이 어디 있겠소."

그러자 너는 오, 수사, 그를 향해 성호를 긋고 그를 무거운 형벌에서 자유롭게 해 주려고 노력했지.

"이리 오시오 — 그에게 말하고는 그의 불룩한 자루들을 집어 들었지 — 이리 와서 여기서 주무시오. 내일 아침에는 어떻게 하면 당신이 완전한 자유를 느끼게 될지 알게 될 거요."

"정말이오……?" 노인이 흐느끼면서 물었다.

그리고 너는, 오 위대한 수사, 너의 침대에 그를 눕히고, 자장…… 자장 하며 재웠지. 노인이 너에게 말했지.

"나는 잠을 잘 수가 없소. 이 세상에 잠을 잘 자는 백만장자가 어디 있겠소."

"걱정 말고 주무시오, 내가 당신의 재산을 지켜 줄 테니." 네가 말했다. 오, 수사.

"안 되오. 백만장자들에게는 그런 특권이 주어지지 않았소. 절대 아니오. 내 눈이 말라 버릴 때까지 내가 지켜야 하오. 아아, 그 빌어먹을 여자가 계획을 잘도 짰지. 살아생전에는 나한테 금 1온스도 안 주더니, 이제 와서 나에게 더할 나위 없는 형벌을 가하다니."

"주무시오!" 네가 근엄하게 소리쳤지.

"절대 안 되오! 내 재산을 지켜야 하오."

그때 너는, 오, 수사, 잘 짜인 새로운 계획을 구상했지. 노인이 끼어들지 못하도록 말하기 시작했지.

"나의 친애하는 친구여, 이미 그 재산이 당신을 많이 괴롭혔으니 나에게 일부만 주신다면, 당신을 자유롭게 할 방법을 찾아보겠소."

"안 되오 —— 노인이 말했다 —— 그 많은 자유로 우리가 무엇을 얻었는지 보시오." 그러고는 야자나무 한 그루에 교수형을 당한 많은 흑인들을 가리켰다.

그러나 너는, 오, 수사, 말하는 것을 잠시도 멈추지 않았지. 노인이 끼어드는 것도 개의치 않고. "'자유란, 친애하는 친구, 하늘이 인간에게 부여한 가장 귀중한 선물 중 하나다.' 너는 계속 『돈키호테』를 암송했지. '자유를 가지고는 땅이나 바다에 매장되어 있는 보물과 비교할 수 없다. 그러나 명예와 마찬가지로 자유 덕분에 모험을 할 수 있고 또 해야만 한다. 그와 반대로 포로 상태란 인간이 경험할 수 있는 최악의 악이라 할 수 있다……' 당신은 이미 포로요. 당신을 방해할 뿐인 그 재산의 포로 말이오. 저 금 두 자루를 내게 준다면 당신은 훨씬 더 자유롭고 짐이 가벼워질 텐데……"

그러나 노인이 수긍하는 것 같지 않아서, 너는, 오, 수사, 『돈키호테』를 인용할 때 노인이 하품하는 낌새를 보인다는 것을 감지하고는, 너의 위대한 기억력 덕분에 느리고 차분하고, 불면증을 치료하는 듯한 목소리로 그 책을 계속 낭송해 주었지.

"학자의 이름이 삼손이지만 체격은 별로 크지 않았다." 이미 동이 텄고 노인은 졸음을 참느라 안간힘을 썼다. "주인님, 수량이 풍부한 강이 동일한 영지의 경계선을 구분했지요." …… 그리고 마침내 긴 하품 소리. 그렇게 해서 너는, 지적인 성실함을 통해 이 지점까지 도달했는데 지친 사람이 코를 골기 시작했기 때문이지.

조심해, 조심, 겁쟁이들!

하나도 건드리지 마시오.

선한 왕이여, 이 일은

저를 위한 것이기 때문이지요.<sup>*</sup>

그리고 노인은 더 이상 듣지 않았고 더 들을 수도 없었다. 자비심을 애원하듯 그의 목에서 코 고는 소리가 길게 흘러나왔다. 노인이 헛간에 도착한 지 세 번째 맞는 새벽이었다. 그래서 너는, 오, 수사, 그가 영원한 잠에 빠질까 봐 겁나서 네가 암송한 한 단락 전체를 건너뛰고 "좋아"*라고 했지. 그리고 너는 갑자기 자루 두 개를 집어 들었지. 돈을 더듬으며 얼마나 될지 계산했지. 미나를 발로 걷어차 깨우고는 목화밭을 달리기 시작했지. 발걸음을 옮길 때마다 보초가 나타나, 오, 수사, 매번 자루에 손을 집어넣어 금화를 건넸지. 그리고 걸음을 뗄 때마다 보초들이 사라졌지. 보초들이 하도 많이 나타나서 한 자루는 반쯤 빈 채로, 오, 수사, 그런데 강가에 도착했지. 뒤에서는 몸집이 작은 미나가 오고 있었지. 그리고 그는 금을 세었지.

"이건 12만 달러에 해당하는 양이지 ─ 네가 말했지, 오, 수사 ─ 이제 너는 대원정대를 준비할 수 있게 되었어."

원정대가 출발했다. 오, 수사, 너는 볼티모어의 주교라고 너 자신이 임명했기에 주교의 자줏빛 옷을 입고 배의 뒷부분에서 가고 있다. 너는, 오, 주교, 뱃머리로 가서 무기를 부여잡고 항상 뜨고 있는 그들의 눈을 정조준하면서 날치 한 무리를 몰살시켰다. 선원들 사이를 맹렬한 화염처럼 거닐며 기도하고 계속해서 거세지는 바람을 저주하고 있었지. 만(灣)의 중간쯤 왔을 때 거대한 파도가, 오 주교여, 갑판을 휩쓸면서 너를 덮쳐 자줏빛 물이 네 몸을 타고 흘러내렸지. 그때 파도가 대포들을 덮치자 구름을 향해 대포를 쏘아 대기 시작한다. 한바탕 싸운 선원들이 아바나의 왕자(문인과 기자 자격으로 가던)를 뱃전으로 던진다. 폭풍우 속에서도 멀리 떨어져 바다를 위한 소네트를 짓고 있었기 때문이다. 주교인 너는 창백한 얼굴로 갑판을 왔다 갔다 했고, 이미 대형 말뚝이 흔들거리다 바닥으로 쓰러진다. 너는, 오, 위대한 주교, 미나가 있는 곳까지 뛰어가서 돌아오라고 명령한다. 그러나 미나는 파도에 흔들리다 반사하는 거품 위에 떨어진다. 선원들은 욕을 퍼붓고 기도를 한다. 너는, 오, 볼티모어의 주교, 급기야 비틀거리는 배의 키를 잡고, 머리를 부딪히며 항해의 비밀을 발견해 간다. 침몰을 예방하려고 너의 자줏빛 사제복을 바다로 던진다. 주교가 빠졌다! 선원들이 네 옷이 파도 위에 둥둥 떠다니는 것을 보고 외친다. 그러나 "수사는 남아 있다!"라고 너는 그들에게 발가벗은 채 대답하며 상황을 장악하려고 애쓴다. 그리고 다시 키를 잡는다. 소란을 피우는 바람은 군함 바로 밑에서 그 중심을 발견한다. 오, 수사, 배는 바다 위로 올라가 구름까지 닿는다. 그리고 다시 부글거리는 대양으로 떨어진다. 물고기들은 파티를 준비한다. 말을 타고 파도 위를 달려오는 죽음은 낫을 들고 크게 회전하며 춤추기 시작한다. 그러나 너는, 오, 수사, '지칠 줄 모르는 일꾼'이 춤추는 곳까지 헤엄쳐 가서 그의 구부러진 도구를 빼앗아 두 동강을 내고는 그 얼굴에 던진다. 죽음은 놀라서 송아지 울음소리를 내며 멀어진다. 오, 수사, 너는 물속으로 뛰어들어 돌고래 꼬리에 휘감긴 너의 낡은 자줏빛 옷을 집어 들고 거품이 이는 파도를 뚫고 다시 나왔다. 그리고 육지를 밟았다······.

　허세 좀 그만 부리고 일이 일어난 그대로 얘기하시오. 우리가 바다로 나가자마자 배는 침몰했고, 물고기는 우리 병사들의 상당수를 먹어 치웠다. 나머지는, 그들 중 나도 포함되는데, 뉴올리언스 해안에 도착했으나 굶주리고, 다시 포로가 될지 모른다는 두려움에 떨고 있었다. 그래서 물고기에 매달려가던 미나는 갤버스턴으로 가서 도움을 청하기로 했다. 나는 뉴올리언스에 남아 사방팔방으로 돈을 구하면서 선원들을 모집하고 있었는데, 내가 구한 금이 바다 밑바닥에서 잠자고 있기 때문이었다. 익사하지 않은 선원 중 상당수가 일사병에 걸려 죽었고, 나머지는 정글로 도주했는데, 소문에 의하면 거기서 인디언들에게 잡혀 불에 구워졌다고 한다. 이 소문은 의심스러운데, 그러한 항해를 하고 나서 바짝 말라 버린 선원들이 게걸스럽게 먹어 대는 사람들의 식욕을 가라앉히지는 못했을 것이기 때문이다. 미나는 돌아오지 않고 나는 멕시코 침략에 대해 초조한 마음이 들어, 그를 찾아 나섰다. 저 멀리 갤버스턴에서 독립을 쟁취하기 위해 추호의 노력도 기울이지 않는 그를 발견했다. 그래서 그를 부추기며 진실된 이야기들을 많이 해 주었다. 그는 그 순간부터 원정대를 조직하겠다고 약속했다. 나는 나대로 불가능한 것을 성사시키려고 노력했다. 성서의 가장 아름다운 구절과『사회 계약』그리고『인간의 권리』를 수차례 암송해 준 뒤 문학 애호가이긴 하나 형편없는 문필가인 별난 스미스라는 사람을 설득할 수 있었다. 즉 실패한 시인에게 남부의 경작자들과 교역하는 흑인 노예들의 수확량 일부를 넘겨 달라고 했다. 양보를 많이 하면서, 그가 제시한 액수를 수락했고, 그 대가로 작시법과 작문 강의를 몇 번 더 해 주었다. 그는 헤어질 때 자기를 떠나지 말라고 하며 가능하다면 자기도 원정대에 끼워 달라고 했다. 그러나 나는 실패한 시인을 데려가 봐야 이로울 것이 하나도 없다고 판단하여 그가 있어야 할 곳은 갤버스턴이라고 했다. 그리고 내가 다시 돌아와서 그를 즐겁게 해 주고 소질을 계발하기 위해 위대한 걸작들 얘기를 많이 해 주겠다고 약속했다. 그리고 나는 아직도 자신의 계획을 구상 중인 미나를 찾으러 갔다. 드디어 우리는 두 번째 원정대를 조직했다. 매우 평온한 하늘 아래 뉴올리언스 항을 출항했는데, 우리가 출발하자마자 하늘이 시꺼멓게 변하고 천둥 번개가 치기 시작하더니 우리 배의 제일 큰 돛대 위에 황급히 떨어졌다. 모든 선원들이 반란을 일으켰고, 원정대가 하느님의 징계를 받고 있다고 주장했는데, 그 이유는 배에 수사가 타고 있으며 이런 일은 종교인 더더군다나 수사들이 나서서 할 일이 아니라는 것이었다. 나는 질서를 잡기 위해 자줏빛 천을 꺼내 몸에 걸치고 장엄하게 갑판으로 나가 기도하고, 뱃전에서 떨어져 파도에 휩쓸리는 선원들에게 사면하는 듯한 동작을 했다. 내가 입은 주교 복장이 그들을 조금 진정시켰다. 폭풍우도 잠잠해져 갔다. 출항한 지 넷째 날 새벽, 소토 라 마리나 항에 도착했다. 오랜 세월이 지난 후 그 항구에서 서글프고 황량한 나의 멕시코 땅을 다시 밟게 되었다. 바닥에 지지대가 있는 낮은 집들이 있는 어촌으로, 호들갑을 떠는 야자나무들이 입을 쫙 벌리고 있지만 태양의 뜨거운 열기를 피하기에는 별 도움이 되지 않았다.

멕시코

# 제29장
## 침략에 대하여

전군을 지휘하며 모래사장을 걷기 시작했다. 소토 라 마리나 마을로 들어갔을 때, 부녀자들은 놀라서 우리를 쳐다보았고, 남자들은(항상 더 신중한) 안마당으로 가거나 언덕 뒤에 숨었다. 거기서 잠시 행군을 멈추고 모임을 위해 주민들을 소집했다. 제일 먼저 어린아이들이 도착했기에 가서 부모님을 찾아오라고 했다. 두 시간쯤 지나 소토 라 마리나 마을 주민이 다 모였다. 그다음엔 내가 야자나무 위에 올라가서 연설하기 시작했다. 그들에게 "저는 이 당(독립당)을 수락했어요. 그래야만 하루빨리 멕시코와 아메리카 전역에 무익한 급류처럼 흐를 유혈사태를 끝낼 수 있으니까요. 또한 해방은 다른 방도가 없기 때문입니다. 유럽이 독립을 비호한다면 전 세계인이 아닌 자유롭기를 원하는 2천만 명이 자유를 얻게 될 것입니다……"*라고 말했다.

여자들이 박수를 치며 소리 지르기 시작했다. 남자들은 땅만 쳐다봤다. 나는 내 말이 호응을 얻어 가고 있다는 것을 확신하고 연설을 계속했다.

"해방을 계속 반대하는 것은 자연의 순리를 거스르는 것입니다. 일의 자연적인 순리는 모든 식민지가 자급자족할 수 있으면 독립해야 합니다. 전 세계의 모든 식민지들이 다 그랬고, 심지어 자녀들도 성년이 되면 부모의 품에서 벗어나 독립합니다. 아메리카는 너무 오랜 기간 동안 억압적인 보호를 받아 왔는데 그들의 교역을 독점하고 공장이나 포도밭 또는 올리브 밭을 허용하지 않습니다."

남자들이 고개를 들고 나를 똑바로 바라보았다.

"지금까지 반란이 일어나지 않은 것은 지도자와 전문가들 그리고 무기가 부족했기 때문이지요. 우리는 이 모든 것을 충분히 갖추고 있습니다. 행동 또한 부족했는데 비열한 사람들이 천박한 열정에 도취되어 유럽 사람이라면 무조건 다 죽였어요. 우리는 좀 더 고상한 사상을 가지고 왔어요. 우리의 행동은 나무랄 데 없는 것이고 우리를 파괴하려는 사람들에 대항해서만 방어할 것입니다. 시민의 정당하고 합리적인 자유에 여러분을 초대합니다. 어느 누구에게도 무기를 잡으라고 강요하지는 않습니다."* 진정한 인간이라면 억압받는 조국을 위해 싸우라고 강요할 필요가 없기 때문이다. (그러자 남자들이 앞으로 나아가 야자나무처럼 꼿꼿하게 서 있었다.) "토착민이건 스페인 사람이건 누구든 참여할 수 있습니다. 가담하지 않는다고 해서 부담을 느낄 필요는 전혀 없습니다."*

그러나 어느 누구도 가만있지 않았다. 모두 외치기 시작했다. "멕시코 만세! 독립 만세!" 우리는 소토 라 마리나 주민과 함께 출발했다. 부녀자들은 어린아이들을 들쳐 업고 남자들은 독립을 외치며 앞장섰다. 하지만 마을을 떠나기 전에 그 마을의 신부에 대해 물었다. 군중이 교회로 그를 찾으러 갔다. 그는 대예배당 뒤에 숨어 있었다. 내 뒤로 군중이 뒤따르는 가운데 주교의 옷을 입은 채 그에게 다가갔다. 그러자 그는 무릎을 꿇고 내 반지에 입을 맞추려 했다.

"오늘은 미사가 없습니까?" 그에게 물었다.

"오, 주교님 — 무척 아양을 떨면서 나에게 대답했다 — 사실은 미사를 집전하기 위한 신성한 포도주가 다 떨어졌습니다."

"그게 뭐 그리 중요하오! — 내가 말했다 — 포도주가 문제라면 여기 있소."

그러고는 사제복의 비단 끈을 풀고 카스티야 지역의 도수 높은 술이 가득 든 질그릇 술병을 꺼내 성배가 있는 곳으로 가서 가득 채웠다.

"자, 됐소 — 두려워 떠는 신부에게 말했다 — 이제 미사를 집전할 수 있소. 포도주의 품질에 대해서는 염려 마시오. 정확히 말하자면 그리스도도 부잣집 출신이 아니었고, 평생 지금 당신이 마시게 될 술보다 좋은 포도주를 마시지 못하셨소."

그렇게 해서 신부는 그 술로 미사를 집전했다. 찬미가가 멈추고 "아멘"이라고 말했을 때 그는 비틀거렸다. 미사를 거드는 복사(服事)의 부축을 받고 비틀거리며 단을 내려왔다. 우리도 숨어 있는 다른 사람들이 나와서 합류하도록 전쟁의 찬가를 부르며 나갔다. 몬테레이에 도착했을 때 돌과 막대기, 온갖 종류의 연장으로 무장한 10만여 명의 군사가 있었다. 도시로 들어가면서 첫 번째 접전을 치렀다. 가슴에는 총을, 손에는 돌을 들고 우리를 저지하는 스페인 사람들을 물리쳤다. 그들의 무기를 취해 우리 군대를 보강했다. 확신에 가득 차서 우리가 지나가는 마을들을 독립시켰고, 우리의 진영을 확대해 나갔는데, 이제는 한 번 흘깃 보는 것으로는 추종자들을 지휘할 수가 없었다. 그 지역이 지대가 낮고 평지인데도 사람들은 지평선과 섞여 버렸다. 날이 어두워져서 휴식하라는 명령을 내리고 모래밭에 누워 잠을 잤다.

다음 날 우리는 이미 몬테레이를 떠나 누에보 레이노 데 레온에 도착했고, 계속해서 왕실 군대를 타도하고 총을 쏘며 전진했다. 그러나 그 지역에서 야영하고 있을 때 부왕이 우리를 치기 위해 준비한 멕시코 전군이 우리를 포위했다. 그들을 향해 총을 쏘고, 나중에는 돌과 모래까지 던졌는데 하늘이 희뿌옇고 모든 것이 불그레한 혼돈뿐이었다. 우리는 그 틈을 타 소토 라 마리아 요새까지 후퇴했다. 거기서 보관하고 있던 모든 무기들을 재정비했는데, 나는 발각될 것이라는 두려움을 떨쳐 버릴 수가 없었다. 두려움은 주임 신부가 마을에서 사라졌다는 소식을 들었을 때 증폭되었는데, 나는 이미 그런 인간들의 야비함을 잘 알고 있었기 때문이다.

왕실 군대의 도착을 제일 먼저 알려 준 것은 우리 요새 위를 날고 있던 콘도르 무리였다. 이 지저분한 새들은 항상 썩은 고기를 따라다닌다. 그리고 이미 갓난아이들도 아랑곳하지 않는 식민국 병사들의 날카롭게 벼린 칼날에 익숙해져서 양식이 보장되어 있다고 믿고는 그들을 따라다닌다. 무죄한 사람들의 대학살로 인해 콘도르들은 살이 쪄서 거의 날 수조차 없었고, 까맣고 묵직한 거북이처럼 다리를 벌리고 모래사장을 걸어 다녔다. 역겨운 새들이 자리를 잡기 시작했고, 그 모습을 본 나는 전군에 경계령을 내렸다. 요새의 구멍이 있는 곳 어디서건 총을 겨누고 있었다. 왕실의 첫 번째 군대가 사나운 새들의 먹이가 되었다. 그러나 두 번째 부대가 이미 도착해 있었고, 우리가 그들을 향해 발사하자 뿔뿔이 흩어지며 어떤 병사들은 살려 달라고 소리 지르기도 했다. 그리고 잠시 후 멕시코의 왕실 전 군대가 우리를 향해 전진하고 있었다. 우리는 이미 총알이 다 동나서, 탄약이 없는 무기와 팔로 싸워야만 했다. 왕실 군대는 이미 다가오고 있었다. 나는 손톱까지 사용해서라도 싸우라는 명령을 내렸다. 결국 우리는 적군에게 더 이상 던질 것이 없어서 콘도르를 잡아 다리를 쥐고 적군의 머리를 향해 던졌다. 이렇게 해서 온종일 우리의 경계선을 지킬 수 있었다. 그러나 이 무기도 고갈되어 소토 라 마리나 창공에는 콘도르가 한 마리도 눈에 띄지 않게 되었다. 스페인 병사들이 새들의 시체를 밟고 전진해 왔다.

그리고 우리는 포로가 되었다.

격노하고 굶주린 왕실 군대의 포로가 된다는 것은 어떤 것일까? 바로 지옥에 떨어지는 것이다. 우리 병사들 일부는 승자들이 탄 당나귀 꼬리에 매달려 모래밭을 질질 끌려다녔고, 그들은 짐승들한테 더 빨리 달리라고 채찍질을 했다. 다른 포로들은 걸을 때마다 숨을 헐떡이는 작은 당나귀들 위에 타고 있었다. 말이나 당나귀 꼬리에 매달리지 못한 대다수 병사들이 굵다란 밧줄에 묶여 매를 맞으며, 타들어 가는 듯한 땅을 걸어가야 했다. 그렇게 해서 우리는 파추카를 통과했는데, 거기서는 더위가 극심하고 갈증과 학대가 참을 수 없을 정도여서 포로들은 차라리 목숨을 끊어 달라고 요구했다. 이것도 모자라 우리가 지나가는 마을마다 가장 죄질 나쁜 범죄자인 양 놀라서 눈이 휘둥그레진 주민들 앞에 전시되었다. 이런 모욕을 받으며 계속 길을 갔다. 우리가 평원을 지나 아토토닐코 엘 그란데 바위산 사이로 진입할 때 이미 포로의 반이 죽었고 나머지는 거의 빈사 상태에 있었다. 나는 공격적인 망아지를 타고 산골짜기를 지나가고 있었는데 이 말이 계속해서 펄쩍펄쩍 뛰는 바람에 작열하는 태양 아래 내 눈에 별이 보였다. 두말할 것 없이 장교들이 처음부터 나에게 그런 짐승을 택했고, 나를 때리며 온갖 모욕을 다 주었다. 비쩍 마르고 화가 잔뜩 난 짐승을 쿡쿡 찔러서 몸부림을 치게 해, 나로 하여금 머리 위에 덜거덕거리는 족쇄와 함께 땅에 고꾸라지게 했다. 돌밭 위에 자꾸 떨어져서 한쪽 팔과 두 다리가 모두 부러졌다. 야만적인 스페인 사람들이 그런 나를 잡아 주거나 도와 주기는커녕 폭소를 터뜨리고 내 처지를 조롱했다는 것을 믿을 수 있는가……? 나를 가장 슬프게 한 것은 그 하급 관리들이 모두 가난하고 무지한 계층의 비천한 사람들인데, 그렇기에 온순한 짐승처럼 순종한다는 것이다. 나는 그들에게 속고 있다는 것을 깨우쳐 주려고 노력했지만, 이미 내 달변에 대해 잘 알고 있는 스페인 장교들이 내 입을 용설란 실로 꿰매 버려서 더 이상 숨을 쉴 수도, 발기발기 찢어진 손을 움직일 수도 없었다. 수많은 고통을 겪으며 지옥 같은 짐승에 올라타고 가는데, 곧이어 돌밭으로 다시 고꾸라졌다. 나는 단숨에 죽게 해 달라고 하늘에 빌었으나, 숨도 크게 쉬지 않고 소리도 지르지 않고 마음속으로만 간구했다. 밧줄이 약간 헐거워지면 야비한 짐승들에 대한 무관심과 경멸의 표시로 미소를 지었다. 이것이 그들의 화를 더 돋우고 모든 고문이 효과가 없다는 것을 알고 내가 탄 말을 찔러 암초 위에 머리가 다시 고꾸라지게 했다. 산악 지대의 한 마을에서 잠시 멈췄고, 숨을 거칠게 몰아쉬고 신음 소리를 내고 손을 조금씩 움직이면서 내 친구 아구스틴 폼포소에게 보내는 편지 한 통을 받아쓰게 했는데, 그에게 나를 구출하기 위해 최선을 다해 달라고 부탁했다. 그러나 나의 신실한 친구는 아무것도 할 수 없었고, 나는 산토 도밍고회 수도원에 있는 에스키나 차타 감옥으로 이송되었다. 그리고 끔찍한 마녀를 다루듯 나를 재판하라고 종교 재판관들의 손에 넘겨졌다. 다른 죄수들은 대부분 갈증과 굶주림으로 도중에 죽었고, 감옥에 도착한 사람들 역시 거기서 학대로 죽었다는 소식을 들었다. 나는 다시 사제복을 입은 재판관들 앞에 섰다. 그 검은 수렁에 빠져서. 그러나 나는 어떠한 질문에도 답하고 싶지 않았다. 나는 다시 감방에 갇혔고, 쇠사슬과 고리가 나를 감고 있었다. 그렇게 해서 나는 내가 속한 교단에 수감된 최초의 도미니크회 수사가 되었고, 그곳은 그들의 회원을 위해 만든 감옥이 결코 아니었다. 그러나 권력자들은 그들의 교리에 반하는 어떠한 행동도 용납하지 않고, 그들을 방해하고 귀찮게 하는 사람들을 힘으로 제거하면서 복종시킬 특권도 가지고 있다. 그 감옥에서 3년을 지낸 후에야 스페인에서는 성스러운 종교 재판이 폐지되었고, 그 많은 사람들을 태워 버린 수천 개의 화롯불이 이제는 냄비를 데우거나 거지들을 따뜻하게 해 주기 위해서만 사용된다는 사실을 알게 되었다. 그래서 마음이 좀 놓였는데, 법으로는 나를 태워 버릴 수 없기 때문이다. 그러나 멕시코 정부는 나를 체포하기 위해 전투를 많이 한 때문인지 나를 위험한 적으로 여겨 풀어 주려 하지 않았다. 나는 결코 잊지 못할 발길질을 당하며, 거의 바다에 닿은 베라크루스의 얼어붙은 감방으로 이송되었다.

내 죽음이 임박한 데다 오래 걸리지 않을 것 같자 내가 부활할 때까지 거기에 가둬 놓을 속셈이었다. 하지만 나는 자유를 얻기 전까지는 거기서 죽음을 맞이할 수 없기에, 두 개의 쇠창살 사이로 머리를 집어넣고 탈출을 시도했다. 그러나 내 몸이 반쯤 밖으로 나가 있을 때 나를 잡아 낚아챈 간수들에게 두 번 호되게 매를 맞고 말았다. 나중에는 돌바닥을 손톱으로 벅벅 긁으려 했고, 바다의 협곡이 있는 곳으로 나가려고도 했다. 그러나 더 습한 지하 감옥으로 이송되는 결과만 낳았다. 그 감옥을 나갈 수 있는 유일한 방법은 정문을 통해 왕실 군대의 호위를 받으며 나가는 것이라는 사실을 깨달았다.

왕실 군대의 호위를 받으며 정문으로 걸어 나와서, 다시 포로의 몸으로 스페인으로 향했다. 부왕이 더러운 감옥을 방문했을 때 내가 그에게 죽여 버리겠다고 소리 질러 내가 그의 목숨을 끊을까 봐 두려워한 나머지, 나를 자신의 영지에 머무르게 하는 것이 겁이 난 모양이었다.

이미 쇠퇴해 가는 스페인을 향해 나를 바다로 내몰았고, 거기서 사형 집행인들이 나를 죽이려고 기다리고 있었다. 그래서 나는 몸이 몹시 아파 죽음이 임박한 시늉을 했다. 배 밑바닥을 미친 사람처럼 왔다 갔다 했고, "열이 많이 나서 녹아 버릴 지경이니" 의사를 불러 달라고 소리쳤다. 내가 온갖 소란을 피우고 소리를 질러 대자, 선장이 라 아바나 항에 정박하라는 명령을 내렸다. 엘 모로(해상 형무소 지하 감옥)로 이어지는 중갑판을 통과했다. 내 족쇄 소리가 울려 퍼지고, 나는 계속 비명을 지르면서.

아바나

# 제30장
## 아바나에서의 탈출에 대하여

여름. 훨훨 날다가 녹아 버린 새들이 끓고 있는 납처럼 대범한 통행인들의 머리 위에 떨어져 그 자리에서 죽게 한다.

여름. 늘어진 금속성 물고기 같은 섬이 반짝이면서 섬광을 내뿜고 작열하는 불 같은 수증기를 내뿜는다.

여름. 바다는 증발하기 시작했고, 푸르스름하고 뜨거운 구름이 도시 전체를 뒤덮는다.

여름. 사람들이 고성을 지르며 중앙 늪지로 달려가 가열된 물 속으로 뛰어들고 피부 전체에 진흙이 뒤범벅되어 몸에서 떨어지지 않는다.

여름. 여자들이 거리 중앙에서 옷을 벗고 불꽃을 튀기며 반사하는 포석 위를 달리기 시작한다.

여름. 나는 엘 모로 안에서 이쪽에서 저쪽으로 깡충깡충 뛴다. 철창 사이로 고개를 내밀고 끓고 있는 항구를 바라본다. 나를 바다에 던져 달라고 소리 지른다.

여름. 더위의 열기가 간수들에게 나쁜 피를 수혈했는지, 내가 소리 지르는 것을 못마땅해하며 감방에 들어와 나를 흠씬 두들겨 팬다. 나는 신에게 나를 죽여 달라고 명령함으로써 그의 존재를 증명해 보이라고 요구한다. 그러나 내 말을 들을지 의심스럽다. 신도 이곳에 있었다면 미쳐 버렸을 것이다.

여름. 내 감방 벽의 색이 변해 간다. 분홍빛에서 붉은색으로, 붉은색에서 적포도주색으로, 그리고 적포도주색에서 빛나는 검은색으로……. 바닥도 거울처럼 빛나기 시작하고 천장에서 첫 번째 불똥이 뿜어 나온다. 팔짝 뛰어야만 견딜 수 있다. 그러나 발을 바닥에 대자마자 발이 타는 것을 느낀다. 뛴다. 뛴다. 뛴다.

여름. 드디어 열기가 내 감방의 쇠창살을 녹여 버리고 나는 빨간 용광로를 빠져나온다. 녹아 버린 쇠가 아직 빛을 반사하는 창가 가장자리에 타 버린 내 몸의 살점을 남겨 놓은 채.

펄쩍 뛰어서 항구의 뜨거운 물에 뛰어든 뒤 재빨리 도시와 연결된 어귀(다행히 아주 좁은)를 통과한다. 나는 안간힘을 써서 성벽을 넘어 거리로 들어간다. 어린아이들은 처마에서 돌 말뚝으로 미친 듯이 뛰고 색깔과 온도를 재빨리 바꿔 가면서 두려워하며 처마로 기어오른다. 나는 화가 나서 오비스포 거리를 지나 작은 연못이 있는 공원에 도착한다. 연못에는 물 대신 사람들 머리만 보였고, 나도 엘 모로의 추적자들에게 발각되지 않도록 조심하면서, 더위를 식히려고 그 연못에 잠수했다. 그러나 이 유일한 연못의 수온이 점점 높아지면서 참을 수 없을 정도가 되자 우리는 모두 불 위에 올려놓은 냄비 속의 개구리처럼 옆으로 튀어

나오기 시작했다. 나는 빛을 반사하는 보도 위에 떨어졌다. 그때 팔 밑에 연기를 뿜으며 나를 거의 따라잡은 군인들을 발견했다 (적어도 그것이 내가 있는 곳까지 반쯤 녹아서 뛰어오는 그들을 본 내 첫인상이다). 그래서 나는 연못이 있는 공원의 철책을 두른 정원을 뛰어넘어 잠시 사라졌다가 사람들이 많이 다니는 오레일리 거리를 지나 산토 도밍고회 수도원을 넘어 정부 청사와 산 프란시스코 광장을 지나 노예 한 무리가 무슨 노래인지 함성을 지르듯 노래 부르며 가는 마차 위에 올라탔다. 나는 소란스러운 흑인들과 부녀자들 사이를 지나가는데 이들은 한창 달아오르고, 울안에 갇힌 뱀처럼 하늘 중간쯤에서 몸부림치는 태양도 아랑곳하지 않고 장을 보고 있다. 그리고 아르마스 광장으로 들어가는데 누군가 멈추라고 하며 총을 겨누기에 화들짝 놀라서 보니 찰플란딘을 흉내 내며 노는 한 무리의 소년들이었다. 그래서 성당으로 뛰어 들어갔다. 대주교의 코앞을 지나자 그는 놀라서 나에게 성호를 그었다. 마차에 올라타 운전사에게 이 지옥 같은 거리에서 나를 좀 꺼내 달라고 부탁하여 인키시도르 거리를 지나가는데 '종교 재판관'이라는 거리 이름만으로 나를 놀라게 하기에 충분하다. 말에게 채찍질을 더해 속력을 내라고 소리 질렀더니 불행하게도 길 한가운데서 혈통 있는 개 한 마리를 치어 죽였는데, 그 개의 주인이 아과스클라라스 여자 백작들이었다. 그 여자들은 자신들의 저택 현관에 앉아 반쯤 벗은 채 일광욕을 하고 있었는데, 개가 짓밟힌 것을 보자 소리를 질러 댔고 성당의 종들은 경보를 알렸다.

여자 백작들의 군대와 군인들, 심지어 총독과 대주교의 추적을 당했는데 계속 지붕 위를 가로지르고 성벽까지 뛰어넘으며 거기서 고상한 부인들이 화가 나서 마부와 말을 산산조각 내는 것을 보았다. 나는 그러한 불편을 피하기 위해 다시 항구로 뛰어가 해안가의 탁한 바닷물에 잠수했다. 물 위로 올라와 근처에 있던 돛단배를 타고 노를 대신해 손을 저으며 라 아바나 항구를 빠져나온다. 카스티요 데 라 푸에르사(총독과 화가 난 여자 백작들의 명령으로) 그리고 엘 모로(집행관과 야만적인 간수들의 명령으로)에서 나를 향해 계속해서 쏘아 대는 대포의 불길을 뚫고. 지그재그로 나아가면서 마침내 항구를 떠나 바다로 간다. 격랑이 이는 바다 위에서 계속 불어 대는 회오리바람에 밀려 플로리다 해안에 도착한다. 거의 다 죽어 가면서 야자나무 밑에 눕는데 세상에 올 때처럼 옷을 벗고 굶주려서 곧바로 잠이 든다.

미국

# 제31장
## 새로운 그러나 오래된 순례

나는 다시 숨 쉴 때마다 세금을 내야 하는 나라에 와 있다. 굶어 죽지 않기 위해 여러 가지 방법을 궁리하면서, 양키들의 싱겁고 맛없는 음식으로 허기를 채우는데, 이 음식 때문에 그들이 싱거워진 주된 요인이라고 생각한다. 이 땅에서 생존하기 위해 내가 겪어야 했던 수많은 재앙에 대해서는 더 이상 이야기하지 않으련다. 아직도 수치스럽기 때문이다. 단지 나의 좀 더 품위 있는 직업들만 열거하겠다. 궁둥이 닦는 일, 넝마 줍는 일, 백만장자 노인과 정상이 아닌 사람들을 돌보는 일, 책을 번역하는 일(모든 일 중 가장 최악이고 추한) 그리고 쓰레기를 주워 북부의 농장 관리인들에게 목화처럼 다시 파는 일…… 폐품이 가득한 자루 세 개를 어깨에 메고 다니던 중에, 드디어 멕시코가 독립했다는 소식을 듣는다. 자루는 던져 버리고 헌법을 손에 쥐고 기뻐서 펄쩍 뛰었고, 내가 그토록 그리던 조국까지 날아올랐다. 아아, 그러나 운이 없어서 착륙 지점을 잘못 측정하는 바람에 아직도 페르난도 7세의 손아귀에 있는 산후안 데 울루아성(城)으로 가게 되었다. 거기서 사령관 또는 장군인 다빌라가 나를 체포해 중세 감옥의 가장 지하에 있는 독방에 가두었다. 거기서 미래를 생각하며 열망하던 헌법을 다시 읽고 수정하기 시작했다. 왜냐하면 그 헌법엔 나에게 독립에 대해 처음으로 환멸을 불러일으킨 교활한 이투르비데를 칭송하는 내용밖에 없었기 때문이다. 이게 도대체 뭐란 말인가, 라고 말했다. 이국땅에서 온 사람도 아닌 이 새로운 독재자가 로마의 화려한 의식을 통해 황제로 즉위하기 위해 그토록 많은 피를 흘리고 우리의 목숨을 아끼지 않았단 말인가. 그것은 전쟁이 아직 끝나지 않았고, 독립을 위한 투쟁이 아직도 계속된다는 것을 말해 준다. 나는 즉시 『산후안 데 울루아성에서 쓴 멕시코인들에게 작별을 고하는 편지』를 쓰기 시작했다. 다빌라 장군이 그것을 가로채 읽고는 내 감방으로 달려와서 말했다.

"당신이 도대체 누구의 적인지 잘 모르겠소. 스페인 왕정인지, 이투르비데의 새로운 제국인지. 그러나 우리보다는 이제 막 시작하는 사람에게 더 많은 해를 끼칠 것 같소. 우리는 이제 철수할 계획이고, 당신에게 자유를 주기로 결정했소."

나는 그에게 말했다

"그런 결정을 내린 건 매우 잘한 일이오. 페르난도 7세와 그 왕실의 바보들을 향한 내 증오심이 영원하다고 한다면, 지금 나에게 더 중요한 것은 진정한 멕시코인들에게 수치를 느끼게 하면서 자기 조국에서 왕위에 오른 깃털로 장식한 황제를 타도

하는 것이오."

그리고 나는 원고 뭉치를 들고 난생처음으로 합법적 허가를 받아 스페인의 저 무시무시한 지하 감옥을 나왔다.

멕시코

# 제32장
## 수사의 대화

"좋아요, 친애하는 볼티모어 주교…… 누에보 레온의 주교 취임식에 당신의 연설을 듣기 위해 그렇게 뛰어난 많은 청중이 모인 것은 당신에게 그리 흔치 않은 일이라고 생각하오. 매우 만족스럽게 여기리라 믿소. 그 숱한 박해를 겪은 뒤 당신의 꿈이 드디어 실현되었고, 모든 명예와 염원하던 자유를 얻고 고국에 돌아왔으니 말이오."

"오, 아구스틴 선생……."

"음…… 폐하라 부르시오."

"제가 보기에 당신을 아구스틴 선생이라고 부를 때 제 말을 더 잘 이해하시는 것 같은데요. 듣기 거북하시면 바꿀 수도 있습니다, 돈 아구스틴 아니면 간단히 선생으로."

"당신 참 무례하구려, 주교 예하."

"쓸모없는 이야기는 그만하지요. 저에겐 그렇게 격식을 갖춰서 오실 필요가 없어요, 돈 아구스틴. 제 연설로 말하자면 제가 말한 것과 동일한데 저는 제 가능성을 넘어서지 않으니까요. 무엇보다도 저는 자신이나 제 말을 듣는 사람들을 속이지 않기 때문이지요."

"그러나 앉으시오, 주교 예하."

"세르반도 테레사 데 미에르 수사가 제 이름입니다. 사실은 의자에 앉기가 겁이 나는데 달걀이라도 깰까 봐서요."

"이해가 안 되는군요."

"달걀 때문에 옷을 버릴지 모른다는 말입니다. 당신 궁정의 귀족들이 장식 끈과 깃털을 하도 많이 달고 다녀서 암탉으로 변할까 봐 겁이 납니다."

"오, 당신은 참 달변이로군."

"적어도 꼬꼬댁 하고 우는 소리를 들었습니다. 좋습니다, 위험을 무릅쓰고 앉지요. 어쨌든 여기에 있다는 사실이 가장 위험하지요. 당신에게 이미 말했죠, 선생……."

"오!"

"내 말과 생각이 같다고 말씀드렸죠. 나는 나 자신에게 정직했고, 미사여구나 허황된 약속으로 자신을 포장할 줄 모릅니다."

"그렇게 하지 않는 정치가는 실패한 사람이나 다름없다고 생각하오."

"나는 이성에 의해서가 아니라면 어떠한 성공도 거두고 싶지 않소. 당신에게 솔직히 단도직입적으로 말씀드리자면, 아구스틴 선생, 당신이 한 일은 완전한 사기요."

"당신은 자신의 폐하를 좀 더 존중해야 할 거요."

"그 폐하란 말 좀 집어치우시오, 아구스틴 선생. 당신이 좋아하든 싫어하든 나는 말하겠소, 당신이 왕으로 즉위한 것은 추잡한 무언극일 뿐이오."

"세르반도 수사……!"

"이제야 내 이름을 제대로 부르시는군. 나는 부끄러워할 이유가 전혀 없소. 내 손을 보시오, 아구스틴 선생, 무언가에 의해 부서졌고, 치료법이 없고 축복조차 할 수가 없소. 당신은 내 손이 당신이 보여 주려는 허세에 동의할 거라 믿소? 독립을 위해 40년간 투쟁한 내가 이런 더러운 배반 행위에 동의할 거라 믿소?"

"당신이 카스티야 지역의 도수가 센 술로 미사를 집례했다고 하던데……."

"제가 미사를 집례했다면, 그게 당신과 무슨 상관이 있소? 그 술에 대해 무슨 반감이라도 있단 말이오? 서민들의 술에 대해 불평하지 마시오. 온 국민을 최면에 걸고 당신이 그 우스꽝스러운 왕관을 사는 데 소용이 된 용설란 술의 독이 아니었다면 당신 제국이 어찌 되었겠소? 용설란 술 때문에 당신이나 당신을 둘러싼 얼간이들이 더러운 직위를 얻게 된 것 아니오. 아니면 당신이 로마의 삼두 정치의 후예라도 된단 말이오? 당신이 돈 주고 사지 않았다면 머리 위에 그 공예품이나 쓰고 있겠소? 당신은 지금 나에게 동조하고 만족하느냐고 묻고 있지요. 이제 내가 그렇지 못하다는 것을 잘 아실 터이고, 당신이 그 왕관을 벗고 그것을 지탱하는 머리마저 없어지는 것을 볼 때까지는 그렇지 못할 거요."

"나를 협박하다니! 세르반도!"

"난 이제 수사가 아니오. 그래서 기쁘오. 사실, 상상할 수 있는 모든 역경을 겪은 뒤에는 우리를 두렵게 할 것이 하나도 없다는 평온함이 남지요. 당신은 나에게 겁을 줄 수 없어요. 나는 가난이나 기근, 끝도 없이 이어지는 죽음의 위험을 다 겪었소. 내가 결코 적응하지 못하는 것은 비굴하고 거짓되게 사는 것이오. 나도 지금 당장 당신의 제국을 인정하고 춤을 지도하는 늙은이나 바보 같은 사람들 틈에 낄 수 있소. 당신이 만들고 양조장이나 광산의 주인들만 가입할 수 있는 과달루페 왕실 기사단에도 가입할 수 있소. 그러나 나는 걸칠 사제복만 있으면 족하오. 옷을 입지 못한 채로 지낸 적도 있지만, 그렇다고 당신이 보여 주는 우스꽝스러운 짓에 대해 입을 다물고 있을 정도로 명예가 훼손되지는 않았소. 아구스틴 선생, 자유와 독립을 저해하는 그 어느 누구와 마찬가지로 당신은 나의 적이오. 특히 당신은 사악한 원칙조차 갖고 있지 않기에 가장 극악한 적이오. 당신의 아첨꾼들이 당신을 어떻게 부르는지 알고 있소. Tur Vir Dei(하느님의 남자). 당신의 이름을 거꾸로 해서 성자라고 부르면서 말이오. 하느님은 그런 성자 따위엔 관심도 없을 텐데 우선은 그렇지 않기 때문이오. 당신에게 진실을 말하겠소. 당신이 그 의상을 입고 머리 위에 장식 끈, 깃털 그리고 깃발을 달고 있는 모습을 보니 이탈리아의 음탕한 카니발에서나 볼 수 있는 피스토야 창녀들 생각이 납니다."

"그만두지 못해, 미에르! 나에게 너무 큰 모욕을 주었소. 당신을 감금하라고 군인들을 부르겠소."

"당신의 민주주의가 어떤 것인지 이제 알겠군요! 내가 다시 감옥에 갇힌다는 사실만으로도 멕시코가 아직 해방을 얻지 못했다는 것을 의미하지요."

깃털 장식을 한 보초들과 요란한 소리를 내는 메달들을 주렁주렁 단 경찰들이 들어와 나를 데려갔다. 큰 소란을 피우면서 산토 도밍고회 감옥으로 이송되어 거기 감금되었다. 그러나 나는 마술의 도움으로 왕에 즉위한 그 주책바가지에게 바른말을 할 때보다 더 평온하게 느낀 적이 없었다. 그의 임명과 정부 조직에 대한 소식을 듣는 순간부터 내 속에서 부글거리던 모든 진실이었다. 감옥 안 불꽃이 탁탁 튀는 촛불 밑에서, 그에 대항하는 '진정한 혁명'을 준비하는 글을 쓰기 시작했다.

# 제33장
## 시작


그러나 혁명은 감옥에서 하는 것이 아니다. 비록 거기서 태동하는 것은 사실이지만 말이다. 증오와 함께 칼에 찔리고 뺨을 맞는 일이 축적되어야만 마침내 그 끝없이 고조되는 붕괴 작업이 시작된다. 그래서 델 올비도라고 불리는 환기가 되지 않는 감옥에 머무는 동안 다시 탈출(아, 언제나 탈출!)을 기도한다. 그 이름이 잘 어울리는데 내가 거기 머무는 동안 예전에 투옥되었던 사람들의 해골을 밟고 다녀야 했다. 그것들 위에서 잠을 잤고, 내 회고록을 쓰기 위해 기대기도 했다. 정확한 숫자는 헤아리지 못했지만 그 두개골들에 점점 익숙해져 갔다. 종교 재판으로 죽어 간 그 포로들의 날카로운 뼈 하나를 가지고 소리 내지 않고 꾸준히 구멍을 뚫기 시작했다. 돌이 너무 딱딱해서 해골을 조각내는 바람에 매번 바꾸어야 했지만 마침내 빛을 볼 수 있었다. 구멍을 다 파고 밖으로 나오면서 돌 사이에 내 사제복과 내 살 조각을 남겨 두었다. 신앙심이 깊고 경망스러운 두 노파의 농장으로 피신했는데, 그들이 나를 도우러 달려왔다. 완전히 정신 나간 그 여자들이 나에게 어떤 도움을 주었는지, 참! 내가 도망 다니고 있으며 은신처를 찾는 중이라고 말하자, 매우 좋은 의도로 왕실의 첫 번째 병영으로 달려갔다. 내 보호자들에 의해 인도되어. 다시 낯익은 해골 위에서 지내게 되었다. 또다시 도주를 구상하기 시작했다. 그러던 차에 (정부로부터) 종교 재판의 옛날 감옥으로 옮기라는 명령이 하달되었는데, 지금은 파티오 데 로스 나란호스로 불리지만 그 주변에 풀 한 포기 자라지 않는 곳이다. 다시 탈출을 계획했다. 하지만 더 이상 그럴 필요가 없었다. 어느 날 아침, 이빨로 천장을 뚫고 있는데, 북 치는 소리와 "공화국 만세!"라고 외치는 소리가 들렸다. 손톱이 너무 많이 자라 그것으로 천장을 움켜쥐고 있다가 바닥에 내려오자 외치는 소리를 더 잘 들을 수 있었다. 나를 감옥에서 꺼내러 오는 산타안나*의 당나귀 울음소리가 이끄는 독립당 군대인데 위선적인 이투르비데의 제국이 무너진 것이다. 내 감방 문이 활짝 열렸다. 군중은 나를 어깨에 메고 칭송하면서 거리로 나갔다. 이제는 의심할 여지가 없었다. 드디어 멕시코가 해방되었다.

군중의 어깨에 들려 있는 수사는 공화국을 위해 어떤 정부가 선출됐고, 대통령은 누구이고 가장 중요한 관료들은 누구인지 물었다. '짐승 같은 이투르비데'를 교수형시켰는지 묻고, 어떻게 그런 인간을 도망가게 내버려 두었느냐며 촌스러운 황제의 궁전에서 봉사하던 수위 한 사람이라도 그냥 내버려 두었는지를 물었다. 이 모든 질문에 빨리 답변해 주기를 원했고, 정확한 답변을 하지 않으면 그를 메고 가는 사람들의 머리를 발로 차곤 했다. 이후에 산 페드로와 산 파블로의 납골당까지 운반되어 거기서 자신의 자리를 회복하고, 거리를 가득 메우고 발코니, 테라스, 옥상과 창문 그리고 나뭇가지를 꺾으면서 나무까지 올라간 군중을 향해 연설을 하려 한다. 침묵이 흐른다. 이제 수사가 연설을 시작한다.

"펠릭스 페르난데스가 공화국 대통령이 된 것은 아주 좋은 일입니다. 독립을 위해 진정으로 투쟁한 사람 중에 유창하게 글을 읽을 수 있는 사람이 그 외에는 없기 때문입니다. 아, 그러나 이 공화국이 가벼운 중앙 집권적이 아니라 연방주의 형태를 띠는 것은 한 번도 의심해 본 적이 없습니다……."

오, 수사, 민주주의가 도래했는데도 너의 새로운 투쟁이 시작되었지. 사람들의 침묵을 유도하고 집중시키면서 열정적인 목소리로 말했지.

"이 자리에서 왕정의 모든 활동들, 코르도바 조약과 이괄라 계획 그리고 왕당 정부를 무효화시킵니다. 또한 이 연방 정부 제도에 반대하며 대신 중앙 집권적 공화정이나 적어도 온건적 연방주의를 지지합니다."

(군중 가운데 웅성거림이 들린다. 빅토리아 대통령은 한쪽 귀를 긁적거렸다. 그러나 오, 수사, 바닥을 발로 두 번 세게 쳐서 세 개의 마리아 석고상이 소란스러운 군중 위에 떨어져 산산조각났다. 그리고 침묵이 흘렀다.)

"나는 항상 연방제를 옹호했습니다 — 네가 말하자 모두 놀라서 너를 바라보았다 — 그러나 합리적이고 온건한 연방제를 지지했고, 우리의 짧은 지식이나 우리 앞에 닥친 전쟁의 상황에 합당한 연방제를 지지했습니다. (다시 웅성거리는 소리가 들리고 오, 수사, 이번에는 바닥을 한 번만 쳐서 성모상은 쓰러지지 않았다. 교구 교회 주인인 주교만이 작은 소리로 논평했는데, 반대하는 눈치였다. 오, 수사, 네가 언성을 높이는 바람에 거대한 원형 천장의 유리가 깨져 큰 소리를 내며 넓은 납골당에 떨어져 주교가 거의 실신할 뻔했다.) 나는 항상 미국의 느슨한 연방주의와 콜롬비아와 페루의 위험한 중앙 집권제 중간 정도의 정부 형태를 지지했습니다. 미국 연방제의 폐단은 이미 많은 작가들이 지적했고, 미국에서도 반대하는 사람이 많아 연방주의자와 민주주의자로 양분되어 있다고 합니다. 내가 옹호하는 절충주의는 지방마다 내부의 필요를 공급하고 번영을 도모하기 위해 필요한 권한을 부여하는 것이며, 대신 그 어느 때보다 절실한 통합을 깨지 않고 신성한 동맹을 존중하고 경외해야 합니다. (주교는 빠져나갈 궁리를 했으나 사방 벽에 울려 퍼지면서 단상의 초를 떨어뜨리는 고양이 울음소리 같은 수사의 말에 움찔했다.) 정부의 활동을 약화시켜서는 안 되고, 국가의 모든 역량과 자원을 동시에 그리고 신속히 작동시키기 위해서는 그 어느 때보다도 역동적이어야 합니다(주교는 마비되었다). Medio tutissimus ibis(중도를 가는 것이 가장 안전하다). 이것이 내 정치적 신조이고 염원입니다."

박수와 환호성이 커다란 납골당을 관통하면서 울려 퍼졌다. 주교는 기둥들이 비틀거리는 것을 보고 두려워 뛰기 시작했다. "도망가는 사람은 배신자나 다름없습니다." 환상적인 수사의 목소리였다. 그러나 이제는 이성적으로 판단할 여유가 없었다. 주교는 유성처럼 납골당을 다 지나 어느새 문까지 와서 내부 방 쪽으로 뛰기 시작했다. 그러나 지칠 줄 모르는 수사가 이끄는 군중이 그를 바짝 뒤쫓았다. 주교는 계단을 올라가 기둥에 매달렸는데, 수사가 펄쩍 뛰어서 그의 사제복을 흔들어 내려오게 했다. 으르렁거리는 군중의 팔에 그를 던져 버렸다.

"이것이 나의 정치적 신조이고 염원입니다." 이제 수사는 매우 신중하고 낮은 소리로 되풀이했다.

군중은 전에는 주교의 것이었던 육체를 잘게 분배했다.

"Si fractus illabatur orbis, Impavidum ferient ruinae(만일 무력한 세상이 무너지면, 그 폐허는 두려움을 모르는 자들을 자극시킬 것이다)." 수사가 이 말을 하고 그 위압적인 건물 계단을 내려왔다.

이제는 계속해서 울려 퍼지는 종소리와 거리마다 가득 메우는 주민들의 외침만 들린다. 수사는 그 광경에 피곤함을 느끼고 대통령이 그를 위해 마련한 궁의 거대한 방으로 가려고 허락을 구했다.

"궁전으로 가려면 어느 거리로 가야 합니까?" 정신이 혼미해져서 이제 자신이 어디에 있는지조차 모르는 수사가 물었다.

"세르반도 테레사 데 미에르 수사 거리로 가시면 됩니다." 혼혈인 남자가 대답했다.

수사는 자기한테 농담한다고 생각해서 불쾌했다. 그러나 고개를 들자 검은색 표지판에 자기 이름이 쓰여 있고, 걸어가는 길모퉁이마다 반복된 것을 볼 수 있었다. 촉촉해진 이마를 닦고 성큼성큼 걸어 자신의 방으로 향했다. 놀라서 움칫할 정도의 큰 나팔 소리가 그의 도착을 알렸다. 세르반도 수사는 마침내 이해하고 계속 걸으며 그에게 다가오는 장군들에게 격식을 차려 재빨리 인사했다. 금처럼 번쩍이는 궁전 안에서 높다란 계단을 네 발자국 만에 올라갔고, 예의 바른 하인들이 그를 방으로 안내했다.

"여기까지만 ─ 한 손을 치켜들며 줄지어 따라오는 하인들에게 말하고 자신의 방에 들어오지 못하게 했다 ─ 이만 물러들 가시오." 그의 방문 앞에서 그의 잠과 일상을 지켜 줄 두 명의 보초에게 말했다.

"나는 이제껏 너무 많은 경호를 받고 살아서 더 이상은 견딜 수가 없지." 경호원들이 양탄자가 깔린 복도로 사라지는 것을 보고 혼잣말을 우물거리며 방으로 들어가 문을 닫았다.

방에 들어가자 마음이 놓이고 편히 숨을 쉴 수 있었다. 그러나 침대 뒤, 안락의자 안감 사이, 가구 밑, 거울 뒤에서 수사, 장관, 예전의 여자 백작들, 성직자 단체의 가장 존경받는 자와 대통령까지 엉덩이의 거미줄을 털며 너에게 다가와 말한다.

"이것이 우리의 환영식이오, 세르반도 수사, 당신을 놀라게 해주고 싶었소."

품위 있는 동작으로 어리둥절해하는 수사에게 다가가 너무 열정적으로 양손으로 악수를 해서 거의 하나로 녹아 버릴 지경이었다.

"전 세계를 유람한 수사 만세!" 전에 포도주를 놓고 건배하던 목소리들이 이렇게 말했다.

수사는 미소처럼 보이는 익살스러운 얼굴 표정을 짓고, 손짓을 하며 모두에게 인사했다.

"도무지 피할 길이 없어 ── 자신만이 알아들을 수 있게 작은 소리로 말했다 ── 피할 길이 없어." 되풀이하고는 미소를 지으며 나아갔다.

# 제34장
## 평안의 계절에

직사각형 새장 모양의 궁전은 마요르 광장의 측면에 위치해 있다. 거대하다. 수백 개의 좁은 복도, 회랑, 방, 대기실, 거실, 큰 홀, 대기실의 앞방, 높다란 침실들(각각 일개 부대가 쉴 수 있는 화장실을 갖춘), 기다란 복도로 연결되는 많은 회랑들이 있다. 이 복도들은 발코니로 연결되고, 발코니는 철로 된 돋을 장식으로, 이것들은 계단으로, 이것들은 아케이드로, 이것들은 거대한 정원으로 연결되어 있다. 정원에는 전설적인 노팔 선인장이 가득한데 마치 큰 촛대처럼, 쭉 뻗은 남근처럼, 납작하게 엎드린 거미처럼 꼿꼿하게 서 있다.

쓸모없는 수많은 물건들이 어떤 양식인지 분류조차 할 수 없는 거대한 덩어리를 가득 채운다. 수 세기 동안 흔들거리는 이 거대한 상자 안에 축적해 온 책장, 깃발, 조각, 방패와 성상 조각들 때문에 지나가기가 힘들 정도다. 때때로 가장 고풍스럽고 거대한 등불 하나가 눈에 별이 보이게 하면서 장군이나 고위 관리의 머리에 번개처럼 떨어진다. 그런 날은 애도의 날로 선포된다. 명예의 전당에는 죽은 자가 소유했던 화려한 물건들로 더 가득 차고, 이제는 조국의 보물이며 신성한 물건으로 간주된다.

하인들은 잔뜩 긴장해서 보폭을 짧게 하고 숨을 되도록 오래 참으면서 벽 쪽에 붙어 조심조심 걸어간다. 왜냐하면 먼지가 뽀얀 조각상 하나가 주춧돌에 떨어져 자신들을 압사시킬까 봐 겁나기 때문이다. 그럼에도 많은 성상들이 떨어져 깔려 죽은 하인의 수가 수천에 이른다.

며칠 전에는 대통령이 자신이 손수 토막 낸 독수리의 피를 마시며 우쭐해서 걸어가다가 영부인과 가장 측근의 수행원과 함께 영원히 사라질 뻔한 일이 있었다. 원형 지붕 하나가 금은 세공과 함께 쏟아져 내려 그의 귀를 스치고 지나가서 부하들 위에 떨어졌다. 공화국으로 봐서는 다행스럽게도 대통령에게 충실해서 그 옆에서 경의를 표하며 따르던 서른일곱 명의 장군(소문에 의하면 산타안나 당원들)과 백여 명의 토착민만 죽었다.

그러나 확실한 것은 제일 많이 왔다 갔다 하는 하인들이 가장 많이 죽는다는 것이다. 커다란 아케이드 앞에는 이미 죽은 하인들을 대신할 새로운 하인들이 매일 줄지어 서 있다. 또 매일 아케이드 뒤편으로 방금 죽은 피해자들을 운반한다. 그럼에도 말쑥한 대통령을 섬기려는 열의가 대단해, 죽어서 나가는 사람보다 새로 들어오는 사람의 수가 항상 더 많다. 대통령은 국민들로부터 거의 만장일치의 지지를 받고 있다. 거의…….

단지 건축 양식만으로 궁전을 거대한 국가 새장이라고 부르지 않는다. 백여 명의 시인들이 돔을 장식까지도 거처로 삼고 있는데, 궁전의 방이나 거실 그리고 복도를 가득 메우고 통로와 정원을 거닌다. 그들 스스로 걸작이라 부르는 작품들을 지으면서. 매일 오후 아니면 때때로 새벽까지 소란을 피워 댄다. 훌륭한 운율을 찾아내거나 특출한 단어를 발견했을 때 이들의 소란은 귀가 먹을 정도다. 손을 잡고 둥그렇게 둘러서서 춤을 추며, 날아오르려 하고, 이국적인 춤을 추며 뮤즈를 부르고 자신들의 작품을 낭송한다. 흥분한 나머지 이성까지 잃는다. 대통령은 그에게 감사의 소네트를 지어 주는 모든 시인들의 보호자라고 할 수 있다[승리(victoria)는 영광(gloria)과 완벽하게 운율을 맞춘다]. 과달루페 빅토리아 대통령이 말했다. "나와 함께하는 자는 성공할 것이다." 시인들의 행렬이 매일 줄을 잇고 궁전 어디서건 자리를 잡는다. 가장 먼 곳에 위치한 섬에서도, 정글에서도, 황량한 시베리아에서도, 심지어 프랑스나 스페인의 궁정에서도 매일 노래하는 순례자가 도착한다. 대통령의 명령으로 궁전의 거대한 문이 열린다. 미리 습작한 시 꾸러미를 팔에 꼭 끼고 도착한다.

때때로 거대한 새장 안의 일렁이는 파도의 공명에 변화가 생긴다. 그러면 침묵이 흐른다. 그리고 비명 소리가 들리고 가객 한 명 아니면 여러 명이 격분한 다른 시인들의 손에 목숨을 잃는다. 'victoria(승리)'라는 단어를 'irrisoria(우스운)' 또는 'ilusoria(환상적인)' 또는 'breve trayectoria(짧은 궤도)'와 감히 운을 맞추었기 때문이다. 대통령은 유혈이 낭자한 사건에 대해 전혀 모르는 일이라고 한다. 스스로 정의를 취하려는 사람들은 감격한 숭배자들이다. 대통령은(찬양받을지어다) 폭력을 싫어한다고들 말한다. 이런 피비린내 나는 사건이 일어나는 동안 대통령은(안전할지어다) 아주 오래된 선인장 사이를 거닐고 있다. 그럼에도 대통령은(영광받을지어다) 때때로 가객들에게 음유 시인들의 구성원 간에 왜 변화가 있느냐고 묻는다. 그들은 몇 주 동안 계속해서 찬사와 영광의 외침과 박수로 답한다. 대통령은(성인으로 추앙받을지어다) 자신의 호화로운 방에 들어가 계속 고조되는 찬사의 노래를 들으며 잠이 든다. 의심할 바 없이 대통령(불멸할지어다)은 시인들의 보호자이고, 시 애호가다.

그러나 때때로 예찬자들의 흥분 상태, 갈채, "우리의 위대한 자유 수호자 만세! 우리를 제국에서 구해 준 대통령 만세!"라며 외치는 소리가 은혜의 거대한 시 낭송과 함께 평상시보다 지나칠 때가 있다(목표를 초과한다). 그럴 때면 대통령은 잠을 이룰 수가 없어 불쾌해서 일어난다. 팬티 바람으로 발코니로 가서 자비스럽게 집게손가락을 콧수염 끝에 갖다 댄다. 노래하는 군중은 넋을 잃고 그를 바라본다. 바로 그 순간에 대통령은 다시 거대한 회랑을 지나 잠자리에 든다.

이제 눈을 감고 흥분한 군중을 그려 본다. 갈기갈기 찢긴 손으로 갈채를 보내는 군중, 그가 손가락 하나만 들어도 이내 침묵하는 군중.

"그러나 빠진 시인들이 있었어 ── 낮은 소리로 말하며 눈을 살포시 뜬다 ── 가장 중요한 두 사람이 빠졌어 ── 다시 눈꺼풀이 스르르 감긴다 ── 그들을 잊지 않는 게 매우 유익할 거야." 그리고 이제 휴식한다. 이 순간 침묵은 완전하다.


침묵, 적막함이 복도와 움직이지 않는 조각상, 침실과 방에 두루 감돈다. 그러나 세르반도 수사의 방에 도착했을 때 발길을 멈춘다. 수사가 말을 했기 때문이다.

"드디어 잘 훈련된 잉꼬새들이 입을 다물었군."

아직도 읊조리는 소리가 사라진 것을 의아해하며 자리에서 일어나 몇 시쯤 되었는지 보려고 한다. 커튼이 걷힌 커다란 창문을 통해 본다. 그 창문 뒤로 다른 창문들이 있고 또 계속해서 다른 창문들이 있다. 고개를 들자 천장이 어찌나 높은지 잘 보이질 않는다. 거대한 침대 옆에 서 있었고, 큰 방을 지나가는데도 피곤하다. 출구에 다다르자 숨을 헐떡거렸다.

"이 흉물 덩어리에서 햇빛을 보려면 목숨을 걸어야겠군. 이건 피레네산맥을 횡단하는 것보다 더 심해."

장군들의 거대한 거실로 나갔는데, 시인 몇몇이 기둥들을 보호막 삼아 낮은 소리로 탄원 기도를 드리고 있었다. 강하게 손짓해서 그들을 조용히 시키고, 동일한 동작으로 그를 향해 정중히 다가오는 하인, 장관, 귀족의 무리를 저지하려 했다. 그러나 소용없었고, 무리는 그를 향해 계속 전진했다. 그들은 과거의 매우 중요한 경험들을 상기시키려 했다.

"이건 도가 지나치군." 세르반도 수사가 말했다.

한 걸음에 영사관의 방(길이가 백 미터 이상)을 지나 옛날 부왕들의 회랑으로 들어갔다. 아첨꾼들이 아직도 가까이서 그를 따르고 있었다. 그들은 "오늘이 바로 그날이다"라고 말하며 은총의 기도를 올렸다. 무슨 수를 써서라도 그를 붙잡으려 했던 한 부인이 그에게 금으로 된 자신의 기도서를 던졌다. 책은 위대한 순례자의 머리에 맞고 산산조각이 났다. 화가 난 수사는 수많은 조각품으로 홍수를 이루는 방에 멈춰 서서 소리를 질렀다. 그 소리로 한 부왕의 조각이 과거 왕실 농노의 한 인도차이나 지역 위에 떨어져 완전히 깨지고 말았다. 이 붕괴 사건은 일련의 큰 재앙을 초래했다. 조각상들이 모두 쓰러져 박살이 났다. 거실까지도 산산조각이 날 것 같았다. 그런 혼란을 틈타 수사는 도망가기 시작했다. (부서진 조각품들은 수사와 추종자들 사이에 담을 이루었다.)

영원불멸의 순교자의 끝없는 회랑을 지나 불멸의 영웅들의 방으로 들어간 수사는 숨이 막힐 지경이었다. 비틀거리며 조국을 위해 피를 흘린 어린이 방을 지나가는 동안 귀퉁이마다 붙잡을 만한 게 없나 둘러보았다. 하지만 모든 것이 비현실적으로 어찌나 큰지 어린아이 하나에 의지하려 해도 대형 사다리 하나가 필요할 것 같았다. 마침내 어릿광대들의 방에 이르렀고, 정의의 방 옆에 위치한 비상 화장실 복도를 지나 항상 햇빛이 들어오는 방향을 찾아 발코니로 나가려고 거대한 거실로 들어갔다. 기진맥진해서 진홍색 비로드 칸막이에 부딪혔는데, 금실로 짠 거대한 기둥들이 등장했다. 바닥에 넘어지지 않으려고 천을 붙잡고 숨을 돌리며 그것으로 이마와 가슴의 땀을 닦았다.

"만약 대통령이 오늘 당장 내 방을 바꿔 주지 않으면 나는 다시 혁명을 일으킬 것이다." 연단에 서서 말했다.

치명상을 입은 사람처럼 계속 걸었다. 발의 통증이 너무 심해 소리를 지르며, 협정의 방과 병기 저장소를 지나 '조신하게 옷을 벗은' 유화들이 진열된 회랑으로 들어갔다. 그림들을 바라보다가 갑자기 화가 나서 물러섰다. 그의 앞에 은도금한 검은색 액자에 '카를로스 5세 황제가 창과 방패, 연지빛 깃털 장식과 붉은 어깨띠로 무장한' 초상화가 등장한 것이었다. 그에게 침을 뱉고 싶었지만, 목과 입술이 완전히 말라 있었다. 마침내(고해 성사를 외치면서) 복도 맨 끝에서 외부의 선명한 밝은 빛을 보았다. 비틀거리며 복도로 나가 쇠로 된 지붕과 사개가 있는 열두 개의 발코니를 지나 문장과 무기가 새겨진 커다란 군기를 잠시 바라보았다. 그러나 이 기구들은 광장을 향해 등지고 있어서 수사는 이미 비를 맞아 녹이 슨 무쇠 덩어리만 볼 수 있었다. 아직도 숨을 헐떡이며, 심호흡을 깊게 하고 복도 끝까지 비틀거리며 걸어가 바닥에 앉았다. 질식할 듯한 더위였다. 위로 삼아 측면의 정원들 중 한 곳을 바라보았다. 투나 선인장을 보며 즐기고 있을 때 '대통령을 향한 위대한 예찬'을 하려는 시인의 목소리가 정원에서 들려왔다. 세르반도 수사는 벌떡 일어나 발코니 위로 몸을 숙였다. 잠시 어리둥절했다. 나이가 지긋한 그 시인은 컴퍼스, 삼각자, 자 그리고 수사가 알지 못하는 기이한 도구들을 잔뜩 갖고 있었다. 그는 탄원 기도처럼 궁전의 모든 기둥과 세부 사항, 네모기둥과 추녀 끝의 개수 및 위치, 굽도리 널의 수, 요철 처마 장식의 조직과 석회 성분과 벽의 가장자리를 낭송했다. 정원에 가득한 온갖 종류의 나무, 잎의 정확한 수 그리고 심지어 그 가지 위에서 불어나는 다양한 개미 가족까지도 찬미했다. 잠시 휴식을 취하면서 겉표지에 크고 빛나는 글자로 '도기 자루'라고 쓰인 두꺼운 공책에 그가 발음한 단어들을 적고 있었다. 수사는 발코니에서 이제 막 태동하는 작품의 제목을 큰 소리로 외쳤다. 그것을 여러 번 반복했다. 수사는 화가 나서 가시가 많은 선인장 위로 뛰어내려 나무 사이를 지나 시인 앞에 서서 그의 목을 한 번 쳤다. 그러나 시인은 꼼짝 않고 자신의 일에 몰두했다. 이제는 노란 선인장 가시와 정원에 가득한 온갖 종류의 돌 그리고 자신의 대머리에 매료되어 그의 머리 위에서 지저귀는 황조롱이의 색인을 세고 있었다. 세르반도 수사가 그를 다시 쳤다. 그러나 작가는 기품 있는 자세를 유지했다. "1인치짜리 가시 만 개, 코린트식 덮개 여덟 개, 동 문고리 1만 5천 개……." 마치 딴 세상 사람인 양 중얼거리며 계속 기록했다. 모든 것이 소용없다고 생각한 세르반도 수사는 그를 내버려 두고(이미 황조롱이가 그의 눈을 빼려고 위협했다) 계단을 통해 궁전 발코니로 올라갔다. "자, 여기 해먹과 부채에 대한 시의 대가가 있다"라고 다시 진정하고 앉으면서 말했다. '다행히 내 친구 에레디아는 그 정도까지는 안 됐다'라고 생각했다. 에레디아를 찾으며 복도 한쪽을 바라보았다. 그러나 그는 아직 나타나지 않았다. '아마도 복잡한 복도에서 길을 잃었거나 아니면 발판 하나가 떨어져 평소 때의 약속에 올 수 없나 보다'라고 생각했다. "아마도 그편이 더 나을지도 모르지"라고 한 손으로 부채질을 하면서 무관심하게 말했다. "그 친구도 어떤 때는 참기 힘들지." 지난밤을 떠올리며 『실라』(에레디아의 번역)라는 끔찍한 비극의 공연을 기억했는데, 시인이 부츠 끈을 풀고 있는 대통령과 특별석에 함께 앉아 있는 것을 보았다. 시인은 몸을 기울여 자기 보호자에게 헛소리와 아부를 늘어놓고 있었다. 막이 오르고 늙은 부인들이 아무것도 모르면서 갈채를 보내자 감사의 표시로 고개를 숙였다. 그 모든 광경을 다시 떠올리자 한심스럽고 마음이 아프기도 하고 구역질까지 나려고 했다. 로마 시대의 비극과 이렇게 겉만 번드르르한 것을 전개하는 것은 다가오는 기념식을 계기로 과달루페 성모를 기리기 위한 것이라고 생각했다. 다시 마음을 진정하지만 시인들의 지저귀는 소리가 다시 들리는데, 비록 작지만(대통령은 계속 자고 있다) 세르반도 수사는 듣기 거북했다. 도피처가 될 만한 곳을 이리저리 찾아보았다. 시선을 돌려 궁전 주변을 둘러보며 지평선과 빛을 찾으려고 했다. 그러자 성당의 탑과 시계의 무시무시한 숫자와 바늘이 한눈에 들어왔다. 불쾌해서 카사스 누에바스 데 코르테스 대로 쪽으로 시선을 돌렸으나 집은 이미 낡아 균열이 생겨서 광경이 우울했다. 나무 한 그루 없는 플로레스 현관을 지나쳐 메디오디아 광장을 보고 식물원 터를 침범하며 최근에 준공한 감옥을 보았다. 마요르 광장을 바라보며 위로 삼을 게 없는가 싶어 찾아보았지만 아직도 카를로스 4세의 동상을 부수지 않은 것을 보고 화가 더 치밀었다. 고개를 돌리자 사그라리오 성당 정면에 그의 시선이 멎었다. 추리게레스코 양식이 그를 공포에 사로잡히게 해서 잠시 눈을 뜰 엄두가 나지 않았다. "뭐 저렇게까지 요란할 필요가 있을까"라며 말하고는, 매우 불안하게 눈꺼풀을 들고 더 무서운 광경을 볼 것 같아서 눈을 반쯤만 뜬 채 궁전 근처의 관료주의적 건물들을 훑어보았다. 조폐창, 무역관, 재무부 회계 사무소, 대학 광장들로 토스카나 양식보다도 더 조잡하다는 생각이 들어 눈을 크게 뜨고 다시 마요르 광장을 바라보았다.

'차라리 사람이나 짐승들을 보는 편이 더 낫겠다.'

햇볕이 내리쬐는 광장에서 양산을 쓰고 천천히 걷고 있는 여자를 보았다. 말을 탄 남자 하나가 가고 있고, 마차 한 대가 지나갔다. 시간이 좀 지나 황량해진 광장에서 물장수의 처절한 모습을 보았는데, 두 개의 항아리를 머리에 가죽끈으로 붙들어 매 하나는 앞쪽으로, 다른 하나는 뒤쪽으로 향한 모습이 마치 그의 목뼈를 삐게 할 것만 같았다. 한 소년이 석회 보도 위를 걸어가는데, 수사는 눈을 감아 버리고 싶었지만 계속 바라보았다. 소년은 참을성 있게 걸었는데 맨발이라 발바닥이 타들어 갔다. 물장수가 낡은 국가 기념탑 앞에 이르러 균형을 잃고 비틀거리자, 물항아리들이 너무 격렬하게 그의 머리에서 떨어지는 바람에 물장수는 암탉처럼 발을 동동 구르며 고꾸라졌다.

"아휴, 끔찍해라. 내가 더 이상 발코니에 다가오지 못하도록 음모를 꾸미고 있군."

그리고 도로 위에서 무기력한 물장수를 다시 바라보았다. 산산조각 난 항아리에서 쏟아진 물이 그의 몸 아래 흥건했다. 세르반도 수사는 기운을 회복하고(이제 더위가 더 강렬하다) 위로가 될 만한 곳을 찾아보았다. 메르카데레스의 현관을 보았는데, 그곳은 법원 서기, 토르티야 장수와 창녀들이 거주하는 곳으로 호세 데 레사미스 신부가 원한 맺힌 소년의 목소리로 돌 위에 올라가 설교하고 있었다.* 세르반도 수사는, '드디어 시선 둘 만한 곳을 발견했다'고 생각했다. 미소 지으며 신부를 바라보았다. 그러나 이내 아무도 그의 아름다운 설교를 듣고 있지 않다는 것을 발견했다. 법원 서기들은 음탕한 글귀들을 갈겨쓰고, 토르티야 장수들은 큰 소리로 자신들의 음식을 선전하고 창녀들은 현관 기둥 옆에서 능숙하게 자신들의 일을 수행하고 있었다. 감격해서 계속 설교하고 있는 신부를 다시 서글프게 바라보았다. 즉시 항복하고 궁전이나 도시를 잊고 지평선의 대계곡이라 불리는 경치에서 위로를 받고자 했다. 수사는 '계곡'이라고 말하고 직접 가 보진 못했지만 책을 통해 알고 있는 그곳을 보려고 노력했다. 그러나 산들은(그의 눈과 동시에) 갑자기 우뚝 섰다. 그의 앞에는 질식할 듯한 고리와 거의 평행선을 이루며 우뚝 선 산들의 원형만 있었다. 항상 느끼듯이 다시 감옥 안에 있다는 생각이 들었다. 출구를 찾으려고 노력했다. 화가 나고 겁에 질려 발코니를 다 돌고 여기저기 다가갔다. 동편 끝을 향하니 시에라네바다산맥이 보이고 두 개의 무서운 화산, 이스타치우아틀과 포포카테페틀이 보이는데 불똥 하나로 그를 부숴 버린다고 협박했다. 고개를 남서쪽으로 돌리자 그의 코는 크루세스산맥과 부딪히는데, 이 산맥은 무쇠로 만든 두꺼운 커튼처럼 우뚝 서 있다. 발코니 앞쪽으로 뛰어가 북쪽을 바라보니 그의 손이 할판의 구릉지에 닿을 듯했다. 펄쩍 뛰어 남쪽으로 돌았다. 틀라록의 지맥들이 그의 머리를 칠 것만 같다. 계속 돌며 출구를 찾았지만 어느 곳을 둘러보아도 높은 성벽과 작은 틈새 하나 찾아볼 수 없는 담만 있었다. 그 번쩍이는 언덕들은 때때로 가시가 가득한 나무들을 보여 준다. 시코케 언덕(또 다른 담)과 마주치자 눈물로 범벅이 되어 있었다.

"음모로군, 나를 구덩이에 빠뜨려 매장시키려는 음모야. 감옥을 만들어 내가 도저히 빠져나오지 못하게 하려는……."

이미 도주를 계획했고, 전보다 더 끔찍한 추방이 될 것이라고 예상했는데, 모든 것에 환멸을 느끼고 떠나기 때문이다. 시선을 떨구다 우연히 높이가 겨우 40미터 되는, 나무가 빽빽한 작은 언덕과 마주쳤다. 그리고 갑자기 과달루페 성모상을 보관하는 대성당이 있는 테페약산을 발견했다. 즉시 투명한 수증기 위에 떠 있는 듯한 소박한 성지에 시선을 고정시켰다. 다른 산들보다 궁전에 더 가까운 그 지역을 바라보며 너털웃음을 터뜨렸고 어떤 계시가 있음을 예감했다. 찬미 소리가 들리기 시작할 때 언덕을 바라보면서 그렇게 웃고 있었다. 놀란 신도들이 성모상을 들것에 들고 성지에서 나오는 것을 보았다. 그리고 이미 언덕으로 들어섰다. 엄숙한 행렬이 만들어졌다. 그리고 이미 행진이 시작되었다. 1825년 12월 12일이었다. "테페약 성지의 행렬이 다시 출발해서 성스러운 베라크루스 지역을 지나 마리스칼라 다리를 통과해 산타 이사벨 거리를 돌아서 알라메다 산책로를 지나 산 프란치스코 다리까지 가서 성당까지 계속 행진한다. 사람들과 무리와 종들이 매우 소란스럽다." 행진이 계속되는 동안 세르반도 수사는 황량한 궁전(대통령을 포함해 거의 모두가 행진에 참석했다)에 서서 계속 말했다.

"이런 모욕이 어디 있담, 어떻게 나를 초대하지 않을 수 있단 말인가 ── 가슴을 치고 머리카락을 쥐어뜯고 사제복의 비단 끈을 풀어 등에 채찍질을 했다 ── 나를, 저 형상의 최고 권위자인 나를. 진정한 해방자인 나를. 이게 뭐란 말인가 ── 계속 자신을 때렸다 ── 우리는 어디로 가고 있는가, 혼란을 이용해 자기들 마음대로 나라를 이끌어 가려는 폭한(暴漢), 사기꾼, 시골 하층민의 무리가 통치하면서…… 나를 무시하려 하니 존경심이 없지. 내가 이제 아무 쓸모 없다고 여겨 빨리 죽어 버리기를 바라지. 그러나 저 행렬을 저지해야 해. 이제 저 음모자들의 죽음을 볼 거다." 그러고는 발코니 철창을 넘어 성모상 위로 뛰어들려 했다.

그러나 그때 등 뒤에서 목소리가 들리더니 손 하나가 그의 어깨를 잡으며 저지했다.

"경이로운 격류, 침착하세요, 당신의 무서운 천둥을 가라앉히시고 당신을 에워싸는 암흑을 좀 걷어 내시고 평안한 얼굴을 보여 주시오."

세르반도 수사는 발코니에서 내려와 서술적인 시 한 편을 짓고 있는 시인을 향해 몸을 돌리고는 화가 더 나서 그를 바라보았다.

"나 원 참 ─ 화가 나서 그에게 말했다 ─ 당신은 자신의 허세를 희작(戱作)하는 일 말곤 할 줄 아는 게 그렇게도 없소? 저길 보시오, 저 행렬을 보라니까. 나는 여기서 잊힌 채 내 공적도 인정받지 못하고 있소. 내가 이제 더 이상 그들의 예언자가 아니란 말이오?"

시인이 행렬을 바라보았다. 팔짱을 끼고 엄숙한 동작으로 행렬을 바라보며 수사에게 말했다.

"모든 것이 우주의 법칙에 의해 사라지지요. 우리가 살고 있는 이처럼 아름답게 빛나는 세상도 말이죠……."*

그러나 더 이상 계속할 수 없었다. 수사가 펄쩍 뛰어 그의 목을 잡고는 굵고 더러운 비단 끈으로 재갈을 물렸던 것이다. 그를 번쩍 들어 행렬 가운데서 춤추고 있는 인디오 무리들에게 던지려다가 동정심을 느꼈다. '불쌍한 해충'이라고 생각했다. 아직 인생을 모르기에 살 권리가 있는 도망자일 뿐이지. 안쓰러운 마음에 석회로 된 발코니에 내려놓았다. 다리가 묶인 시인은 일어서지도 못하고 뱀처럼 펄떡거렸다.

"이 땅에서 설교를 한다는 것은 ─ 수사가 말했다 ─ 물속에서 성호를 긋는 거나 마찬가지지."

다시 난간에 기대어 행렬을 보았다. "성모상 뒤에는 법정, 법조계 사람들, 사업가들, 영사, 종교 단체, 단기(團旗)와 십자가와 대형 촛대가 있는 깃발을 갖춘 신도단과 역사가 오래되고 특권을 많이 가진 신도단 뒤로 일반 주민들이 오고 있다. 앞에서는 대통령(부왕의 자리를 차지하고), 대주교, 참사 회원, 성당 참사회장, 퇴임한 성직자들, 도시 귀족과 특별 초대 손님들이 간다. 맨 앞에는 모든 행렬을 이끌면서, 인디오들이 이교도일 때부터 하던 습관대로 춤을 추며 간다. 이외에도 계속해서 종을 치고 있다." 수사는 잠시 행렬을 지켜본다. 소리를 지르려고 하지만 목소리가 나오지 않는다. 난간에서 물러나 자동적인 행동으로 시인을 풀어 주기 시작했다. 다 풀어 주고는 일어서도록 도와주었다. 두 사람은 말없이 서로를 바라보았다. 시인은 생각했다. '이 가여운 사람이 늙고 편집적이 되었구나. 모든 것에 항거를 하는구나. 그러나 얼마 안 있어 죽을 거야. 그의 무례함을 용서해 주어야지.' 수사는 먼지 묻은 옷을 털어 주면서 생각한다. '야만적인 섬에서 와서 배은망덕한 야만인들과 어울리지. 추방지에서 이제 시작하지. 내가 좀 더 관용을 베풀어 주어야지.'

"내가 이해하지 못하는 것은 — 수사가 큰 소리로 말했다 — 당신이 저 행렬에 참여하지 않았다는 거요. 대통령도 당신의 존재를 잊어버린 거요?"

'저 목소리, 저 예리하고 비통에 잠긴 목소리는 내가 가장 참기 힘든 것이지.' 시인은 생각했다

"아니요. 단지 대중과 섞이고 싶지 않아서 가지 않았소." 시인이 대답했다.

"그렇다면 몸단장을 그만하고 이 궁전을 떠나는 것이 나을 것

이오." 수사가 종소리보다 언성을 더 높이며 말했다.

'또 나를 모욕하는군.' 시인이 생각하면서 말했다.

"세르반도 수사, 당신과 함께 있는 것이 이 나라 최상의 것과 함께하는 것이오."

수사는 무장 해제를 하고 무어라 대답할지 몰랐다. 다시 난간으로 가서 행렬을 바라보았다. "춤. 거의 알몸인 인디오들은 자신들이 우수에 잠긴 목소리로 패러디하는 아레이토*에 맞추어 몸을 흔들어 댄다. 처음에는 장례 행렬처럼 천천히 움직인다. 그리고 손을 잡고 하늘을 쳐다본다. 그런 다음 한 발로 뛰고 서로 등을 발로 차고 소리 지르고 손톱으로 눈을 뽑고 손가락 사이에 감춘 거의 보이지 않는 비수로 심장에 구멍을 뚫는다. 그러나 생존자들은 계속 춤을 추면서 열광적으로 다시 활기를 찾아 토착어로 기원을 한다. 자신들의 목을 베거나 죽음을 무릅쓴 도약을 하며 신성한 형상, 그 은총에 도달하려 한다. 마지막으로 종합 청사 건물에 몸을 숨긴 용맹스러운 국립 경찰대의 일제 사격이 그 불경한 행사에 종지부를 찍는다. 위압적인 행진은 계속된다. 종소리는 잠시도 멈추지 않는다." 수사와 시인은 산탄과 계속되는 종소리에 혼란스러워 발코니에서 멀어져 복도 양끝에 서서 긴 연설을 한다. 두 사람이 동시에 말한다. 둘다 불평을 늘어놓는다. 자신들의 인생 역정과 고뇌, 추방의 슬픔을 이야기하고, 마침내 흔들리는 의자에 올라가 계속 연설을 한다. 팔을 들고 밑이 빠진 의자에서 발길질을 하며 때때로 균형을 잃어 반짝이는 바닥에 떨어지기도 한다.

"이 세상의 많고 많은 불행 중에 — 이제 궁전의 피뢰침에 손짓을 하고 바라보면서 에레디아가 말한다 — 그 어느 것도 시인의 불행보다는 끔찍하지 않을 것이오. 재난을 강렬하게 겪을 뿐만 아니라, 그것들을 해석까지 해야 하니 말이오."

자기 자신을 변명하면서 계속해서 소리쳤다. 그때 수사는 항거하는 연설을 하며 시인을 보고 생각한다. '울보. 고통을 즐기고 있지. 언제나 죽음에 대해 이야기하면서 정원의 계단은 아주 조심스럽게 내려가지.' 큰 소리로 계속 말했다.

"나를 초대하지 않은 것은 커다란 모욕이지. 어떤 음모를 꾸미고 있어. 역사 이래 내가 가장 뛰어난 정치적 천재인 까닭에 나를 없애려 하고 있지."

'저 말 좀 들어 보시오.' 그러자 시인이 생각했다. '저 말 좀 들어 보시오. 엉터리처럼 쓴 회고록에서 자신에 대한 말만 하고 있지. 그는 언제나 자기뿐이지. 저 사람이 으스대는 것을 보시오. 노출증 환자일 뿐이오.' 그러고는 계속 자신의 삶을 이야기하며 이때까지 겪었고 지금도 겪고 있는 재난에 대한 이야기를 한다. '그의 낭만적 성격 때문에 모든 것을 과장하지.' 수사가 멕시코 연방제에 대한 그의 긴 『예언』을 낭송하며 생각했다. '나에게 사나운 짐승처럼 산과 산맥에 의해 추적당했다고 말했지. 나에게 그런 말을 하다니! 추적에 대해 나에게 말하다니!' 계속해서 그의 예언서를 낭송하며 발을 구르고, 허공에 대고 협박하고, 가래침을 뱉고 의자를 후려치자 등받이와 횡목이 떨어졌다. '성질 괴팍한 노인이야.' 시인이 그의 『바다 찬미』를 낭송하면서 생각했다. '불평하고, 모든 것에 반항하고, 모든 것을 따지고 들면서 고치려 하지. 자신의 어리숙함과 노망을 참아 주는 빅토리아 대통령에 대해 끔찍한 소리를 하지.' 시인은 계속해서 생각하고, 그의 목소리는 이제『엄숙한 하늘의 불타는 거울』로 갔다. '미쳤어. 독립을 위해 그렇게 투쟁한 후에 중앙 집권적 헌법을 원하다니. 구약까지도 수정하려고 해…….' 수사에 대한 그의 생각은 시를 다 낭송함으로써 끝났다. 리듬을 잃지 않기 위해 즉시『소의 죽음』을 낭송하기 시작했다. '얼마나 모순적인가!' 그때 수사가 생각했고 그의 목소리는 첫 번째 공화국 연설 중 하나를 되풀이했다. "27년간의 혹독하고 힘겨웠던 핍박 끝에 나를 다시 조국의 품으로 돌아오게 해 준 하늘에 감사드린다. 의회에서 의원직을 차지하도록 명예를 허락해 준 내 고향 누에보 레이노 데 레온에도 감사하다."* '나에게 단순한 것을 좋아한다고 말하고는 ── 수사는 계속 생각한다 ── 폭포, 화산, 소, 태양을 노래하며 생을 보낸다…….' '저 연설 좀 들어 보시오 ── 시인이『우수의 즐거움』을 낭송하면서 생각했다 ── 저 연설 좀 들어 보시오. 앞뒤가 안 맞지. 아주 형편없는 시인이야. 화형을 당할 정도의 끔찍한 순간에도 자신이 사용하던 종이보다 더 값진 시를 쓰지 못했어. 그러고는 나를 비난하려 하다니, 나를 말이지.'

"우리는 무엇인가 ── 에레디아의 시와 생각을 차단하며 수사가 말했다 ── 우리가 이 궁전에서 쓸모없는 물건이나 박물관의 보물 그리고 명예를 회복한 창녀가 아니면 무엇이란 말인가? 작은 나팔 소리에 맞춰 춤을 추지 않는다면 이제까지 우리가 한 것은 아무 소용이 없지. 아무 소용 없고말고. 만약 과오를 고치려 한다면 배신자 취급을 받게 되지. 짐승 같은 짓을 바로잡으려 한다면 냉소적인 수정주의자 취급밖에 못 받지. 그리고 진정한 자유를 위해 싸운다면 그것은 바로 죽음을 자초하는 일이지……."

시인은 묵묵히 듣고 있었다. 수사는 계속 논증을 대며 말했고, 그의 맑은 목소리가 황량한 궁전에 울려 퍼지고 때때로 기둥이 무너지는 소리와 조각상이 떨어져 가루가 되는 소리가 들린다.

"이것야말로 진정한 자유지 ── 수사가 언성을 좀 더 높이며 말했다 ── 민주주의와 잘못된 교육을 혼동하고, 모든 것을 도식으로 축소하는 이 천민 무리에 봉사하는 것? 그들은 민주주의가 그들에게 입맞춤도 할 수 있는 아첨꾼들에게 그들의 재주를 다 보여 주면서 옷을 반쯤 벗고 돌아다니는 것으로 믿고 있나? 이것이 마지막이란 말인가? 이 계속되는 위선과, 우리가 낙원에 있고 모든 것이 완전하다고 반복하는 것? 그리고 실제로 우리가 낙원에 있는가? 실제로 ── 언성을 더 높이자 피뢰침이 카를로스 4세의 조각상 위에 떨어져 산산조각을 냈다 ── 그런 낙원이 존재하는가? 만약 존재하지 않는다면, 무엇 때문에 그것을 고안하려고 노력하는가? 무엇 때문에 우리 자신을 속이는가? '그렇다면 우리에게 약속된 장소를 이미 발견했나? 우리가 이미 위안과 휴식을 보았나? 이제 더 이상 바랄 게 없나?'* 그렇다면 아니야, 그렇다면 아니야, 아직……."

계속 말하려고 했지만 의자가 부서져 수사는 저주를 하며 바닥에 떨어졌다. 에레디아가 임시 발판에서 내려와 그를 일으켜 세우려 했다.

"내버려 두게 — 시인이 그의 등에 손을 대자 수사가 화를 내며 말했다 — 나 혼자 일어날 수 있네."

그러고는 혼자 일어섰다. '편집증적인 사람이야.' 시인이 생각했다. '고생을 많이 했기 때문이야. 광적이고 환상에 빠져 있지. 항상 환영을 보고 있어. 누군가 자기 등에 총을 쏘거나 창을 꽂을 거라고 생각해. 겁에 질려 계속 뒤를 힐끔힐끔 보며 복도를 걸어가는 모습을 보았지……. 나는 이 버릇없는 사람을 지나치게 믿을 수는 없어.' 수사가 일어서며 생각했다. '결코 자기 신분을 밝히지 않지.『보수주의자』라는 신문을 발간하면서, 동시에 산타안나의 혁명당원이라고도 하지. 이 잔인한 기후를 계속 불평하며, 태양에 대한 찬가를 짓지. 그래, 그를 너무 믿지 않는 게 좋아…….' 그러고는 연설을 계속하기 위해 다른 의자로 옮기는데, 광장에서(이제 분명한 폭력과 함께) 군중의 요란한 소리가 들렸다. 수사와 시인 두 사람은 발코니 끝으로 가서 몸을 구부렸다.

"국민들은 종교적 신앙심이 가득해 신성한 이미지까지 건드리려 한다. 그것을 가까이서 보고 죽는 것이다. 국민들이 고양이 울음소리를 내며 기도하고 자비를 간구한다. 예상 밖의 찬미가를 부른다. 장애인들은 걷고 싶어 하는 듯 절망적인 동작을 한다. 창녀들은 순간이나마 그들의 직업을 부인한다. 거지들은 자비만을 요구하며 손을 뻗는다. 상처 입은 사람들은 몸이 깨끗해지기를 바라며 피가 흐르는 고름집을 뜯는다. 어떤 신도들은 무릎을 꿇고 가며, 어떤 이들은 죽음의 마지막 호흡을 하면서 몸을 질질 끌고 간다. 고통스러워하는 노인들은 신성한 단기가 지나가는 곳을 핥는다. 마침내 한 어린아이가 종교적 차단선을 조롱하며 — 하늘을 향해 손을 들고, 눈물을 흘리고, 피곤해서 쓰러지는 — 사람들 사이를 지나갔다. 뛰어서 신도단과 특권을 지닌 신도단들을 앞지르고, 단기가 게양된 곳까지 간다. 그렇게 하면 영생을 얻을 것을 확신하며, 성모상의 망토를 장식한 화관 하나를 잡으려 한다. 어느새 팔을 들고 펄쩍 뛰어 신성한 단을 만진다. 그러나 그 순간에 신앙이 돈독한 부인이 불경스러운 일 앞에 무서워 떨며 두꺼운 기도서에서 권총을 꺼내 어린아이의 이마를 향해 쏘아 죽인다. 어린아이는 손짓을 하며 쓰러진다. 모두들 성호를 긋고 행진을 계속한다. 성당으로 들어가기 전에 특별히 밝은 성모 찬미의 합창이 광장 전체에 활기를 불어넣는다. 게다가 종소리까지…….” 고요해졌다. 세르반도 수사와 에레디아는 정오의 빛에 이미 멀어져 가는 성모의 긴 망토를 현혹해서 바라본다. ‘말을 해야 한다.’ 시인이 생각했다. ‘우리가 미쳐 버리기 전에 무슨 말이든 해야 한다. 무엇이든지. 이 거짓된 마법을 깨야 한다.’ 세르반도 수사를 보았을 때, 얼굴이 창백했고 먼 곳에 있는 사람 같았고, 시공을 초월해 둥둥 떠 있는 듯했다. 때때로 분별할 수 없는 동작으로 손을 들었는데, 아마도 그에게만 보이는 사람에게 축복하고 있는 듯했다. ‘불쌍한 노인 — 그때 시인은 확연히 밝은 가운데 거의 해체되는 그 희미한 이미지를 보면서 생각했다 — 결점이 많지만 추방을 잘 이겨 냈지. 모든 일을 잘 처리했고, 모든 종류의 아첨을 거부했고, 불가능한 일을 이루었고, 계획한 것을 달성했지. 그의 많은 결점에도 불구하고 진정한 영웅이야. 아니, 그 이상이지. 진정한 인간.' 창백한 그 사람에게 동정을 느꼈다. 눈물을 흘리고 사과하며 그를 포옹해야겠다고 생각했다. 그러나 정작 말은 다르게 했다.

"세르반도, 『실라』의 최근 공연이 성공한 것 보셨죠? 내가 대통령의 인정을 받았소."

세르반도 수사는 자신이 만든 환영에서 조금씩 빠져나왔다. 질식할 듯한 겨울옷을 입고 있는 에레디아를 보았고, 그가 한 말과는 상관없이 거의 낯선(거의 참을 수 없는) 슬픈 표정을 짓고 있는 것을 보았다. 수사는 생각했다. '자기 자신을 배반하지. 모순으로 가득 차 있고, 울보인 데다 늘 우울해하지. 그러나 때때로 나를 당황하게 하는 행동을 해. 자신의 억압받는 조국 때문에 울고, 천재 같은 시를 짓기도 하지. 그것만으로도 그를 배려하고 그의 우정을 간직할 충분한 이유가 되지.' 그에게 감탄과 존경을 표할 때라고 생각했다. 그러나 말은 다르게 했다:

"친애하는 에레디아, 독창적이지도 않은 무언극에 시간을 낭비할 정도로 내가 그렇게 한가한 사람이 아니라는 걸 잘 아실 텐데. 게다가 주이(Jouy)의 비극을 당신이 여행 중에 번역했다는 것이 역력했소. 결점이 수두룩하오. 아주 잘못된 표절이오." 이 말을 하고는 행렬을 향해 시선을 돌렸다.

"성모의 망토는 수많은 보석, 귀걸이, 팔찌 그리고 금실로 수를 놓아 세공한 3캐럿이 넘는 굵은 진주로 장식했다. 옷도 진귀

한 보석으로 만들어졌는데, 다이아몬드 받침 위에 은으로 된 발판에 놓여 있는 성모상을 감싸고 있다. 그곳에 귀중한 보석으로 만든 들풀과 꽃으로 치장한 언덕이 있다. 우뚝 솟은 바위에서 나온 바로 그 언덕에서 루비로 만든 무지개 같은 아치가 이슬방울 모양의 수많은 작은 진주를 흩뿌린 이미지로 둘러싸고 있다."

너무 많은 금속이 빛나는 것을 보고 현기증이 나서 수사는 복도의 받침대에 기댄다. 다시 거대한 행렬을 본다. 아첨하는 장군들과 성직자들은 언제나 대통령 옆에서 가고, 굶주린 인디오들은 춤을 추고, 비참한 주민들은 그들의 분노를 삭인다. 작은 기둥을 잡고 계속해서 울리는 종소리를 듣는데, 갑자기 더는 참기가 어려워졌다. 거기서 계속 그 광경을 보면서 불명예를 참을 수 없다고 생각했고, 자신이 폭발해 버릴 것 같고, 우롱을 견디기가 힘들었다. 계속 울리는 종소리로 거의 미쳐 버릴 것만 같아 허공을 향해 손을 들었다. 즉시 거대한 궁전이 자기 발밑에서 붕괴하기 시작하더니, 짧은 폭발로 용해되면서 흔들거렸고, 자기 몸 밑에 묻혀 버리듯 사라졌다. 종소리는 노래처럼 수그러들며 멀리서 들렸다. 그때 시인이 궁전과 함께 사라지는 것을 보았고, 모순적인 그 사람에게 동정심을 느꼈다. 손가락 하나를 움직여 자기 옆으로 오게 했다. 두 사람은 함께 작은 개미로 이루어진 행렬을 보았는데 궁전의 마지막 기둥과 도시의 마지막 남은 집과 함께 사라졌다. 다른 거대한 발코니에서 그들이 아직 발견하지 못한 수백만 마리 새들의 지저귐과 함께 계속해서 꽃이 피어 있는 나무들에 둘러싸여 있었다. 고개를 들어 그들 주변에 두 개의 커다란 호수가 있는 거대한 도시를 보았고, 카누를 탄 주민들을 보았다. 즉시 계단을 내려가 정원으로 갔는데, 그곳은 모든 지역의 새들과 알지 못하는 동물들이 살고 있고, 수백 명의 하인들이 매우 하찮은 도마뱀에게까지 공들여 먹이를 주고 있었다. 수사와 시인은 마음을 빼앗긴 채 그 지역을 지나갔다. 말없이 서로를 바라보았다. 행복했다. 좀 더 가다 멈춰 섰다. 여기저기서 새들이 훨훨 날아다녔다. 세르반도 수사가 팔을 들자 곧바로 매, 거위와 찌르레기가 붙어나서 숲이 새의 지저귀는 소리로 가득했다. 그가 너털웃음을 웃자 이의 끝부분에 솔개와 벌새가 앉아서 그의 웃음에 박자를 맞추어 노래하기 시작했다. 너무 흥분한 나머지 수사는 울기 시작했다. 즉시 방울새 한 무리가 그의 귀에 앉아 눈물을 마시고 예상할 수 없을 정도로 지저귀며 날아갔다. 세르반도 수사가 시인을 보았을 때 그가 마치 멋진 나무 같아 보였는데, 그곳에 멧비둘기, 홍머리오리, 앵무새, 갈까마귀와 동면쥐가 가득했다(그 순간 에레디아는 『아테네와 팔미라』 송가를 지었다). 결국 두 사람은 기뻐서 바라보고, 빛과 그림자놀이를 하는 회오리바람 위의 나무 밑을 걷기 시작했다. 호수에 도착하자 야생 오리와 학들이 그들을 큰 소리로 맞으며 하늘로 날아갔다. 옷을 벗고 수영을 했다. 빛나는 잎으로 옷을 만들었다. 거대한 덩굴나무 아래 누웠는데, 여기서 원숭이들이 두 사람이 지금까지 들어 본 어떤 음악보다도 훌륭한 소네트를 켜고 있었다. 잠이 들었다. 너무 만족스러워 계절이 가리키는 시간조차 잊어버리고 깨지 않기로 약속했다. 그러나 이내 소란한 소리가 들렸다. 그리고 계속 들렸다. 그다음 하늘을 뿌옇게 하는 대포 소리, 기병대의 총소리, 무장한 군인들이 지나가는데, 먼지와 땀과 쇠로 범벅이 된 군대였다. 정복자들이 도착하고 있었다. 세르반도 수사와 시인은 새들이 놀라 날아가는 것을 보기 위해 겨우 눈을 떴고 군대는 광활한 정원으로 침입해 새장의 횃대를 파괴하고, 메추라기를 짓밟고, 케찰의 털을 다 뽑았다. 한 병사가 세르반도 수사를 죽어 가는 물총새로 착각해 그에게 총을 쏘았고, 만일 수사가 피하지 않았더라면 제대로 적중해서 죽음을 면치 못했을 것이다. 반면 에레디아는 나뭇잎과 새털 밑에 피신해서 질식할 뻔했다. 모든 새들의 울부짖음이 그 지역을 가득 메웠다. 세르반도 수사는 미칠 것 같아 다시 손을 들었다. 즉시 그지역이 변했다. 위대한 평화의 시간이었다. 진정으로 고요한 계절. 모든 암자에 성스러운 향이 타올랐다. 인디오들의 노래와 춤이 울려 퍼지며 온 도시를 감쌌다. 세르반도와 시인이 궁전의 거대한 계단을 내려와 안개의 집에 들어가자, 몬테수마 엘 돌리엔테왕이 52년의 생을 더 얻기 위해 새로운 불을 갱신하는 축제를 벌이고 있었다. 거대한 의식은 완벽하게 치러졌다. 불은 왕이 축복하는 동안 한 손에서 다른 손으로 옮겨졌다. 시트랄테페틀 언덕에 횃불이 도착했다. 일제히 기도했다. 온 도시를 불꽃이 탁탁 튀는 빛으로 장식했다. 그리고 축제가 계속되었다. 시인과 수사는 만족해서 바라보았다. 궁전의 다른 곳을 둘러보기 위해 거대한 환영식장을 떠나려 하자, 그들의 등 뒤에서 불편한 음악 소리가 들렸다. 두 사람은 돌아서서 어리둥절한 눈빛으로 바라보았는데, 4백여 명의 어린 소년이 옷을 벗고 왕의 연단까지 와서 그 옆에 앉았다. 그러고는 흥분시키는 음료가 든 종지를 나누어 마시기 시작했다. 보리피리, 플루트와 작은북 소리가 울렸다. 춤을 추기 시작했다. 세르반도 수사는 화가 나고 비탄에 잠겨, 그 광경을 계속 보려는 시인을 사제복으로 가리고 도시 끝까지 끌고 갔다. 거기서는 음악이 상당한 울림이 있어서 좀 더 참을 만했다. 매우 지친 수사가 다시 손을 들자, 두 사람은 다시 대통령 궁의 발코니에 있었다. 난간까지 걸어가 마요르 광장 중앙에서 장관을 이룬 행렬을 바라보았다. "인디오들과 귀족들 그리고 성모상이 모자를 쓰지 않은 머리, 주민들과 종교 단체 위로 빛나는 배처럼 전진한다. 각 공동체, 신도단과 동업 조합들이 열정의 표시로 천사 하나씩을 과시한다. 천사의 수는 열여덟 개로, 모두 화려하게 장식하고 이 순간 궁전 밑을 행진한다. 그들이 들고 가는 것은, 첫 번째, 초롱불 / 두 번째, 은화 30냥 / 세 번째, 비웃음의 베일 / 네 번째, 기둥 받침 / 다섯 번째, 골풀 또는 물갈래 / 여섯 번째, 창 / 일곱 번째, 스펀지 / 여덟 번째, 가운 같은 겉옷 / 아홉 번째, 기둥 / 열 번째, 가시 면류관 / 열한 번째, 사슬 / 열두 번째, 계단 / 열세 번째, 세 개의 못 / 열네 번째, 갈대 / 열다섯 번째, 밧줄 / 열여섯 번째, 망치 / 열일곱 번째, 비문 / 그리고 마지막으로 십자가." 첫 번째 신도단이 지나고, 이제 발코니 옆으로 두 번째 종교 단체가 지나가고, 다시 초롱불을 든 천사가 수사의 발치 밑을 지나가고 있다.

"안 돼." 그때 수사가 외쳤다.

다시 손을 들었다. 종소리가 그쳤다. 수사와 시인은 투나 선인장들이 위협하듯 우뚝 서 있는 거대한 심산계곡을 걷는다. 아주 멀리 작은 부락이 보이는데, 늪지 옆에 솟아 있다. 밤새 그 지역을 걸으며 덩굴 선인장을 먹어 심한 소화 불량증에 걸렸다. 다음 날 다시 산을 향해 걷기 시작해 종교 행사가 치러질 테페약이라는 작은 언덕에 도착했다. 태양과 가시 많은 식물의 즙 때문에 혼수상태가 된 채로 산맥에 이르렀다. 높은 언덕에서 몸을 피하며 산을 통과하는 원주민의 행렬을 보았는데, 그들은 우리 어머니라고 부르는 우상 토난친에게 예찬을 드리기 위해 작은 성지에 도착하려는 참이었다. 시인과 수사는 그 문명의 신앙심에 놀라움을 금치 못했다. 그때 첫 번째 외침이 들렸다. 선택된 신자들이 성전에 들어가 커다란 돌 위에 눕는다. 그러자 사제가 상황에 걸맞은 울상을 지으며 그들의 심장을 꺼냈다. 수사와 신부는 다시 긴 행렬이 사제가 비수를 번쩍 쳐들고 기다리는 성전 안으로 천천히 걸어 들어가는 것을 보았다.

"세상에!" 두 사람은 겨우 탄성을 질렀다.

(이제 피는 산맥의 비탈을 흘러 내려가 긴 시내를 이루고, 거기서 인디오 어린이들이 수영을 하고 콘도르들이 훨훨 날고 있었다.) 신부는 기운이 너무 없어 손가락만 까딱할 수 있었다. 경관이 바뀌었지만 남자들의 긴 행렬은 그들 앞에 계속 펼쳐졌다. 두 사람은 어리둥절해서 조심스레 산을 내려왔다. 나뭇가지 뒤에 숨어 거대한 행렬을 가까이서 지켜보았다. 좀 전의 사람들과 유사했으나 두 사람처럼 옷을 입고 있었다. 기다리는 게 성가시

다는 듯 초조해했다. 수사는 몸을 떨며 그 줄의 앞부분을 보았다. 화롯불이 있는데 구름에 거의 닿는 화염으로 지평선에서 불길이 일었다. 그곳에서 단숨에 사라지고 싶었다. 너무 당황해 이번에는 두 손을 다 들자 미지의 미래로 가 있었다. 다시 화염과 마주쳤다. 높이 솟구치는 화염이 수사가 들어간 방을 가득 메웠다. 불꽃 그리고 그중 누군가 신부의 인생을 이야기했다. 당황스러웠지만 자신의 마지막이 어떤 것인지 알고 싶었다. 불은 이미 그의 샌들로 올라와 사제복을 그슬리고 있었다. 불에 타지 않기 위해 양손을 내렸다. 다시 대통령 궁에 있었다. 미래에 대해 알고 싶어 하지 않는 시인이 광장 앞 복도에서 그를 기다리며, 묵묵히 행렬을 보고 있었다. 수사는 아직도 숨을 헐떡이며 해진 옷을 입은 채 소리 지르고 싶은 강한 욕구가 일었다. 그러나 자제했다. 시인 옆으로 가서 거대한 난간에 손을 기댄 채 종교 행렬을 바라보았다. "행렬은 이제 마요르 광장에서 멀어져 성당으로 들어간다. 대성당의 종소리가 울리면 일제히 모든 성당에서 더 강하게 종을 치라고 미리 지시되어 있었다. 그대로 행해진다. 합의된 지시에 따라 대성당이 종을 치면 즉시 도시 전체에서 종을 친다. 그리고 이제 커다란 성당 안에서 대주교의 손을 포함해 의원들과 종교 지도자들이 멕시코의 수호신인 과달루페 성모 마리아에게 영원한 신앙을 맹세한다. 엄숙한 맹세가 수락되면, 대주교는 테 데움을 빌며 감사를 드리려고 단상으로 돌아간다. 이 순간 모든 종의 울려 퍼지는 소리가 위압적이다." 수사는 그 의식을 멀리서 보고 오한을 느꼈다. 이제 죽을 때가 됐다고 생각했고, 그런 모욕감과 비천함을 더 이상 견딜 수가 없었다. 그를 다시 미치게 만드는 소란한 소리를 듣는 순간 갑자기 그의 전 생애 동안 사기를 당했다고 느꼈다. 그런 사기가 명백히 어떤 것인지 잘 설명할 수가 없어서 거대한 복도의 중앙까지 걸어갔다. 큰 의자에 올라가자 즉시 삐걱거리기 시작했고, 팔을 뻗었다. 두 손을 내리기 전에 행렬에 흠뻑 빠져 있는 시인을 바라보았다. 그리고 아마도 이번 여행에서는 돌아올 것 같지 않으므로 그를 데려가지 않는 게 나을 것이라 생각했다. 그때 손짓을 했다. 그리고 내려왔다. 이제 그의 『별이 빛나는 위대한 밤』에 있었다. 질문의 밤이다. 반 고흐를 미치게 만든 밤, 칸트를 의심하게 만든 밤, 다윗의 첫날 밤, 모든 문명 시대에서 인간들을 당혹하게 하거나 계몽시킨 밤. 별자리들의 불꽃 아래서 수사는 복도를 걷는다. 대답이 무엇이었나? 신호와 해답은 어디 있었나? 다시 고개를 들고, 천체의 소용돌이 같은 행렬을 보면서 꼼짝하지 않았다. 오랜 시간 동안 그 빛나는 행렬, 그 침착한 조화를 꼼짝 않고 바라보았다. 그리고 계시를 얻었다. 모든 문명(모든 혁명, 모든 투쟁, 모든 목적)의 목적은 별자리의 완성, 변함없는 조화에 도달하는 것이다.

"그러나 결코 그러한 완성에 도달하지 못할 것이다. 반드시 불균형이 존재하니까." 큰 소리로 말했다.

그 순간에 그의 말 일부를 우연히 들은 에레디아가 수사가 올라가 있는 곳까지 가서 흔들리는 의자를 붙들었다. 그러나 수사는 그를 당황해서 바라보는 시인을 개의치 않았다. 그의 머리 위에서 모든 유성들이 돌고 있었고, 그들의 빛에 도취해 계속 질문했다. 다시 생각했다(이제는 낮은 소리로). 만약 온 우주가 유성들의 그 동일한 조화에 의해 운행된다면, 만약 인간을 제외한 모두가 그 법칙에 예속되어 있다면, 그것은 실제로 불균형이 존재했기 때문이다. 이러한 정언(正言)에 대해 굳게 확신하고 계속 연구하려 했다. 큰 의자에 올라가 의식이 혼미한 동작을 했다. 곧이어 종소리가 멈추고 행렬이 희미해졌다. 그리고 고요해졌다. 도시가 있던 곳에 단지 사탕수수밭만 있다. 거대한 숲이 있다. 마침내 물이 범람해 수사가 높은 곳에서 통제하던 면적까지 덮쳐 버렸다. 그러나 꼼짝하지 않았다. 물이 불 공으로 변하는 것을 보았다. 불 공이 새하얀 안개가 되어 퍼져 나간다. 기억이 존재하지 않고 황폐한 현재만 있는 시간에 거주하려고 먼 다른 장소로 흩어진다. 시작. 계시.

"하느님 — 그때 말했다 — 하느님께로 갑니다."

이미 자신을 채근하고 팔을 들었다. 그러나 오한이(이제는 더 강력하게) 다시 그를 감쌌다. 수사는 의심이 생겼다. 그리고 두려웠다. 그 광활한 곳의 끝에선 아무도 그를 기다리지 않을 것이라는 두려움. 신앙의 위로조차 존재하지 않는 곳에서 황량한 시간을 선회하며, 변함없는 고독함 가운데 무한한 허공에 떠 있을 것 같은 두려움. 완전히 실망할 것이라는 두려움. 뒷걸음질쳤다. 팔을 내렸다. 갑자기 의자에 쓰러졌다. 다시 종소리가 들렸다. "종소리, 시간을 변화시키는 종소리, 새들을 미치게 만드는 종소리, 울리면서 모든 유리를 깨뜨리는 종소리, 두 납골당에 울려 퍼지는 종소리, 화산을 격노시켜 폭발시키는 종소리, 무용수들에게 음란을 불러일으키는 종소리, 도시에 범람하는 술잔치의 소란을 잠재우는 종소리, 모두들 이 성모 마리아가 수호자로 공포되기를 기다리는 종소리, 과달루페 성모에 대한 헌신이 모든 사회 계층으로 퍼지는 종소리, 종소리, 종소리 그리고 소요를 틈타 열두 명의 여자가 능숙한 청년에 의해 강간당한다, 발코니와 문이 온통 부와 사치로 장식되는 종소리, 쇠망치와 톱 소리를 내며 집으로 들어가는 도둑의 소란을 감춰 주는 종소리, 종소리, 오만하기도 하고 겸손하기도 한 단기들이 게양되고, 발코니마다 아름다운 수호자의 형상이 진열된다, 종소리, 종소리, 소란이 극에 달하고 음탕함이 위세 등등해진다. 종소리, 종소리, 벌거벗은 여인이 비명을 지르며 한 무리의 남자들을 향해 뛰자 즉시 그녀를 죽인다, 종소리, 종소리, 자객들이 '정부의 영웅적 정책'을 비난하는 사람들을 찌르고 대통령과 영부인이 다시 시작한 총싸움을 기적적으로 피해 구불구불한 길로 도망간다, 종소리, 종소리, 작은 깃발과 페넌트, 꽃과 커튼, 깃발, 단기와 상상력, 기호와 신앙심에 따라 성모상에 모든 장식을 한다, 종소리, 종소리, 도시에 빛이 밝혀졌고 모든 건물 중에 성당이 돋보인다. 그 탑에는 불빛이 찬란하고, 지하 납골당에는 잡상인들로 가득해 돈이 많이 오간다, 종소리, 종소리, 용암이 도시 전체를 묻어 버린다, 종소리, 종소리, 수사는 완전히 히스테리해져서 궁전의 넓은 탑에 올라가 뛰어내리겠다고 위협하는 반면 시인은 애원하며 그의 비단 끈을 잡아당긴다, 종소리, 종소리, 작아지고 사그라지다 멈춘다. 성당의 의식이 모두 끝났기 때문이다." 잠시 침묵이 압도한다. 그런 다음 엄숙한 기도가 시작된다. 세르반도 수사와 에레디아는 거대한 탑에서 내려와 조용히 발코니로 돌아간다. 도착했을 때는 이미 밤이다. 성당에서 미사의 노랫소리가 들린다. 마침내 성모상의 행렬이 느린 성모 찬미의 합창에 맞춰 성지로 돌아간다. 조용히 마요르 광장을 지나가고 황량한 도시를 지나간다. 수사와 시인은 테페약 성지로 사라지는 행렬을 계속 주시한다. 그런 다음 돌아서서 꼼짝 않고 바라본다. 미사의 마지막 노랫가락이 허공에서 울리는 듯하다.

"오늘 내 작품이 초연될 것이오." 에레디아가 말하면서 생각한다. '불쌍한 사람. 이미 너무 늙어서 그 모든 행렬이 자신에게 경의를 표하기 위한 행사라는 것도 이해하지 못한다. 어디에 들어갔기에 사제복이 저렇게 탔지?'

"이미 가지 않겠다고 말하지 않았나. 나는 광대의 촌극 같은 것은 좋아하지 않아." 세르반도 수사가 그에게 대답했다.

'가야지.' 수사가 생각한다. '어쨌든 아직 젊고, 외롭고, 추방당했지.' 안락의자로 가서 계속 말했다.

"여기 앉아서 대통령을 기다리세. 오늘 밤 마요르 광장으로 통하는 방으로 옮겨 주었으면 하네." 언성을 높이며 말했다.

"틀림없이 옮겨 드릴 겁니다." 에레디아가 그에게 답하고 앉는다.

두 사람은 잠이 온다. 안락의자에 앉아 흔들거리며 도시를 바라본다. 이제는 이들이 완전히 지쳤다고 말할 것이다. 그러나 때때로 독백을 하는 수사의 목소리가 들린다. 그리고 다른 목소리, 에레디아는 구상하고 있는 시의 구절들을 패러디한다.

# 제35장
# 수사는 자신의 손을 바라보았다

너는 매일 아침 동트기 전에 일어난다. 네 방의 창문을 열고 공원 쪽을 바라본다. 거기서 새들이 목소리가 나지 않을 정도로 지저귄다. 매일 아침 책이 가득한 서가까지 걸어간다. 책 한 권을 꺼내 책장을 넘겨 보고 투덜거리며 다시 제자리에 꽂는다.

매일 아침 과달루페 빅토리아 대통령이 너의 방에 들어와 건강에 대해 물어본다.

"돈 세르반도 선생, 아프신 데는 좀 어떠신지요?"

"어떻기를 바라시오?"── 그에게 대답한다 ──"공화국처럼 악화 일로지요."* 왜냐하면 너에게는 전투가 끝나지 않았기 때문이다. 네가 중앙 집권적 공화국을 세울 수 없었다는 것을 잊을 수 없기 때문이다. 네가 계속해서 설명한 바에 따르면, 저항하면서도, 모든 것을 정체시키는 이 연방제를 인정해야만 했다. 너를 그토록 증오했고, 네가 증오했던 약삭빠른 황제가 도망가도록 내버려 둔 것에 대해 동의하지 않았기에, 그를 사형에 처하도록 요청해서 모든 악의 뿌리를 잘라 버리고 평화를 확보해서 야심가들의 어떤 시도에 대한 기대도 제거하고자 했다. (비록 이 투르비데가 이후에 파디야의 교수대에서 사형을 당했지만 그의 죽음을 요청했을 때 네 제안이 받아들여지지 않은 것에 대해 잊지 못할 것이다.)

매일 아침 네 일을 점검한다. 공원으로 연결된 발코니를 거니는데 새들의 지저귐이 이제 여간이 아니다. 다시 방으로 들어온다. 어두컴컴한 광이 나는 커다란 책상에 앉아 이미 집필한 것을 다시 보고 첨가할 내용이 없는지 살펴본다. 불편한 펜(산 후안데 울루아 감옥에서 사용하던 것 외에 다른 것은 원치 않고 파티오 데 로스 나란호스에서 너와 함께했기 때문에)으로 종이 위에 글을 갈겨쓰기 시작한다. 누군가 문을 두드린다. '기품 있는 귀부인'들과 정치가들이 너에게 자문을 구하거나, 자신들의 문제를 해결해 달라고 오는 것이다. 오, 창자 점쟁이……. 모든 사람들이 너에게 존경심을 표하며 너의 지도를 받기 원하고 너의 열정적인 연설을 듣길 원한다. 너는 쉰 목소리로 그들에게 알 수 있는 최상의 방법은 경험하는 것이기에 충고는 할 수 없다고 단조로운 어조로 말한다. 그러나 네가 살아왔던 방식대로 살아가는 것은 이 시대에선 거의 허락되지 않는다. 기회가 많이 주어지는 시대에 산다는 것은 끔찍한 일인데, 희생에 대한 가치가 줄어들기 때문이다. 너도 그것을 알고 있다. 방문객들이 돌아간 뒤에 비단 끈 뒤로 손을 얹고 태양이 머나먼 유리 안으로 들어가듯이 나무들 사이로 가라앉아 사라질 때까지 산책을 한다. 그리고 잠이 오고 새로운 도주 계획을 세운다. 수사는 잠을 자면서 새로운 도주를 꿈꾸기 때문이다. "저 틀에서 기둥까지 미끄러져 간 다음에, 계단으로 올라가 창문에서 마당으로 뛰어내려 뛰기 시작한다……." 너는 잠에서 깬 후 열려 있는 창문으로 다가가 도시를 바라본다. 도시는 꺼져 가면서 깜빡거리고 다시 나타나는 등잔 불빛으로만 보인다. 너는 다시 잠이 든다. 다시 격정적인 꿈을 계속 꾼다. 아침이 올 때까지. 항상 이른 새벽에 일어난다. 발코니로 나간다. 다시 들어온다. 수많은 거울에 증식된 네 모습을 본다. 우중충한 윤이 나는 책상까지 걸어가 종이 하나를 집어 들고 읽기 시작한다. 그러나 곧 그만두고 반짝이는 어두침침한 책상 위에 손을 얹고 바라본다.

손은 시간의 흐름을 가장 잘 나타내는 것이다. 손은 스무 살이 되기 전에 늙기 시작한다.

손은 탐구하기에 지치지도 않고, 패배하지도 않는다. 손은 승리를 거두며 올라가기도 하고, 패배해서 내려오기도 한다.


손은 땅의 투명함을 터치한다.
부끄럽고 간결한 자세를 취한다.
모른다고 예감한다.
꿈의 한계를 지적한다.
미래의 크기를 구상한다.
이 손은 내가 알고 있음에도 나를 혼란스럽게 한다.
이 손은 언젠가 나에게 말했다. "더듬어 보고 도망가라."

이 손은 이미 유아기로 서둘러 간다.

이 손은 어둠을 헤쳐 나가는데 지치지 않는다.

이 손은 실질적인 것만을 더듬는다.

이 손은 내가 이제 거의 지배할 수 없다.

이 손은 늙어서 색이 변했다.

이 손은 시간의 한계를 가리킨다.

다시 일어나서 장소를 찾는다.

손짓을 하며 떨고 있다.

손가락 사이에 아직 음악이 남아 있다는 것을 알고 있다.

이 손은 나에게 순복하는 것을 가르쳐 준다.

이 손은 길어지고 만남을 터치한다.

이 손은 피곤하다고 나에게 이제 그만 죽으라고 요청한다.


그는 다시 발코니로 가서 나무를 보았다. 그것들은 잎과 그 주위를 흐릿하게 하는 빛으로 눈이 부시다. 다시 거대한 방으로 들어갔다. 가장 좋은 옷을 입었다. 유성처럼 궁전을 나와 회랑을 건너 양탄자 위를 질질 끌고 간다.

수사는 방마다 두들기며 인사하고 날씨와 공화국에 대해 짧은 대화를 나눈다. 곧이어 방문 목적을 말한다. "내 종유 성사에 초대하오."

너에게 마지막 아침이 왔다. 네 앞에 펼쳐진 하얀 거울 같은 거리를 보았다. 그 뒤로 종교 단체, 학교 대표들, 기장과 단기를 든 신도단, 라틴어의 아름다운 선율을 내는 성직자단, 그리고 온 국민이 오고 있다. 클라리온과 북 소리가 들린다. 포병 대대가 마요르 광장을 가득 메우는 전쟁 행진곡을 연주하며 등장한다.

저 음악을 들어 봐, 수사. 오늘이 너의 마지막 날이다. 저 음악을 들어 봐.

네 방에 도착했다. 궁전 전체가 술렁인다. 목소리들로. 복도와 거대한 거실을 지나가는 사람들의 얼굴로. 조용히 네 방문을 두드린다. 네 방에 들어갔다. 너에게 성유를 바르고 네가 영성체를 받는 모습을 지켜보았다. 성체 성사가 끝나자 너는 그들에게 불평과 개혁에 대한 너의 마지막 연설을 한다.

"나를 이단이라고 하오, 내가 공제 비밀 결사원이라고 하며 중앙 집권주의자라고 하오. 친애하는 국민 여러분, 이 모든 것이 잔학한 중상모략이오." 내가 미사를 집례하지 않은 것은 내 손이 파괴되었기 때문이오. 나는 로마에서 환속했으므로, 수도원에 있지 않소. 나는 공제 비밀 결사원이 아닌데, 그것은 하나의 당으로 나는 그런 종류의 모임을 증오하기 때문이오." 수사가 침대에서 말했다.

말을 마쳤다. 방은 점점 비어 간다. 네가 혼자 남았을 때 연, 월, 일을 적은 부고장을 작성하기 시작했다. 인쇄하라고 명한 뒤 수정하기 위해 가능한 한 빨리 샘플을 가져오라고 했다.

다시 오후가 되었다. 그 순간 매우 낮게 드리워진 태양 빛은 수사의 방을 금빛 섬광으로 감쌌다.

변화의 순간이 왔다.

가장 익숙한 물건들이 어스름 속에서 몽환적인 모습을 띤다.

어둠이 돌진하는 그 순간에 목소리들은 분별할 수 없는 신비스러운 양상을 띤다. 가장 간단한 말조차도, 소리를 내면 멋진 상징으로 펼쳐지는 것 같다.

그리고 침묵이, 아니면 더 정확한 것이 왔다. 방의 벽을 통과할 때 멀리서 들리던 웅성거림의 누그러짐. 수사는 숨을 거두었다. 하지만 그전에 모든 주민들에 의해 산토 도밍고의 신성한 묘지 예배당으로 옮겨졌다. 자신의 사망을 알리기 위해 계속해서 울려 대는 종소리를 들었다. 자신이 죽기 전에 초대된 모든 사람들의 등장을 보았다. 너는 다시 산 후안 데 울루아 독방에 있다. 얼굴에 불꽃을 튀며 너를 계속해서 괴롭히는 촛불과 싸우면서. 꿈에서처럼 사나운 레온이 나타나 추적하기 시작한다. 너는 성벽을 넘고 불안한 우산을 움켜쥐고 허공에 떠 있다. 테페약 교구 위에 떨어졌다. 오랜 시간 동안 대주교, 부왕과 인디오들 앞에서 집요한 주제인 '과달루페 성모의 진정한 출현'에 대해 연설을 했다. 그리고 몬테레이로 돌아갔다. 이제는 소년으로. 종려나무 숲에서 집으로 돌아온다.

# 세르반도 수사의
# 마지막 소식

　세르반도 테레사 데 미에르 수사는 죽어서도 평안을 얻지 못
했다. 자유당이 수사들을 수도원에 가두고 성당과 수도원을 점
령했을 때, 보물을 발견하리라는 기대감에 산토 도밍고회 수사
들의 무덤을 파헤쳤다. 기대했던 것을 찾지 못하자 격노한 카레
온이라는 작자가 무덤에서 미라 열세 구를 꺼냈는데, 세르반도
수사도 포함되어 있었다. 그의 사제복 조각이 발견되었다. 이 미
라들은 며칠 동안 노천에 으스스하게 진열되었다. 한 이탈리아
사람이 이 바짝 마른 약탈품 몇 개를 구입해 아르헨티나로 가져
갔다. 세르반도 수사는 다시 바다를 건너야 했다. 아르헨티나에
서는 어느 서커스 단장이 수사의 미라를 사서 부에노스아이레
스로 가져가 종교 재판의 피해자로 전시했다. 지난 세기말, 바로
그 미라가 벨기에의 가장 우화적인 서커스 중 한 곳에서 전시되
었다. 실제로 그의 유골은 합당한 휴식을 취하지 못했다.*

아바나, 1965~1966

주

| 23 | **치차** 중남미 지역의 옥수수 음료. '옥수수 막걸리'라고도 함. |

**23**  **치차** 중남미 지역의 옥수수 음료. '옥수수 막걸리'라고도 함.

**28**  **제1장** 작가는 이 소설에서 몇몇 장(章)을 중복해서 쓰는데, 이는 인생을 다양한 측면에서 다루어야 할 신비로 바라보는 작가의 세계관이 드러나는 예이다.

**35**  **레구아** 스페인의 거리 단위로 약 5킬로미터.

**70**  **자신은 면책을 받았다** 세르반도 테레사 데 미에르 수사(Fray Servando Teresa de Mier), 『변명(*Apología*)』.

**99**  **과모** guamo. 인디오들이 바다달팽이로 만든 관악기.

**101**  **속임수를 몰아내지요** 같은 책.

**113**  **두 개의 카스티야** 스페인에는 카스티야이레온(Castilla y Léon)과 카스티야라만차(Castilla La Mancha)가 있음.

**130**  **어디를 가든 인도가 없다** 같은 책.

**135**  **오만한 지역은 아바피에스다** 옛 라바피에스(Lavapiés).

**136**  **사법부 관리들도 예외는 아니다** 호세 델레이토 이 피뉴엘라(José Deleito y Piñuela), 『펠리페 4세 스페인의 비참한 삶(*La mala vida en la España de Felipe IV*)』.

**137**  **천주를 죽일 것이다** 같은 책.

장소로 이 사람은 미초아칸의 주교 프란시스코 데 아기아르 이 세이사스의 고해 성사 신부로 누에바 에스파냐에 왔으며 그의 설득과 조언으로 이 신부는 멕시코 대주교 직을 수락했다. 이 도시로 옮긴 후 레사미스 신부는 18······년 9월에 사그라리오의 주임 사제로 임명되었다. 이 성직자의 목자로서의 열심 때문에 자신이 원하는 사람들이 오지 않자 자기 교회에서 설교하는 것에 만족하지 못해서 그 당시 공공 관습에 범람하던 부패의 격류를 차단하기로 결심하고 많은 사람들이 들을 수 있는 곳에서 하느님 말씀을 전하기로 하고 이를 위해 메르카데레스 현관을 택했다. 매주 일요일 돌 위나 벤치 위에 올라가 설교했다." 호세 마리아 마로키, 『멕시코시티』, 1990년 멕시코에서 출판.

339 **평안한 얼굴을 보여 주시오** 호세 마리아 에레디아(José María Heredia), 『나이아가라(*Niágara*)』(1825년 버전).

340 **빛나는 세상도 말이죠** 호세 마리아 에레디아, 『촐룰라의 구상 신전에서(*En el Teocalli de Cholula*)』(1820).

342 **아레이토** areíto. 앤틸리스 제도에 살았던 인디오들의 노래와 춤.

344 **엄숙한 하늘의 불타는 거울** 호세 마리아 에레디아, 『바다 찬가(*Himno al océano*)』(1836년 버전).

**누에보 레이노 데 레온에도 감사하다** 미에르 수사가 첫 번째 헌법 의회(1822) 의원으로 선서할 때 한 연설.

345 **이제 더 이상 바랄 게 없나** "우리는 이미 우리에게 약속된 장소를 찾았다. 우리는 이미 이 피곤한 멕시코 국민의 위로와 휴식을 보았다. 이제 더 이상 바랄 게 없다." 디에고 두란드 수사(Fray Diego Durand), 『누에바에스파냐섬과 티에라피르메섬의 역사(*Historia de las Indias de Nueva España y Islas de Tierra Firme*)』.

360 **공화국처럼 악화 일로지요** 아르테미오 데 바예아리스페의 『세르반도 수사』에서 발췌.

364 **잔학한 중상모략이오** 호세 레사마 리마(José Lezama Lima)의 『아메리카의 표현(*La expresión americana*)』에서 발췌.

366 **합당한 휴식을 취하지 못했다** 이 정보는 비토 알레시오 로블레스 (Vito Alessio Robles)가 쓴 『변명(*Apología*)』의 전기 기록과 아르 테미오 데 바예아리스페의 『세르반도 수사』에서 발췌했다.

# 현실 세계에 대한 고정 관념으로부터의 탈피

변선희(한국외국어대학교 통번역대학원 스페인어과 강사)

## 1. 레이날도 아레나스의 삶과 대안의 세계로의 글쓰기

레이날도 아레나스(Reynaldo Arenas)는 1943년 쿠바의 바티스타(Batista) 정권 당시 가난한 농부의 가정에서 태어나 성장했으며 쿠바 혁명이 끝날 무렵 혁명에 가담하여 몇 년간 협조했다. 문학 수업에 관한 한 실제적으로 독학을 한 것이나 다름없다. 레사마 리마와 바르힐리오 피녜라 같은 스승들과 가깝게 지냈으나, 이러한 우정도 사회적 위험인물로 낙인찍힌 그에게는 별 도움이 되지 못했다. 그의 시집뿐 아니라 소설도 쫓기는 가운데 쓴 것이다. 1980년 쿠바를 어렵게 탈출해 미국으로 망명했으나 그곳에서도 평안을 누리지 못하고 1990년 뉴욕에서 에이즈 말기에 자살로 생을 마감한다. 그의 삶에 대한 적나라한 내용들 — 절대적 빈곤, 작품 출간에 대한 온갖 어려움, 환멸, 동성애자들을 위한 집단 수용소, 감옥과 망명 등 — 은 자서전『밤이 오기 전에』에 자세히 묘사되어 있다.

후안 고이티솔로는 아레나스를 레사마 리마, 알레호 카르펜티에르, 카브레라 인판테 그리고 세베로 사르두이와 더불어 매우 독특하기로 소문난 쿠바 소설가 5인방 중 하나로 평가하며 멕시코나 아르헨티나, 스페인도 그들만큼 훌륭하고 독창적인 작가를 배출해 내지 못했다고 한다. 이 쿠바 작가들의 공통점은 네오 바로크 작가들이라는 것으로 후안 리스카노는 에세이「중남미 문학에서의 국가 정체성」에서 쿠바 문학의 질식할 것 같은 특성을 강조한다. 이러한 현상은 앵글로색슨 세계의 자유로운 기류와 격리되었기 때문이며 세계에 대한 개방이 결여되어 섬 문학의 바로크가 형성된 탓이라고 한다. 명백한 것은 쿠바 작가들로 하여금 창의적인 면에서 일종의 경직성을 야기하는 매너리즘이 존재한다는 것이다. 아레나스는 그의 창작적 능력과 문학적 독창성에도 불구하고 터무니없고 황당한 암시를 벗어나지 못한다. 펜타코니아(Pentagonía, 다섯 편의 소설 시리즈 타이틀)를 구성하는 작품들은 그러한 면을 벗어나지 못할 뿐 아니라 그러한 기류의 장치들에 지나치게 함몰된 경향이 있다. 반면 그의 가장 최고의 소설이라 할 수 있는『현란한 세상』은 거의 의무화되었다고 볼 수 있는 경직성을 극복하는 데 성공한다.

20세기 중남미 현실에서 쿠바 혁명 초기의 기대에 대한 실망과 이념적 횡포에 환멸을 느낀 아레나스는 언어를 중남미의 유일한 주인공으로 간주한다. 자유를 빼앗긴 쿠바 정권하의 사회에서 작가로서, 동성애자로서 정권의 미움을 받던 자로서 아레나스는 글쓰기를 통해 자신의 존재 의미를 발견하고 대안의 세계로 삼았을 것이다. 아레나스는 태어날 때부터 갖게 된 저항 의식 때문에 많은 고통을 겪었고, 사회의 도덕적·정치적 요구에 불응하는 태도를 취했으며, 개인주의로 일관된 완고함 때문에 감옥에 갇히거나 어려움을 겪어야 했다.

소설은 비록 인간이 꿈을 꾸는 데 그치더라도 그가 자신의 악마를 볼 수 있고 그로 인해 기쁨을 누리며, 그것 없이는 살 수 없는 반항적 기질을 표현할 수 있는 대안의 세계인지도 모른다. 아레나스처럼 이러한 점이 명백하게 드러나는 경우는 드물다. 농촌에서 자라 교육도 거의 받지 않고 도시와 단절된 삶을 살던 그는 수년간의 힘든 절대 빈곤, 모든 종류의 어려움, 환멸, 동성애자들의 집단 수용소, 감옥, 망명 등을 겪으면서도 쉬지 않고 창작 활동을 이어 갔다. 그는 열정적으로 개인적인 행동에 몰입하는데, 바로 섹스와 글쓰기다. 그는 혁명에 대한 초기의 믿음을 뒤로하고 집단적인 것에 대한 신뢰를 포기했다. 글쓰기에 몰두하면서도 자신의 작품을 다른 사람들이 읽을 것이라는 기대조차 하지 않았고, 계속되는 저항 끝에 때로는 쉴 수 있고 그의 환상과 육체가 요구하는 완전함과 풍부함을 뼛속 깊이 느끼며 살 수 있는 피난처를 찾아다녔다. 결국 그는 자신이 살고 있는 현실 세계는 그런 이상 세계와 거리가 멀다는 사실을 일찌감치 직관적으로 깨달았고 결국 필요하다면 그러한 이상향을 직접 창조해야 한다는 것 역시 잘 알고 있었다. 그의 글쓰기의 중요한 특징 중 하나는 실질적인 삶의 에피소드에서 출발해 그것들을 자

신의 환상으로 변화시키고, 그것들을 새로운 현실의 묘사에서
다른 사건으로 변화시킨다는 것이다.


## 2. 『현란한 세상』

### 1) 패러디와 자기 반영성

레이날도 아레나스의 두 번째 소설 『현란한 세상』은 1965년
에 쓰였고, 많은 어려움 끝에 1968년 처음 출간되었으며 시간이
흐르면서 중남미 문학의 교양 소설이 되었다. 쿠바에서는 검열
때문에 출간조차 불가능한 이 작품으로 1969년 프랑스에서 출
간되었을 때 가르시아 마르케스의 『백 년 동안의 고독』과 함께
그해 최고의 외국어 작품상을 받았다. 그리고 출간된 이후 계속
해서 바로크 소설이라는 평과 함께 '마술적 사실주의' 작품이라
는 평을 받았다.

이 작품은 유희적인 면에서 세르반도 테레사 데 미에르 신부
의 『회고록』의 패러디라고 할 수 있는데, 패러디는 세베로 사
르두이가 구조적인 층위에서 네오바로크의 특성 중 하나로 간
주하는 것으로 바로크와 네오바로크 작가들이 많이 사용하고
있다. 상호 텍스트성은 네오바로크 작가들 대부분이 애용하는
특성 중 하나로 그들의 작품에 다양한 텍스트들이 삽입되어
있다.

또한 이 작품은 바로크 문학의 특징이라고 할 수 있는 작가의

자기 반영적 특징이 비유적으로 드러난 작품이다. 아레나스의 개인적 운명이 거의 극단적으로 놀라울 정도로 드러나는데, 반항적이고 추적당하는 사제의 삶이 작가의 삶을 회고적으로 비춰 준다. 왜냐하면 단순하고, 모험심 많고 열광적인 이 소설의 주인공 세르반도 테레사 데 미에르 사제는 위로받을 길 없고 지칠 줄 모르는 역사와 시간의 피해자였기 때문이다. 이 사제는 18세기와 19세기에 말을 타고 다니며 포교 활동을 하던 선교단의 멕시코 사제인데 정통에서 벗어난 사고를 갖고 있다는 이유로 핍박과 추방을 당하고 여러 차례 투옥되었다.

세르반도 신부와 마찬가지로 아레나스도 역사와 시간의 희생자다. 검열받지 않고 글을 쓴다는 것은 오늘날 몇몇 공산주의 국가나 이슬람 원리주의 국가를 제외하고 전 세계적으로 인정받는 권리이다. 아레나스는 거침없는 용기로 온갖 박해에도 굴하지 않고 이 권리를 행사했다. 그의 삶이 그런 것처럼 그가 써 나갔던 내용의 소설들은 쿠바에서는 결코 출판될 수 없고, 이 내용을 빌미로 정보기관들이 그를 감옥이나 집단 수용소로 보낼 것이라는 점을 그는 잘 알고 있었다. 그는 자신의 글을 숨기기 위해 땅에 묻거나 때로는 정권의 망상증, 즉 전체주의 사회에서 저항 인사를 억압하는 주 무기인 편집증적 견제로 두려움에 떨며 비닐봉지에 작품을 보관하곤 했는데 안전하게 글을 숨길 장소가 없었기 때문에 나누어 보관했다. 가장 위험하고 가장 적대적인 환경 속에서도 기쁨을 누릴 수 있는 자기만의 독특함 때문에 그는 살아남을 수 있었고, 여전히 불안정하지만 그가 편안함을 누릴 수 있는 안식처를 문학에서 찾았다.

실제적으로 세르반도 사도는 멕시코의 수호신으로 추앙되는 과달루페 성녀에 대해 전통에서 벗어난 설교를 했다는 이유로 스페인 종교 재판의 추적과 핍박을 받는다. 이 사제는 여러 나라를 돌아다녔는데, 그중에는 카를로스 4세와 고도이 당시의 스페인, 샤토브리앙과 스탈 부인의 프랑스, 레이디 에마 부인의 영국, 이탈리아, 사제의 표현에 의하면 숨 쉴 때마다 세금을 내야 하는 미국 그리고 쿠바, 멕시코 등을 들 수 있다. 아레나스는 단순한 자서전을 넘어 쿠바 바로크 전통에서 도약을 하며 자신이 부제목으로 명명한 모범 소설을 집필함으로써 이 작품에 우화적이고 신화적인 영역까지 부여한다.

## 2) 환상성

아레나스는 이 소설 서론의 추신에서 자기 작품이 그보다 이후에 쓰이고 더 나중에 출간된 가르시아 마르케스의 『백 년 동안의 고독』이나 세베로 사르두이의 『가수들은 어디 출신인가?』의 영향을 받았다는 비평가들의 평에 불쾌함을 드러낸다. 이러한 평을 듣는 이유 중 하나가 이 작품은 환상적인 특성 때문이라고 볼 수 있는데 사실 이 작품이 출간된 이후 계속해서 바로크 소설이라는 평과 함께 '마술적 사실주의'라는 평을 받아 왔다. 이 소설의 환상적인 면은 바로크 미학과 관련이 있다고 할 수 있는데 이성을 중시하던 르네상스에 반해 바로크 문학은 본능과 감각 그리고 환상에 호소하기 때문이다.

『백 년 동안의 고독』을 읽은 독자들에게는『현란한 세상』의 마술적이고 환상적인 면이 익숙하게 다가올 것이고, 유머에도 불구하고 비유적인 면에 중점을 두기 때문에 좀 더 지능적이라고 볼 수 있다. 그러나『백 년 동안의 고독』과 비교해 볼 때 아레나스가 더 적중한 점은 세르반도 신부의 깨달음을 표현하기 위해 가장 적절한 어조를 발견했다는 것이다. 가르시아 마르케스처럼 아레나스도 동정적 아이러니를 가지고 인간의 투쟁을 자신의 순환하는 운명에 대한 것으로 보며 그로테스크한 면을 더하면서 영원한 비극을 완화시킨다.

아레나스는 자기 작품의 환상적인 면과 관련해서 어린 시절이 그의 문학에 커다란 영향을 끼쳤으며, 어릴 적의 삶 자체가 신비스러웠다고 한다. 그의 어린 시절이 가장 문학적인 시기로, 그의 창작 생활의 모태가 되었는데 매우 가난했지만 가장 자유로운 시절이었기 때문이다.

아레나스 작품에서의 환상적인 면은 심각한 담론이라기보다는 유희적인 면이 강하다. 의미가 가중된 경우도 있는데, 이는 이상과 현실의 괴리에서 오는 것으로 작가가 척박한 현실에 대한 환멸로 인해 이상향을 직접 창조한다. 따라서 작가의 환상의 세계에 대한 동경이 담겨 있다.

아레나스는 세르반도 신부에 대한 최소한의 자료를 가지고 모험 소설을 쓰면서, 환상적 요소들과 바로크 미학을 통해 현실 세계에 대한 고정 관념으로부터 벗어나 현실의 다양한 면을 보여 주고자 한다. 이 소설 제목의 'alucinante'란 단어가 착각에 빠져 있음을 의미하는 것으로, 눈에 보이는 현실 세계와 환영의 세계, 깨어 있음과 꿈을 꾸는 것의 경계까지도 모호하게 한다. 아레나스는 이 작품을 몽롱한 상태에서 썼으며, 작품 역시 그러한 특성을 갖고 있다고 한다. 아레나스는 몽롱함과 이성 사이를 오가며 두 세계의 경계를 허문다. 이러한 자세는, 삶은 꿈이고 한 편의 연극으로 여기는 바로크적 세계관과도 일맥상통한다고 볼 수 있다.

아레나스는 현실 세계를 고정된 것으로 받아들이려 하지 않고, 더 나아가 그 안에 감추어진 무수한 다른 면들을 파헤치려 한다. 현실은 다양한 양상을 띨 수 있으며, 하나의 고정된 각도가 아닌 다양한 각도와 관점에서 볼 때 진정한 모습을 드러낸다. 또한 역사를 신뢰하지 않고 시간에 중요성을 둔다. 인생이란 하나의 도그마나 코드 또는 역사가 아니라 다양한 측면에서 공격해야 할 신비라고 할 수 있는데, 이렇게 공격하는 것은 단순히 신비를 파헤치기 위해서가 아니라 인생의 패배자가 되지 않기 위해서다.

아레나스는 삶과 현실에 대한 자신의 시각을 표현하는 방법으로 바로크 미학을 선택했다고 볼 수 있으며, 17세기 바로크 시인들이 환멸을 느낀 것과 마찬가지로 중남미의 척박한 현실과 쿠바 혁명 초기의 기대에 대한 실망으로 환멸을 느낀다. 언어 밖에 기댈 것이 없던 16세기와 17세기 바로크 작가들처럼 중남미의 유일한 주인공은 언어라고 하며 글쓰기를 통해 자신의 존재 의미를 발견한다. 현실 재현을 거부하고 다양한 측면에서 현실을 파헤치면서 언어적 층위보다는 바로크 사고에 영향을 주는 요소들, 즉 과장, 풍자, 그로테스크, 아이러니, 알레고리 등의 바로크 미학을 통해 영원한 인간 비극을 동정적인 아이러니를 갖고 완화시킨다.

## 판본 소개

검열로 인해 쿠바에서 출간이 금지된 『현란한 세상』의 첫 번째 판본은 1968년 파리의 Ed. du Seuil에서 불어로 출간이 되었다.

스페인어의 첫 판본은 1969년 멕시코의 Diógenes에서 출간되었으며, 이후 스페인을 비롯한 여러 나라에서 다양한 언어로 출간되었다. 본 번역의 판본은 1997년 바르셀로나 Tusquets Editores에서 출간된 것으로 이 판본을 선택한 이유는 작가가 직접 수정하고 관리한 판본이기 때문이다.

# 레이날도 아레나스 연보

**1943**  쿠바, 올긴주(州), 아과스클라라스에서 태어남. 이후에 올긴 시로 이주.

**1959**  카스트로의 산악 지대 혁명군에 가담하지만 이내 환멸을 느낌.

**1963**  아바나로 이주해 아바나 대학의 정부 지원 '플래닝' 코스에 등록해서 정치학과 경제학을 공부함. 스토리텔링 콘테스트에서 재능을 인정받아 국립 도서관에서 근무하기 시작.

**1965**  '쿠바 작가와 예술가 연맹(UNEAC, Unión de Escritores y Artistas de Cuba)'이 후원하는 콩쿠르에 『동트기 전 셀레스티노(*Celestino antes del alba*)』를 출품해 제1 선외 가작상(first honorable mention)을 받고 2년 뒤 출간됨. 그의 작품 중 유일하게 쿠바에서 출간된 첫 소설임.

**1966**  '쿠바 작가와 예술가 연맹'이 개최한 '시릴로 비야베르데 전국대회(Cirilo Villaverde National Competition)'에서 제1 선외 가작상을 받음.

**1967**  『동트기 전 셀레스티노』 출간, 이후에 『우물에서 노래하며(*Cantando en el pozo*)』로 출간(1982). 그의 글쓰기와 게이 신분 때문에 공산당 정부와 갈등, 국립 도서관을 떠남.

1967~1968  '쿠바 서적 협회(Cuban Book Institute)'의 편집장.

1968  『현란한 세상』 출간, 1969년 프랑스에서 출간되어 가르시아 마르케스의 『백 년 동안의 고독』과 함께 그해 최고의 외국작품상 수상.

1968~1974  문학 잡지 『쿠바 관보(*La Gaceta de Cuba*)』의 저널리스트와 편집장.

1970  사탕수수 농장에서 일하며 카스트로의 설탕 프로그램을 찬미하는 책을 씀.

1972  단편집 『눈을 감고(*Con los ojos cerrados*)』 출간.

1973  동성애자로 고발되어 경찰서 연행.

1974  '이념적 일탈(Ideological deviation)'과 정부 동의 없이 해외에서 책을 출간했다는 혐의로 감옥에 감.

1976  죽음의 위협과 글쓰기를 포기하라는 강요를 받고 풀려남.

1980  카스트로의 추방 정책으로 '마리엘 긴급 해상 수송(Mariel Boatlift)'의 일원이 되어 마리엘 항구를 통해 미국으로 탈출. 플로리다 국제 대학에서 강연 초대를 받고 '바다는 우리의 밀림이고 우리의 희망'이라는 주제로 강연. 뉴욕 컬럼비아 대학 강연 초대 수락. 뉴욕으로 이주. 소설 『시든 장미(*La vieja rosa*)』 출간.

1981  시집 『농장(*El central*)』 출간. 단편집 『퍼레이드는 끝나다(*Termina el desfile*)』 출간.

1982  소설 『새하얀 스컹크의 궁전(*El palacio de las blanquísimas mofetas*)』 출간. 소설 『바다여 안녕(*Otra vez el mar*)』, 『여름 색조(*El color del verano*)』 출간.

1984  소설 『아르투로, 가장 빛나는 별(*Arturo, la estrella más brillante*)』 출간.

1986  '추적(Persecución)'이라는 제목으로 다섯 편의 연극 작품 출간. 에세이 『자유의 필요성(*Necesidad de libertad*)』 출간.

1987  소설 『수위(*El portero*)』 출간. 소설 『천사의 묘지(*La Loma del*

*Ángel*)』출간. 에이즈 진단 받음.

**1989**  시집 『의사를 표시하며 살아갈 의지(*Voluntad de vivir manifes-tándose*)』출간.

**1990**  소설 『습격(*El asalto*)』출간. 소설 『아바나 여행(*Viaje a La Habana*)』 출간. 미국에서 자살로 생을 마감.

**1991**  자서전 『한 단편의 종말(*El Fantasma de la glorieta*)』출간.

**1992**  자서전 『밤이 오기 전에(*Antes que anochezca*)』출간.

**1993**  자서전 『밤이 오기 전에』가 뉴욕타임스 그해의 최고의 책 10권에 포함됨.

**1996**  단편집 『엄마 안녕(*Adiós a mamá*)』출간.

**2000**  『밤이 오기 전에』가 줄리앙 슈나벨 감독의 영화로 제작됨.

**2001**  단편집 『모나와 단편들(*Mona and other tales*)』출간, 1995년에서 2001년 사이 스페인에서 스페인어로 출간된 단편 모음집 영어 번역본.

**2010**  쿠바 출신 미국인 작곡가 호르헤 마르틴의 리브레토와 음악을 곁들인 자서전을 바탕으로 한 오페라가 포트 워스 오페라(Fort Worth Opera)에서 상영됨.

**2012**  성소수자 역사와 인물을 기리는 야외 공공 전시 레거시 워크(Legacy Walk)에 포함됨.

# 새롭게 을유세계문학전집을 펴내며

을유문화사는 이미 지난 1959년부터 국내 최초로 세계문학전집을 출간한 바 있습니다. 이번에 을유세계문학전집을 완전히 새롭게 마련하게 된 것은 우리가 직면한 문화적 상황에 적극적으로 대응하기 위해서입니다. 새로운 을유세계문학전집은 세계문학의 역할이 그 어느 때보다 중요해졌다는 인식에서 출발했습니다. 오늘날 세계에서 타자에 대한 이해는 우리의 안전과 행복에 직결되고 있습니다. 세계문학은 지구상의 다양한 문화들이 평등하게 소통하고, 이질적인 구성원들이 평화롭게 공존할 수 있는 문화적인 힘을 길러 줍니다.

을유세계문학전집은 세계문학을 통해 우리가 이런 힘을 길러 나가야 한다는 믿음으로 만들어졌습니다. 지난 5년간 이를 준비하기 위해 많은 노력을 기울였습니다. 세계 각국의 다양한 삶의 방식과 문화적 성취가 살아 있는 작품들, 새로운 번역이 필요한 고전들과 새롭게 소개해야 할 우리 시대의 작품들을 선정했습니다. 우리나라 최고의 역자들이 이들 작품 속 한 문장 한 문장의 숨결을 생생히 전하기 위해 심혈을 기울였습니다. 또한 역자들은 단순히 번역만 한 것이 아니라 다른 작품의 번역을 꼼꼼히 검토해 주었습니다. 을유세계문학전집은 번역된 작품 하나하나가 정본(定本)으로 인정받고 대우받을 수 있도록 최선을 다 했습니다. 세계문학이 여러 경계를 넘어 우리 사회 안에서 주어진 소임을 하게되기를 바라며 을유세계문학전집을 내놓습니다.

### 을유세계문학전집 편집위원단

김월회(서울대 중문과 교수)
손영주(서울대 영문과 교수)
신정환(한국외대 스페인어통번역학과 교수)
최윤영(서울대 독문과 교수)
박종소(서울대 노문과 교수)
정지용(성균관대 프랑스어문학과 교수)

을유세계문학전집은 계속 출간됩니다.

# 을유세계문학전집 연표